i**H**uman

新
民
说

成
为
更
好
的
人

给妈妈的
60张明信片

60 POSTCARDS

[英]瑞秋·查德威克 Rachael Chadwic / 著

叶倾城 / 译

GUANGXI NORMAL UNIVERSITY PRESS

广西师范大学出版社

·桂林·

给妈妈的 60 张明信片

GEI MAMA DE LIUSHI ZHANG MINGXINPIAN

60 POSTCARDS: THE INSPIRATIONAL STORY OF A YOUNG WOMAN'S
JOURNEY TO CELEBRATE HER MOTHER, ONE POSTCARD AT A TIME
by RACHAEL CHADWICK
Copyright: © 2014 by RACHAEL CHADWICK
Published by arrangement with Simon & Schuster UK Ltd
1st Floor, 222 Gray's Inn Road, London, WC1X 8HB
A CBS Company
All rights reserved. No part of this book may be reproduced or transmitted in any form
or by any means, electronic or mechanical, including photocopying, recording or by any
information storage and retrieval system without permission in writing from the Publisher.
through Big Apple Agency, Inc., Labuan, Malaysia.
Simplified Chinese edition copyright: © 2017 Guangxi Normal University Press Group
Co.,Ltd.
All rights reserved.
著作权合同登记号桂图登字：20-2015-023 号

图书在版编目（CIP）数据

给妈妈的 60 张明信片 /（英）瑞秋·查德威克著；叶倾城译. —桂林：
广西师范大学出版社，2017.12
书名原文：60 Postcards: The inspirational story of a young woman's journey to
celebrate her mother, one postcard at a time
ISBN 978-7-5495-9939-4

Ⅰ．①给… Ⅱ．①瑞…②叶… Ⅲ．①回忆录－英国－现代 Ⅳ．①I561.55

中国版本图书馆 CIP 数据核字（2017）第 164536 号

广西师范大学出版社出版发行

（广西桂林市中华路 22 号　邮政编码：541001）
　网址：http://www.bbtpress.com
出版人：张艺兵
全国新华书店经销
桂林广大印务有限责任公司印刷
（桂林市临桂县秧塘工业园西城大道北侧广西师范大学出版社集团
有限公司创意产业园　邮政编码：541100）
开本：880 mm × 1 240 mm　1/32
印张：8.25　　字数：180 千字
2017 年 12 月第 1 版　　2017 年 12 月第 1 次印刷
定价：49.80 元

如发现印装质量问题，影响阅读，请与印刷厂联系调换。

本书献给你，妈妈。

带着你能想象到的所有的爱

....

保罗、莎拉、汉娜和瑞秋，

吻上

生活，

不仅仅是苦等暴风雨结束，

更要学会如何在雨中起舞……
....

——薇薇安·格林[1]

———————————————

1　薇薇安·格林（ViVian Greene，1975—）：作家，画家和企业家。21岁时成为全美最年轻的女性贺卡生产家。她绘制的贺卡已在美国销售8000万张，同时有大量周边产品。

目 录

在展卷之前，

请先买一张空白明信片，

暂且充当书签。

第 一 章

远 行

　　这是一个 12 月的早晨，严格来说，是 2012 年 12 月 6 日。正是 6 点 20 分，气候凛冽干爽。虽然旅行在即，但我得实话实说，我看上去并不像之前那样期待这次旅行：肿胀的双眼、脂粉不施的脸容，无论白天晚上，大概都没人愿意多看一眼，更别说**这种**场合了。**对我来说，真是太早了！**冬日黎明的干冷，是非常残暴的起床铃，再加上我们出门还稍微拖了点时间，就更催人清醒了。**恐怕这类情形我是一定要渐渐习惯了。**拖着还半睡半醒的身子，我们匆匆离开家，沿着摄政运河，拼命往英王十字街圣潘克拉斯车站跑。那里离我家不过一箭之遥，但那天早上就像隔了十万八千里。跟我一起跑的是室友凯蒂，还有我的老同学贝思，她是头天晚上专程从埃克塞特[1]赶过来的。大家拖着超重的行李冲进车站，一切都很顺利，只有一件行李出了麻烦，耗了不少时间。是凯蒂的箱子破了，我们帮不

1　埃克塞特（Exeter）：英国德文郡郡治，城内拥有众多的历史名胜，是著名的历史文化名城和最佳人居城市之一。以下如无特殊说明，均为译者注。

上忙，看着她远远落在后面，忍不住哄笑起来。**所有箱子都带上了，一个也没落下**。我一边跑，一边招呼其他老同学。贝唐（**有两个人的名字都是以贝开头，我知道肯定会搞混的**）应该还在地铁里——我收到她的语音留言了。没关系，我们就在那儿和她会合。穿过进站口后便见到了她，大家一拥而上，又搂又抱，就像好几年没见过面似的。（其实上次见面就在几周前，但这次不一样！这是一次特别的旅行。）

哎，睡意全消，我们全醒得彻彻底底，跃跃欲试想上路。快，处理当下事务。现在是——旅行时间！票——检查一下。护照——检查一下。内衣裤——检查一下。我们做好准备，要登上欧洲之星[1]列车。目的地——巴黎。

通过安检，顺利登车，兴奋度一路只增不减，大嗓门响彻车厢。我能想象到同行乘客们的惊恐："天呀，拜托，这些姑娘们可别坐我们旁边。"我是说——我**现在**能想象，当时肯定没这么想——那时我晕晕乎乎地走过通道，找到座位号，完全是早前（睡意蒙眬）的自己的一抹苍白影子。贝唐和我订了相邻的票，但凯蒂和贝思跟我俩隔了千儿八百米。正好我俩身后有空座，她们就决定坐过来，可想而知，一旦正主儿来了，就会把她们踢飞。不过让人吃惊的是，直到开车都没人来。你会觉得"让人吃惊"这话语气重了吧？听起来确实有点儿戏剧化，我同意。但你是知道的，全员满座，每个空座

---

1 欧洲之星（Eurostar）：国际高速铁路，连接伦敦圣潘克拉斯车站、巴黎北站、里尔及比利时布鲁塞尔南站。

位都有人。每一个！除了凯蒂和贝思占座的那两个。真是狗屎运！这是个好兆头，预示了在这次旅行中，不只有这一个意外之喜呢。

我们轮流招呼餐食小车（对凯蒂的自制野餐零食绝无冒犯之意），买了不少牛角面包当早饭。我们的胃都已整装待发，为了那即将到来的周末和可想而知的美食乐趣。我突然醍醐灌顶：这一趟旅行多像学校春游呀——乘火车去好玩的地方，兴奋得要发疯，一路和最好的朋友们唠唠叨叨。只是现在我们都是成年人（大部分人是）了，可以喝酒了，简直是更好了。

那天早上我们做的第一件事，很可能就是很自然地在上路没多久后便开了一瓶香槟。抱歉，我是说香槟吗？仔细想想，也很可能是卡瓦酒 [1]（**我必须说明一下，早上 7 : 30 喝酒可不是我的作风。**）我们一致认为，在去往巴黎的路上，这几乎是仅有的可以慢悠悠喝酒的时间了，特别是当你初次拜访一座你心仪良久的城市的时候。保持我们固有的英式做派，气泡酒不倒在别处，全倾进印着"千杯不倒"的红色酒杯里。**纯品**。这是举杯庆祝的时刻——我们齐聚一堂是为了庆贺某人的生日。但不止于此，我们还肩负着使命，这不单单是一场寻常的短途城市游。

一路上，我们完全跟学校春游一样，嘻嘻哈哈，开着玩笑，不停在座位上扭来扭去。21A 和 22B 的客人，很可能在心里嘀咕：这帮烦人精到底是干吗的。**要是你知道该多好！**就在上周末，我庆祝了自己的生日，这次旅程的行前准备是艰巨的，主要是因为它对我

1　卡瓦酒（cava）：一种西班牙起泡酒，制造方式与香槟类似。

意义重大。牛角面包还没干掉，玻璃杯中的气泡酒还在嘶嘶作响（我不会再这么小口啜饮），我们已经穿过隧道，看到了法国国境线。**早安，法国！**手机上的网络迅速变成了**香橙**[1]（或者类似的玩意儿），我们对自己的 Wi-Fi 说了再见，对实在刷得太猛的脸书和推特也摆手告别。现在，这段路**当然**不再像校园生活了——15 岁那年我可没有这样过。呼，那辰光，你只能用固定电话和朋友们通话，甚至要预先抽时间找地方，抱着美好期望，事事顺遂才能碰上头。

看一眼小册子，小小练习了一下**法语**后，我慢条斯理地喝完瓶底的酒（嗝~），车开进了**巴黎北站**（这里插入法国腔）。起身时，我蓦地感觉：不再仅仅是兴奋，而是脑子晕乎乎的。众人蹦蹦跳跳地（我是脚步蹒跚地）下了车。不知为什么，我突然觉得有必要喊住大家，拍一张列车侧面上欧洲之星的 Logo。要不是有大量旅客从门口不断涌出，这倒真是个抢拍的好时间。我很快就放弃了，我的姑娘们啼笑皆非地提醒我：要想拍欧洲之星的 Logo，机会多的是，别忘了我就住在英王十字街。**好主意。**于是，我暂且放下了照相机。

我们在站外排队等出租车。我打算用我（糟透的）法语和他们沟通，但是，当然了，上车后，我又改了主意，还是给他们看写在纸上的地址吧，这样容易多了。**真没出息。我们**一路向东，目的

1　香橙（L'Orange）：一家法国电信运营商。

地是蒙马特高地[1]的一处公寓，离拉富什地铁站不远。我向窗外凝望，对巴黎的世界肃然起敬，这是我长久以来的渴盼，久得甚至无法记起是从何时开始的。而我直到 28 岁——在英王十字街住了两年后——都不曾去过一次光明之都巴黎，说起来真丢人现眼。我只远远地看过它，通过电影、我的梦，以及与去过巴黎的朋友聊天。**我终于来了！**

对一座从未目睹的城市爱得这般肝脑涂地、这般激情四射，是一桩奇妙的事。我对法语的迷恋也对此功不可没，虽然简历上的中学法语会考成绩只得了个 B。我总想好好学学法语，把这件事加进我的清单里去，大标题是"明年早晚要做的事"——这清单越来越长，只有很少几个项目会被划掉。**明年早晚要做的事，要满怀信心。**

车开到了幽静的鹅卵石小径上（正如在爱彼迎[2]房屋信息里说的那样），我给房东安托瓦内特太太打了个电话。她出来接我们，带我们去公寓房间，我们要在这里住三个晚上。她优雅时髦，举止亲切，很热络地招待我们，一两分钟内，就让人觉得与她一见如故。我当下就很喜欢她。嗯，如果你和我一样，是爱彼迎的忠实用户，你会理解那种焦虑：当你穿过大门，走进你的临时住所时，尤其是房间是你订的，你要为此负全责——**这里会和图片一致吗？不一致的话，**

1　蒙马特高地（Montmartre）：巴黎的一个区，因地势高于其他区而被称为高地。高地内有许多著名景点，如后文将提到的圣心大教堂（Sacré-Coeur）、红磨坊、小丘广场（Place du Tertre）等。圣心大教堂因通体洁白，又称"白教堂"，是除埃菲尔铁塔外巴黎第二个可俯瞰全城的地方，其地基海拔 129 米；红磨坊歌舞厅成立于 1899 年，当时以康康舞名闻世界，现仍是大型歌舞厅；小丘广场为艺术家荟萃的广场。
2　爱彼迎（Airbnb）：一家成立于 2008 年的旅行房屋租赁社区，用户通过网络或手机应用程序发布、搜索度假房屋租赁信息，并完成在线预定。

我是不是整个周末都要被大家埋怨？而那天早上走进安托瓦内特太太的家里时，我又惊又喜，只能瞪大眼睛直勾勾看着，对眼前的每件事物都发出"哎呀，啊哈"的惊呼声。这里甚至比我在屏幕上看到的还要出色：漂亮，巴黎情调，非常完美。

这间"复式阁楼"（安托瓦内特太太这么称呼它），实在是秀色可餐——古典与现代的巧妙结合。我就像走进了一座电影布景棚（**演员们一定是在休息！**）：一进门，就能看到右手的厨房，在前门顶部的架子上，房东的许多名牌手袋整齐地排成一列。**巴黎人才懂什么叫购物！**楼下面积广阔，分割成三个不同区域。餐厅有大大的木制餐桌和椅子——对我们即将举行的大餐再合适不过。客厅在房子前部，配备着皮沙发与藤椅，两侧墙上都悬挂着巨幅绘画。而主场是一片更宽广的休闲区——台阶延伸向下到一片 U 型区，那里散乱放着坐垫，天花板上悬的吊灯低低地一直垂到房间中央。安托瓦内特太太称这里为"东方风情区"，但很快，它对我们而言，便成了"窝"——"我一生中待过的最好的窝。"（我的意思是，虽然不曾在类似的地方待过，但想再找一个窝配得起这称号，可能很悬。）

室内装修新奇炫酷。沿墙一个顶天立地的大书架，上面摆着各式各样的书籍；此外，还挂满了圣诞树用的七彩小挂灯。（**我确实二十大几要奔三了，但我照样很迷圣诞小彩灯。**）房间里最古怪（虽然也很有趣）的装置当属一架祭祀用的诵经台。**太胡来了！**一幅春宫图就挂在诵经台上方，我们只能装模作样地轻笑两三声，毕竟都是成年人了。一架小巧的金属扶手白楼梯，微微有些不稳（就更好玩了），直通楼上。我们研究了半晌，沿此盘旋上到二楼。卧室真够多的，一眼看不到尽头。我逛了一下，才找出自认为与我最相称的一间。顶上头甚至还有一间密室，得搬梯子才能爬上去。**太费劲了，尤其是在喝过几口酒后——我还是把这事交给别人弄吧**。整个住处既别具一格又精美大方——我太爱这间公寓了，不仅是周末临时在这里安个家，更想在此住到地老天荒。**不然我可以把护照弄丢**？我的第一次巴黎之旅，就此有条不紊地开始。

　　公寓内各种装置的使用方法，安托瓦内特太太都详细地讲明白了，附近商家、餐馆的信息也一一告知，最后，她把钥匙交给我们。**它们现在是我的了！**她便离开了。她的单间离我们只隔了几户人家，一旦我们需要，可以随时联系她。知道此情，我们便彼此嘱咐——夜归时，一定要表现得尽量文雅。"在外面"那种大吵大闹，在这里可不受欢迎。分了卧室后，贝思、贝唐、凯蒂和我开始研究附近地形。我们找到一家可爱的小咖啡厅用午餐。在这么一个滴水成冰的早晨，吸引我们入内的，不仅仅是菜单，更是餐桌上加热器那诱人的闪闪灯光。**真太好了**。我们走进去，各自坐得舒舒服服的。就在看菜单的时候，加热器突然关掉了，我们又开始哆嗦起来。侍者解释：一直开着加热器太费电了。**这么冷——我们会多给小费的！**我们夸张地发着抖，让上下牙关得得紧叩，全身能摇晃的地方都在晃。起作用了——他们眼珠一转，对我们微微一笑，不情愿地打开加热器。**赢了**。

　　从这时起，我渐渐开始放松——太早起床的倦意萦绕着我，只有一个对策——痛饮第一杯红葡萄酒。第一次巴黎之旅的第一杯酒，是和最好的三位朋友共同举杯。**人生得此，夫复何求**。

一杯下肚，我全身都暖洋洋的。我们从咖啡店溜达回去，经过一间珠光宝气的首饰店，便进去小逛一下。在不远处的超市里，采购了晚上要吃要喝的之后，回到了我们的新家，为大部队的到来做准备。是的，还有不少人要来呢。**好多好多**。

在第一小分队抵达之前，还有几小时的空闲时间。我们煮了壶现磨咖啡，蜷在"我一生中待过的最好的窝"里，放松四肢百骸，仿佛就是这里的主人。今晚，剩下的人会陆陆续续来到公寓。我们在餐桌上摆满小吃和酒水，扭亮圣诞小彩灯，为在这间梦幻公寓的第一个狂欢之夜做准备。人人都拿了本书在看，我也把手伸进手提包内，却拿出了另一样东西——一叠明信片。你可能会想，旅行才开始几个钟头就写明信片，是不是为时过早？但我已经告诉过你，这不是一次寻常的周末短途城市游——差远了！我来这里不仅是为了看风景，与密友消磨时间，而是肩负使命在身——这个使命包括了不是一张，也不是两张，而是整整 60 张明信片。我开始写下一张又一张的明信片。不过才写了半小时，有人叫门，我就把它们放到了一边。

第一个来的，是我的室友特伦特，他是从家里出发的。巴黎他常来常往，这个如密室珍宝般隐蔽的小公寓，他不费吹灰之力就找到了。一进门，包一摔，他直奔我们最喜欢的安乐窝，开始给大家讲他在伦敦的这一天。他在一家音乐频道工作，采访名单上全是最新的演出和活动。关于那些这些，他总有很多劲爆故事可讲，我往往听到一半就制止他讲完。——**"贵圈"实在太乱了。**

一两个小时后，门上又传来轻敲声，是另外两位团队成员——卡莱尔和大卫，他们是直接从学校过来的。**他们可不是小孩子——他们是给小孩子上课的。**这俩小可怜，都累垮了，看上去得好好找个乐子才行。幸好，我们的餐桌上，摆满了美味佳肴。**这指定能解决问题。**

听着音乐，大家一片欢声笑语——初次见面的人，正在相互做自我介绍——这时，我的第三位伦敦室友贝西，从门口冲了进来。她在伦敦的"WFTV 大奖"（Women in Film and Television Awards）工作了一通宵，现在头晕眼花，脚步虚浮。我们围着她说说笑笑，她跟我们讲大奖如何打动人心，几乎每个获奖剧目都让她热泪盈眶。她还说，当她告诉每个人，她要离席搭乘欧洲之星到巴黎去时，她觉得自己酷毙了。她兴奋地宣布："有一天，我将坐在领奖台上，而不是布置领奖台！"**我了解贝西——我毫不怀疑她是说到就要做到的人。**

当晚最后到的是我的朋友斯图尔特和艾米——对他们俩来说，这次旅行也是很隆重的一件盛事。斯图尔特是我知道的第一流的段子高手，我们全围挤在他身边，洗耳恭听吹牛大王的传奇故事。他在最后一分钟才赶到希思罗机场，赶上了开往戴高乐机场的法航夜班飞机。让他遗憾的是，他不仅没和我们同行，还被迫跟在一群兴奋透顶、吵得要死的利物浦学童身边——他们是去法国交流学习的。

幸好他要了一份金汤力 [1]（**我猜可能要了双份**）和迷你百力滋饼干，才终于挨了过去。**得亏飞机上提供餐饮。**

艾米也是搭欧洲之星来的，与斯图尔特的时间差不多，而且也是"最后一分钟"模式。**他们都是与我志趣相投的好朋友。**艾米和斯图尔特都不知道公寓位置，于是打算先碰头，再一起找路。结果他们向许多一脸茫然的过路人问路——**哪里能找到一条幽静的鹅卵石小街**——最终双双迷路。

到场的人都聚在窝里，还有两三位在路上，正在赶来。我的好朋友们都不惜精力心力来出席这无比隆重的周末聚会，这令我心满意足。我曾告诉你，我们到这里是为了庆祝某人的生日，当时我一疏忽，忘了跟你说，寿星本人并没有参加这次旅行。就在今年 2 月，我的好妈妈因癌症猝然离世。这一趟旅行，是为了纪念她本应欢庆的六十寿辰。

就像我说的那样，这不单单是一场寻常的周末短途城市游。

我们身处一场记忆之旅。

1　金汤力（gin and tonic）：加入了奎宁水的金酒，是经典烈酒。

第二章
永志不忘

我站在牛津街上富丽堂皇的 Topshop 门店外，眼巴巴地等它开门，然后冲进去，尽可能快地抓上几件常备正装，再急速离场，逃过游客的狂轰滥炸——任何时刻，这条街上都不可避免地挤满了各路游客。这时，我感到衣袋中的手机振动起来，屏幕上显示的是莎拉的名字。我有点儿奇怪，妹妹为什么这么早给我打电话。虽然按大部分人的标准，这点儿也不算早了，但她很了解我，知道星期天早上这个时候我多半在床上。我估计一定是跟今晚在我住处举办的派对有关，两个妹妹都会上伦敦来参加。我接电话的口气喜洋洋的，但莎拉的语调很冷静——那种冷静，很快就变成铁一般的证据，证实了她绝不是来跟我谈派对事宜的。有什么事儿不对劲。莎拉声音丝毫不起波澜：妈妈病了，剧烈腹痛。我的心一沉，一阵恐慌贯穿我周身。**天呀，出了什么事？**

莎拉说，妈妈不肯叫救护车，只同意让家庭医生兼我家好友的安迪上门诊治。安迪给妈妈开了一些镇痛药，并坚持建议：她应当而且一定要去看全科医生，周一就去。本阶段很难说究竟是什么问题，但第一反应是胆结石。**好吧，胆结石，肯定就是这个**。好，她会尽早去做检查，医生会把结石取出来，问题就迎刃而解了。我说我马上回家，但莎拉向我保证说：妈妈现在感觉好多了，而且坚持要莎拉和小妹汉娜按原定计划晚上到我家来。我心里七上八下的，但还是决定按妈妈的意思来。

挂断电话后，我在街道上软下来，伫立在原地，一动都不能动——购物大军嗖嗖地从我身边擦过去，人人都匆匆忙忙，没人发现我的异样。伦敦就是这样——你对它来说，微小有同大头钉的针尖。你站在城市最繁华的街头，却感觉如此寂寥，仿佛根本无人知晓你身在此处。那一瞬间，我真切意识到，在这 820 万的人口里，我只有我自己。我想尖叫，却只是擦去泪水，走进了商店，试着理解消化我刚刚听到的事。**我不信。**

在电话里，莎拉一遍又一遍向我强调，现在又都恢复了正常，一切都按部就班——妈妈已经好了，她现在感觉 OK。**那为什么我还在担心？**要怎么样才能让我相信妈妈没有生病？我还没放下心来。在过去 20 年间，我甚至不记得她去医院挂过号。就像普天下绝大多数妈妈一样，她强韧得不可思议，不管发生什么都能扛过去。连她头痛得又哭又喊时，也不肯吃扑热息痛，**甚至宿醉之后也不肯**。如果我对自己诚实，我得说：我发自内心地担忧，觉得事态比想象的严重得多。警钟在我后脑响个不停。但我试着挡住铃声，**假装充耳**

不闻。会没事的。我们真心实意地想：一切都会没事的。

思绪回到三天前我的生日会上。爸妈和两个妹妹都住在多塞特郡[1]，无法从单位抽身，我便以为那将是一次无法与家人共度的生日。但是，老师们在最后一分钟决定罢课，我妈妈有机会来伦敦和我泡一整天了。我在维多利亚车站[2]迎接她，给了她一个大大的拥抱——看见她我太开心了。就像我们一向见面的样子，我挽起她的手臂，上二楼喝了杯咖啡，给一天增添点活力。我们坐定喝咖啡的时候，她看去很是心不在焉，一脸狡黠的表情，眼睛闪闪发光。**她想干吗？为什么她一直在东张西望？**我好像错过了什么。没错，我确实错过了——我妹妹汉娜。我们全笑得说不出话来，后来汉娜才告诉我，她在桌子旁来来回回走了五分钟，我才注意到她。我兴奋得眼泪都掉进咖啡杯里了。**这可不该是个寿星的样子。**

妈妈像往年一样，送给我一张生日卡和一些可爱的小礼物。我不知道你的情况，但是每年给家人挑选生日或圣诞节礼物的事，往往让我很烦心。我想，对一个人来说，收到的礼物是你千真万确想要的才有意义。但是，哎呀，选择困难症的我就是，怎么讲，从来抽不出时间来精挑细选。我喜欢美好的惊喜（看看汉娜现身时，我那可笑的反应）。我常常认为我妈妈最了解我，所以她能处理得很好。的确如此，她总能送出最合我心意的礼物。不过，这一年的礼

1　多塞特郡（Dorset）：位于英格兰西南的英吉利海峡沿岸，为 34 个非都市郡之一。后文提到的普尔（Poole）、温伯恩（Wimborne）均在此郡。普尔为沿海大型市镇，普尔港是欧洲著名的天然港，普尔沙洲是度假胜地。
2　维多利亚车站（Victoria Station）：位于伦敦西敏市，伦敦首要交通枢纽，是最繁忙的车站之一，被誉为伦敦最具代表性的车站。

物与往年有所不同。妈妈是明察秋毫的，虽然我说得漫不经心，她却因此知道有一个地方是我朝思暮想的——恋爱之都巴黎。

我打开生日卡，欣喜地发现，我收到的是欧洲之星的代金券。这是发动机的**最后**一次轰鸣，促使我着手行动——我终于要去巴黎了！

喝过咖啡，意外来客现过身，我们打了辆出租车去泰晤士河南岸。每当妈妈来伦敦看我，我多半与她在这里打发时间——多少次，我们在这里碰头，闲逛，吃吃喝喝，参观泰特美术馆 [1] 或者河对岸的萨默塞特府 [2]，深深沉浸在伦敦氛围中。

我们沿着泰晤士河边的摊位无所事事地闲逛，我嗅到当季特有的气息：河畔响彻圣诞旋律，挂满圣诞饰品，空气中溢满炒栗子的甜香和热香酒 [3] 的暖香，仿似置身天堂盛宴。汉娜发现了一个很特别的摊位，挑了一个木头领带，打算买给爸爸当圣诞礼物。唯一担心的是，不知道他喜不喜欢这玩意儿。（**他们也卖木头领结——我亲爱的，毫无疑问，他也一样会喜欢。**）这时，妈妈被对面卖画的摊位吸引住了。她买了一幅画，是用四张照片分别嵌在勾描过的字母里面，拼出一个词"LOVE（爱）"。"爱"是她娘家的姓。我极爱这幅画，**我也极爱她的姓氏。**

1　泰特美术馆(Tate)：英国国立博物馆，以 15 世纪迄今的英国绘画和各国现代艺术著称。
2　萨默塞特府(Somerset House)：位于伦敦河岸街的南侧，俯瞰泰晤士河，西邻滑铁卢桥，是英国十大最吸引游客的景点之一。
3　热香酒(mulled wine)：在欧洲多为圣诞节期间的传统饮品，在大多圣诞市场上有销售。通常以红葡萄酒为主料，加入各种不同的调料，如肉桂棒、香草荚、丁香、柑橘和糖等，加热饮用。

我们在熙熙攘攘的人群里晃来荡去，街头艺人在表演。一个人蓦地靠近我身边，坚持要把一个镯子戴在我手腕上。**这么好**。我瞬间反应过来这不是一件礼物，他在跟我讨零钱，我跟他讨价还价了一会儿。**这么贵**。这事让妈妈和汉娜笑了好久。

这时我们已经看过所有摊位，汉娜和妈妈都买好东西（关于我的手镯门事件她们都好好地乐了一回），该吃午餐了。我们找了一家比萨店。快吃完的时候发现，显然妈妈全无胃口，几乎只碰了几口。"我没事儿，可能是得了胃病。"她这么说。我多希望那是真的呀。

我的生日会必须告一段落了。妈妈和汉娜要回多塞特郡为明天的工作做准备，我打算约上几个朋友去天使酒吧喝一杯。时光飞逝，急景凋年。那天她们走的时候，我觉得很惆怅。我总在说再见，要么是家人离开我，要么是我离开他们。我从来当自己是货真价实的"恋家女"。但我是幸运的：多塞特郡（严格来说是温伯恩市茉莉小区）很近，可以容我经常在周末回家。我一般一个月回去一趟，火车只需要两个小时——**从滑铁卢桥[1]到普尔，容易得很**。

她们走后，一想到正好我生日这天教师罢工，使得妈妈能够来陪我，我就很高兴。我的运气总是好得惊人，现在更是一路走高。我完全没想过，这竟会是我与妈妈共度的最后一个生日。

接过莎拉的电话后，我在 Topshop 匆忙买了一条连衣裙，满脑子还是她带来的坏消息，只觉得头昏脑涨、眩晕不止。我打算走回

1　滑铁卢桥（Waterloo Bridge）：泰晤士河上的一座桥，因英国在滑铁卢战役取胜而得名，即美国电影《魂断蓝桥》中的蓝桥。

家，顺便呼吸点儿新鲜空气。路上花了不少时间，到家后，我发现凯蒂在厨房，便告诉她电话里的事。她很同情我的恐慌。我俩一边为当晚的派对做准备，一边讨论这件事。

那天我给家打了两次电话，想跟妈妈讲几句话。爸爸说她在休息，不能说话。我通常隔一天会给妈打一次电话——一般都是下班后，边走路回家边打；她那边往往也是下了班，刚跟汉娜说过话，正往车子方向走。这已是我们的例行公事。此刻我无比渴望听到她的声音，哪怕一会儿也可以。但爸爸一直跟我说：不行，她需要休息。以前从不曾这样过，这简直要把我逼疯。**求你了，给我打电话，妈妈**。

显然，派对一点儿也不像我计划的那么开心疯狂。我全心全意想着妈妈，忍不住为她提心吊胆，要能直奔多塞特郡马上回家就好了。但妈妈不会喜欢这样做——她最讨厌为她没事找事了。那晚大部分时间我都躲在自己卧室里。还记得有一会儿，我坐在门外的台阶上，对朋友贝思说：哪怕所有人都说我妈妈安然无事，我就是没法相信，连一秒钟都不信。我泪流成河，喝再多热香酒也无济于事。**房子在旋转**。

我在第二周的周末回家探望妈妈。她比我生日的时候瘦了一点儿。检查报告已经出来，阴性，胆结石的可能性被排除了。妈好像坚信这是一种消化系统感染，说自己感觉良好，肯定马上就会好转。她几乎让我也信以为真了，如果不是我问起她其他症状。我反复问她，是不是就那些地方不舒服，她也反复告诉我。那还有没有别的？我太了解我妈妈了——我从她的表情中判断出来，她向我隐瞒了某些情况。我疑心她这是在自欺欺人，抑或她只是想保护我和妹妹们。我做了一些你应该永远不会做的事——因为还不曾确诊，我便上谷歌，把所知道的信息一一输入搜索栏。唉，这真是个坏主意。可想而知，迎面而来的全是最恐怖的梦魇。然而，当妈妈说她感觉不太糟的时候，我还是信了。我们在等待包括结肠镜检查的下一次检查，已经预约在明年 1 月。为什么要等这么久？我不知道。她不想去私立医院。**现在我真希望我当时逼她那么做。**

　　我回到伦敦，像平常一样工作生活，几周后便该回多塞特郡过圣诞节假期了。妈妈生日那一天我没回家，一直在工作，因为知道下一周就会见面。**这是另一桩终生憾事。我怎能这么蠢？**我到家时，注意到她又清瘦了不少，脸色苍白得怕人。但牛脾气的她，仍然固执地宣称自己一切都好。我表姐尼古拉带着两个女儿艾贝和露西来做客了。尼古拉是我姨妈维罗尼卡的女儿，姨妈早年便因癌症去世，当时我们年纪还小，这些年，我们与表姐的来往越来越密切。有她们与我们同住，真是一件幸事。女孩们年纪还小，圣诞精神因此发扬得更淋漓尽致。她们让我们在圣诞节早晨不得不起得很早（她们向我大叫了好几次，我才勉强起了床。毕竟，在我们这种小地方，圣诞夜通常是痛饮狂欢的）。"这样，你就吃不下大餐了。"妈妈警告我。**递给我一些扑热息痛，我就能好起来，想干吗干吗。**（未必！）

　　这个圣诞节几乎一如往年般尽善尽美。妈妈只比平常苍白一点儿虚弱一点儿，莎拉和我主动承担了圣诞午餐的任务。说起这个，我老实供认，莎拉是大厨，我只是打下手的——或曰"专职切菜机"。在做饭这方面，莎拉有一种拉姆齐[1]式的喜剧天赋，既令我担惊受怕，又让我捧腹大笑。**你怎么切胡萝卜都切得这么糟糕？大错特错——明显得很**。汉娜是个没心没肺的妞，不时从厨房门口探一下头，问问要不要帮忙。莎拉和我还没来得及回头，她已经高呼："看上去不要！"乓一声消失了——她出了门，眨眼就不见了。

狼吞虎咽了午饭（**我得说做得不错，特别是胡萝卜**），大家到了客厅后，电视上正在放电影，我们先松开牛仔裤最上面的几个纽扣，在火炉边放松一会儿。大餐既已落幕，让我们竖起任天堂游戏机，轮到卡拉 OK 了。妈妈参与得很起劲，听她唱小猫咪组合[2]的《别说不》，又古怪又可笑，我们全笑得直不起腰。**我从没想过能看到妈妈这样**。大家玩了"绕口令"，这是我们全家人都喜欢的游戏。只是我玩不太来——我玩得差劲极了。考虑到我通常不会输，听起来就更奇怪了。油煎土豆卷心菜是爸爸的最爱，我们玩着游戏，大吃大喝，渐渐到了黄昏时分。

圣诞假期之后的几天都很悠闲自在，有两个我回味良久的美妙时刻，都与妈妈有关。第一个时刻，是我和妈妈去附近一家叫"业余手工"的店里买些小零碎，准备以后举办活动时用来制作邀请函。采买完毕，我们去一家咖啡馆吃午饭，两人分吃一份三明治，她只

1　戈登·拉姆齐（Gordon Ramsey，1968—）：英国顶级厨师，公司旗下有约 30 间餐厅。曾主持电视烹饪节目《地狱厨房》《厨房噩梦》等，以其粗鲁严格、追求完美的风格，被称为地狱厨神。
2　小猫咪组合（the Pussycat Dolls）：成立于 2005 年，是由六个热力四射、动感十足的女孩组成的新一代辣妹组合，《别说不》（Don't Cha）是其首支单曲。

稍微碰了一下她那半份，但她看上去精神奕奕。没多久，我们聊的
话题便越来越深入，也都全神贯注起来。说起感情之事，我突然想
到我从来都不知道妈妈如何确定爸爸就是她的真命天子。我是浪漫
爱情喜剧的忠实观众、童话般大团圆结局的笃信者，但是妈妈告诉
我：完全不是那么回事儿。我脑海中如诗如画的音乐戛然而止。在
爸爸之前，她也和几个家伙约会过，其中一个，她当时爱得无可救
药。关于爸爸，她说只是"了解"。就这么简单。音乐在我脑海中再
次袅袅响起。

　　第二个时刻，是全家人一起待在客厅的时候。我从一回家起，
就想给妈妈看一部 DVD，我知道她肯定会喜欢，是接招乐队[1]的"进
化论"（Progress）演唱会。接招乐队是我童年时的最爱。我算不得
狂热粉丝。我的意思是，他们解散的时候我很失望但没哭。**真没心
肝，我知道！**（不像我的一个朋友，她事后招认说，她听到这个消
息后，在西班牙语课上歇斯底里大发作，被送回家。那一天余下的
时间，她在房里布置了一个神龛，点了蜡烛，还放了用他们的歌词
连缀成的诗。哇。只能说哇了。）我有他们所有的唱片录像，甚至在
房间贴满他们的海报（海报在墙上待的时间比我想象的要久，我几
乎忘了把它们取下来时费了多大劲儿）。可怜的妈妈，有好些年，家
里铺天盖地都是接招乐队的录像。前两年，这支乐队重组，可想而

1　接招乐队（Take That）：1990 年成立的英格兰男子流行乐队，曾于 1996 年宣布解散，
2005 年重新组合复出。接招乐队是英国自 20 世纪 60 年代以来最红的十支流行乐队之一，
被 BBC 誉为继披头士之后最受欢迎的英国乐队。下文提到的盖瑞・巴洛（Gary Barlow）
是乐队主唱，身兼歌手、钢琴家、词曲作家数职。

知我有多欣喜若狂，而妈妈也成了他家的粉丝。盖瑞·巴洛很自然地正中她下怀："哎呀，难道他不可爱吗？！"**冷静下来，爱姑娘！** 我们坐在扶手椅上看音乐会，没多久便沉浸其中，开始随着音乐同声合唱，我注意到，妈妈在流泪。我哈哈大笑，问她哭是不是因为我已经 28 岁，还坐在客厅和亲妈一起看接招乐队。**有些事永远不会改变。** 她和我一起大笑起来，擦去泪水，继续看音乐会。伴随着《永志不忘》，我们一起向天空挥臂，在结尾处一起站起来大声喝彩，欢呼雀跃。我知道她喜欢。这最动人的时刻，我"永志不忘"。（歌以言声，全作双关。）

因为她这么喜欢这张 DVD，我不能不再给她买一张。我回伦敦时，是她开车送我去长途汽车站的，我便偷偷把 DVD 放在汽车贮物箱里。我笑容满面地上了长途汽车，频频向她招手，但当我坐定后，脑中却刷的一片空白。**我笑不出来了。** 整个圣诞期间，我始终拒绝承认现实，但当说再见的时候，我回头看向她，蓦然间我了悟到：她真的，病得很重。

第 三 章

16　天

庆祝过元旦（很不情愿地），2012 年的新年对于绝大多数人来说是开始了，除了我们家。已是 1 月中旬，我继续在伦敦过日子，并尽可能多地给妈妈打电话。我们仍旧在等——烦恼了这么久——等着找出她真正的症结所在。**这事儿已经拖到荒谬的地步了。**

以下的这几通电话，永远改变了我们的世界。

2012 年 1 月 26 日，星期四——第一通电话

下午刚刚开始工作，我在办公桌前精神不振，工作效率大幅下降，我大部分时间都盯着手机屏幕看，要不然就是盯着远方——我脑中各种声音在交响：等妈妈早上做的结肠镜结果出来后，我要和她谈些什么？手机一闪，我一跃而起，是爸爸。来不及管电脑，任由屏幕上的东西兀自闪烁，所有人都能看到我跌跌撞撞扑向走廊——

它离我足够近，让我能迅速接通电话；又足够远，超出同事们的听力范围。我已经知道将会是什么内容——打电话的是爸爸而不是妈妈，**这说明了一切。**

"不太好，我担心，瑞秋，她是癌。"

"癌"这个字眼在我脑中回音不断。他们在她胃里发现了一个巨大的肿瘤。**不，求你了，不要。**

难以用语言解释我那一刻的感受。我听见的消息其实不算意外，在心底里多少早有预期。刹那间，仿佛万吨巨石从四面八方飞过来打在我身上。我用尽所有的意志，聚拢全部的我，让我保持镇静，能继续通话。为了爸爸，也为了我自己。**谁来帮帮我？**

按下"终止通话"时，我才注意到自己抖得多么厉害，满眶热泪随时会夺眶而出。我得赶紧离开这儿。我跑到办公桌前，以光速在每个文件上都按了"保存"，抓起手提包，对同事含糊地咕哝说："出去一下。"我找到上司鲍勃，他一看到我的眼神，甚至不需要我开口问能否跟他聊聊，他便跟我走到门廊上——这正是我收到坏消息的地方。我把事情告诉他，他全身为之一沉。在这家公司工作了将近三年，他（以及绝大多数我的同事）都知道什么情况才会让我失魂落魄。我尽力压抑我的担心、我的恐惧——妈妈的病情真的很严重。"去吧。"他说，点头向我强调：我应该忘掉工作，回家尽我所能——我一直在为公司效力，而家庭在任何时候都是第一位的。

出门之前，我打算先看一眼我在这里最亲密的朋友——卡洛琳、凯特和马库斯——让他们知道出了什么事。第一站是马库斯的办公桌。他与我在同一楼层工作，我上班第一个月就认识了他，从此成为好朋友。我们的幽默感十足相似，一开始就是互相支持的好哥儿们。我冲到他桌前，是空的。"他去哪儿了？"我问他的同事，尽力不让恐慌流露在脸上。原来他在开一个网络会议。谢天谢地，还好他能溜出来见我。我们在一间会议室里见了面。我讲完后，他沉默地抱抱我，我的眼泪终于飙了出来。他说用得着他的时候一定要叫他，又说下班后好好和我聊一聊。接着我到楼下去见凯特和卡洛琳，和她们在一起，我又哭了一场。然后我出了大厦门，开始走长长的一段路。我需要一个人待着——至少心里这么想。没走很远，我便停在一间咖啡馆前，整个人蜷进座位里——电话里爸爸说的话，一遍遍响彻我脑海。

我又和爸爸通了电话，最后商定：我最好明早回家。否则，即使现在出发，我也赶不及在妈妈上床睡觉之前到家。而且明天走，有个缓冲余地，让最初的震撼平息，我便能心平气和地与妈妈碰面了。我太了解我爸了——他不会宣之于口，但我很清楚，关于这一点，已有一条铁律：在妈妈身边，尽可能不要情绪波动，也不要小题大做。家规已经明确，我决定尽力执行。

卡洛琳和马库斯在中饭时与我碰头，都出尽百宝想转移我的注意力；当我需要倾诉的时候，他俩又都专注聆听。他们让我打起精神，说我能够做到坚强。我要有一张若无其事的脸。

我走进客厅时，看到妈妈，这是知道不幸消息后，我与她的第一次见面。记得朋友们的支持，当然还有跟爸爸的对话，我努力要把不幸等闲视之，而不是沉浸在痛苦中不能自拔。因为太过紧张，可能我有些矫枉过正了。我大声对妈妈说，我听说她正在无事生非，是个事儿妈（**这词让我自己也畏缩了一下**），但她大笑起来，我给了她一个大大的熊抱。目前的形势，除了等待别无可做，直到下周肿瘤科医师才会做进一步探查，以寻求可能的治疗方案。**为什么不能现在就找出来呢？**

我一直陪了妈妈好久，像我给自己的承诺一样，尽量表现得嘻嘻哈哈的。我想单独和爸爸聊聊，便去厨房找他。我告诉他：我明白他和妈妈都想保护我们，这是天经地义的。但我处理问题的方式就是要了解全部事实。我不想被蒙蔽，哪怕是细节。我知道莎拉和汉娜都不曾问过这些，所以我知道要保守秘密。爸爸向我保证会百分百说实话，而他的第二句话便是晴天霹雳：妈妈的扫描结果显示了肝区阴影。这意味着肿瘤可能已经扩散。我不敢相信我听到的。**我的妈妈！**如果已经恶化至此，为什么还要等整整一周来听取下一步该怎么走？**这全无意义。**我没法保持冷静。**我感觉到熊熊怒火在攀升。**

跟爸说完之后，我自觉得好好整理一下思路，才能弄清到底"我妈妈"身上发生了什么。我几乎分不出心神来为可怜的爸爸操心。他是多塞特郡一家大型中学的校长，在家里也表现得像在岗位上，总是镇定自若，对万事万物都有所把控，与我也经常沟通。这一点，我理解得不够，直到这一刻平地惊雷，生出意外，而他，必须面对处理一切事务。**这是他的妻子——我必须记住这一点。**

现在，猜猜我下一步做了什么？我又去谷歌了。如果真有可能是癌症四级晚期，那我找到的每一个网站，都在说预估有五年的存活期。我刚发现我妈妈得了癌症——真够我受的了。恐慌袭上心头。我只能赌咒许愿。可怜的妈妈，病痛每天都在她身上蔓延——她将如何处理马上要面对的精神紧张？我告诉自己一定要坚强，却不确定能应付多久。我想知道何时我将倒下。**感觉上，是"何时"而不是"会不会"。**

在家待的这几天，我一直跟妈妈待在一起，只是很小心地绝口不提正在发生的事。一天早上，我看到汉娜在帮妈妈梳头，我反应过来：这是完全的角色对倒。当我们年纪还小，是妈妈每天为我们梳头；而现在，我们为她这样做——她虚弱至斯，无法亲手梳头——**她还年轻，这事不应该这么快发生在她身上。**

一次，汉娜与我陪着妈妈坐在前厅，提起各自要吃的茶点，妈妈要说"亨氏焙豆子"却说成了"亨滋焙豆滋"。通常情况下，每个人都会为这口误笑得发癫。但是这回，汉娜与我放声大笑，而妈妈那一边却没有笑声。她的脸上一点儿血色也无，虚弱之极。她笑不出来了。这令我的心碎成一片一片。

第二周我回到伦敦，继续手边的工作，思前想后，还是跟人力资源主管谈了谈眼下的情势。我能告诉他们的就是：结局如何目前尚未见分晓，只能等待肿瘤医生那边更多的讯息。人力资源主管很通情达理，他们向我保证，不管发生什么，我的每一步行动都会得到他们的谅解与支持。**我确信一切会马上水落石出**。我试着让生活回到常规，但握得越牢，常规越从我手中溜走。我等着新消息。而当它来临时，却不是好消息。

回伦敦的第三个晚上，我接到了爸爸打来的电话。妈妈的体温不断在高温和低温之间摆荡——某一时刻她都快冻僵了，下一时刻又浑身滚烫——她一直在忍受身体上的痛楚，但此刻愈演愈烈，她快受不了啦。胃里的肿块令她进食越来越困难，固体食物绝对吃不下，流食也难以下咽。她唯一能吃得舒服的就是宝路薄荷糖。**我再也不吃它们了。妈妈已经**完全无法吞咽任何东西，显然她急需救助。家庭医生安迪上门出诊，认为当务之急是叫辆救护车，直接送她上医院，确保第一时间获得诊治。她首先被送入安斯蒂病房，随即转入 B4 病房。这俩病房分别是什么，我一点儿概念也没有。后来莎拉告诉我，第一间是评估病房，而第二间是结直肠病房。**有人来救她了。她在那里过夜。**妈妈最讨厌这种事了。

在病房过夜后的第二天，妈妈告诉我：院方将对她肝区上的斑点状阴影做深层扫描。碰巧的是，一位负责照顾妈妈的护士，是莎拉最好的朋友克莱儿。真是不幸中的大幸。我们都知道医院能有多冷漠，能让人痛苦到万劫不复的程度，爸爸和妹妹们都只能在有限的探视时间出现，至少，妈妈身边能有一张熟悉的面孔。另一位专科护士卡罗琳[1]，妈妈也说很欣赏。知道妈妈身边有得力助手，我放

---

1 卡罗琳：瑞秋有两位朋友均名为 Caroline，为与前文的卡洛琳区别，此处译为卡罗琳。

心了不少。打点滴补充水分后，妈妈的境况逐渐恢复，有如平日。

妈妈的扫描结果相当怪异，但展现了一丝希望的影子，家人不由得情绪亢奋起来。正在上班的我迅速得到了消息。医生们的结论是：不管肝区的东西是什么，它在一周之内就长得这么大，证明它不太可能是癌——癌不会发展得如此迅速。她会继续住院，明天院方将检查确定里面是否有液体，现在高度怀疑它是囊肿。**好，好极了。**

与家人通电话的时候，我在公司。午饭时分，我找到马库斯，和他一道出去，沿着牛津街背面散步。他能感觉到我神清气爽了很多。没错。我把最新情况告诉他，也说明：这要么是最好的好消息，要么是最糟糕的噩梦。因为我非常清楚，一旦它不是囊肿，就会比我们想象的任何情况都更可怕，特别是如果连医生都不曾见过生长这么迅速的东西。**一念及此，我战栗不已。**马库斯听着，全盘领会我的意思。我先是大声嘶吼着发泄情绪，又渐渐平静下来，再次收拾好心情和头脑，应对可能的局势。我知道我将彻夜无眠，行李已经打包好，时刻准备再次踏上回家的旅途。

2012 年 2 月 3 日，星期五——第二通电话

第二天早上，我们都收到了一则短信，是妈妈在病床上发来的：

> 大家早上好。晚上睡得很香，今早也挺好的。像在爬艰苦

山路，昨晚爬到山腰，今天将揭晓山顶风光。你们知道吧？今天的安排我早听说了。别忘了，这是一场需要等待的博弈。《范这个人》CD 上市了——我最近有没有告诉过你们？我希望能有一张。

吻吻

范的歌向来是爸妈的最爱。一滴眼泪迸出我眼睛。妈妈的活泼让人诧异，尤其是她刚孤零零在可怕的病房床上挨过两天两夜。读着这一通心情轻快的短信，我开始相信：事态终究会往好处发展。

结束了一天的工作，我离开大厦，打算去小酒馆喝上一两杯。路上，我看到手机一闪，是爸爸。一定是囊肿。我接通电话，爸爸一语道破：不是囊肿。我记得我说了个"操"字。我记得我软倒在一面墙上，不倚着它已无法站直。当爸爸说"治疗已为时过晚。我恐怕——他们对妈妈无能为力了"，我记得我想吐。

为什么无能为力了？一定能的。难道不能至少试试？我仿佛又缩小成了孩子：**我要我妈妈。求你了，别把她带走。求你了。**

她的癌症打破了各方面的纪录：无法识别，来势汹汹，甚至连专科医生都束手无策。很遗憾，将不做任何处理——评估如是。无治疗方案。怎么能够每个人就这样坐回原处，袖手不管？

我的第一感受完全是自我中心的：没有妈妈，我该怎么活下

---

1 《范这个人》(*Van the Man*)：英国音乐人范·莫里森(Van Morrison, 1945—)的精选集。范是名噪一时的音乐全才，音乐风格多变。

去？**我活不成**。太突然了，只在一周前才发现她身患癌症。挂断电话后，我体会到妈妈在想什么——这才是摧毁我的致命一刀——**她知道她要死了**。就在此时，就在此刻，我多希望我能删除掉她的记忆。我还倚在墙上，因内心的震撼而全身颤抖，我刚刚听到有生以来最恐怖的消息，整个人崩溃了。

我径直进了酒吧，每个和我打招呼的人我都看不到，听不到。我不在乎了——我没力气和他们应酬。我只想马上找到卡洛琳和马库斯，一见面，就让他们出来一下，我有话说。我坐在门外的长椅上，仍然浑身颤抖，他们走到我身边，满脸担忧。我告诉他们这件事，不由倒了下去，他们双双架住我。一片死寂，没有一个人说话。就是这样了，而在此之前，我们至少心存一线搏命的机会。**我的妈妈就要不行了**。

我知道我必须振作心神，否则明天就回不了家了，但我几乎做不到。我给妹妹们发了消息，打了电话给几个密友，然后决定一醉方休。这不可取，但我现在不想回住处。那晚发生的唯一好事，就是医院发布警告：诺瓦克病毒正在爆发。因此妈妈被疏散，回到了温暖舒适的家中。

我在酒馆待了一会儿，卡洛琳和马库斯一直陪着我。随后我们去了一家西班牙酒吧，在那里遇到了我的室友。气氛凝重，我不知道该跟他们干点什么，或者不跟他们干点什么。但大家都在陪着我，我需要他们，他们也没有把我丢在一边由我去。我终于投降，回住处后，上床哭了好几个钟头，直到终于精疲力竭，被掏空了一般，只能去睡觉。离天亮只有几小时了，但我需要睡眠，才能养足精神，应付眼前那真实的噩梦。

第二天早上我回家时，状态很差。虽然我已经尽可能地修饰过，避免被妈妈发现。知道得了癌症已经够严峻，难道还要让她来心疼我？我不会再说傻话，说她小题大做，这次真的是大题了。**我上一次就不该那么说**。我离开家不过几天工夫，妈妈的脸色却已经完全灰败。生命力从她身上一扫而空。**每一次我看到她，她都更不像她自己一点**。爸爸告诉我：现在的重中之重是尽可能减少妈妈的痛苦。那这就是我们要做的事。于是，大家同心协力，很快就各就各位，各司其职了。

我爸爸，嗯，让我从哪里开始说呢？他是我们的英雄。他是丈夫、父亲、护士、朋友、研究员、镇静剂、守护神、专车司机和信使——他是一切，比一切还多。在我眼里，他一直是个英雄，但这一次，他更是发出万丈光芒。他一定也在内心深处崩溃了无数次，但他始终以勇士的姿势屹立不倒，我为他骄傲，对他感激不尽。他失去了一生挚爱。我能怎样帮助他？

莎拉追随了爸妈杰出的人生轨迹，也是一位老师。她继承了那么多妈妈的特质。她现在的任务就是护理、做饭和打扫，日常维护家居生活。我们姐妹间，莎拉是唯一住在家里的，所以她亲眼看到悲剧如何一步步发生。而她，成了一位战士。她是一个热情的女孩，像我一样，喜怒形诸色，心直口快，也正是因此，当我看到她应对自如时，十分震惊，分外为她自豪。我对妹妹超出实际年龄的成熟，心生敬意。

汉娜，像我一样，选择了办公室白领这一条路。她和男友乔同居的地方离公司不远，离爸妈家只要十五分钟，所以她每天在同一个时候开车过来。汉娜是家中年纪最小的，性格非常羞涩，有时宁愿把自己隐身人后，但一旦露面，则化身为最好玩有趣的人。对妈妈的病，她显然在效仿鸵鸟，把头埋在沙堆里假装它不存在。这部分是由于此时此刻，她百分百坚信会没事儿的。她满脑子奇思妙想（明显是从爸身上继承下来的搞笑基因），都致力对眼前的真实处境视而不见。现在，她在扮演小丑的角色——这个角色，目前重要之极。她给我们逗乐，讲笑话，放喜剧片的 DVD，最受欢迎的是巨蟒剧团[1]的系列喜剧。她甚至亲自出马，演绎约翰·克里斯在《傻走部》中的表演。她是家中的弄臣，而这生效了——她让我们总是精神饱满，笑容浮现在脸上，包括妈妈。

我的妹妹们对我来说就是全世界。我们性格迥异但关系紧密。我最大，莎拉小我两岁，汉娜比她小三岁。说起来很难承认，但此刻我身在何处？我的角色是什么？我是忧虑者，愤怒分分秒秒都蓄势待发。我完全帮不上忙，是个彻底的废物。我时刻担心自己因为恐惧而崩坏。我自觉虚弱无力，这里仿佛没什么事儿我插得上手。其他人都能应付自如，我也一直在竭尽全力应对，但什么也不曾发

1　巨蟒剧团（Monty Python）：英国六人喜剧组合，自 20 世纪 60 年代起，开创了一代喜剧风格。其作品一般超现实，有出其不意的幽默。系列短片《飞翔马戏团》是其代表作。约翰·克里斯（John Cleese，1939— ）曾是巨蟒剧团成员之一，现已是公认的喜剧大师。1986 年他编剧和主演的《一条名叫旺达的鱼》获得商业上的极大成功。《傻走部》（*Ministry of Silly Walks*）是《飞翔马戏团》中的一个小品。

生。我的躯体似乎已抛弃我，我的心已碎——我的精神不够强大，甚至想不出在哪方面能帮上忙。我想逃走，跑到一个安全的地方，在那里，妈妈没病没灾，万事万物都好端端的。

因为没住在家里，我心里有愧，考虑到未来最坏的可能性，为每个人都提心吊胆，特别是为妹妹们。作为老大，我觉得在这种时候我有责任保护她们。我已经想过，自己急需变得更强大，姐代母职。当然，我知道我永远不能代替妈妈，但至少我一定要试试，要比过去几周表现得好。爸爸告诉我的每个细枝末节，我都细致地在网络上地毯搜索过，现在我突然期望，要是完全没搜索过，该有多好呀。莎拉知道一点点，汉娜宁肯大家什么也别告诉她。而我越来越担心，我们所知的相差甚远，将造成巨大不同。我们三人将经历同样的痛，影响却各不一样，就好像我们从不同的高处坠落一样：莎拉在五楼，汉娜在房顶，而我等在地板上，准备在她们落地时接住她们。

这几周，我常常开车到海边，然后在海边散步，在那里思考、遗忘或者仅仅只是坐看潮起潮落。我往往在那里打电话给卡洛琳和马库斯——不管是哭，还是谈论妈妈的病，抑或只是一言不发。妈妈最爱的视野，是在海湾之南，从夜山酒店俯瞰普尔湾，我现在也常去那里。我会坐在长凳上，一边浏览风景，一边考虑妈妈的事。这里能令人心神安定，是我仅有的遁身之所，是唯一能容我放空思绪、任头脑一片空白的地方。

我爸爸的妹妹安妮姑姑，从德国专程来帮我们的忙，这真是雪中送炭。她曾经历同样的不幸，她的丈夫、我的约翰姑夫便是因肠癌去世的。好高兴有安妮在这里，特别是对爸爸而言，他一直在辛辛苦苦为妈妈操劳，做了许多服务工作。

我们努力不去想正在发生的事，却接到一通来自医院的电话。他们给出一抹希望之光——将在周一为妈妈做一次检查，看看还有没有治疗方案。汉娜听说后，高兴得快疯了，我没法跟她说：在这个隐约的希望里，我看不到一线生机。

周一，我们载妈妈去医院，把她和爸爸放在那儿。然后，莎拉、汉娜和我去了普尔镇中心的一家 Costa 咖啡店，等着到时间去接他们。虽然我对这次诊疗表现出一副浑不在意的模样，但也有瞬间片刻，我想：这会不会是妈妈的转机所在呢？也许妈妈有幸，会是那个奇迹般康复的人。也许他们最终能治好她？我还在胡思乱想，爸爸的一个电话把我拽回地球上，他什么也没说，只叫我们去接他。希望再次破灭。我已不堪重负。到这时真要打算后事了。我们去接他们时，几乎都认不出妈妈了，她是坐着轮椅，由爸爸推着她，从医院出口出来的。到家后，妈妈只说了一句话：她想上床。我甚至无法揣测她的感受。为什么是她？为什么是现在？为什么是我的妈妈？

就此决定，与其送妈妈去临终关怀医院，最好的安排莫过于让她待在家——家人齐聚的这个家，她亲手把我们带大的这个家。一张床被安置在暖房隔壁的房里。我全部的念头就是：这间屋子，将是我妈妈的赴死之地。

几天后，麦克米伦癌症援助会[1]的护士来看妈妈，同我们谈了谈最终护理的事宜。妹妹们和我走进房里，有什么东西被交到我手里，我简直不能相信，是一张丧亲咨询的传单。上面提到，在她逝后我们可以寻求心理支持。而此时，妈妈就在隔壁房间。我向来敬重麦克米伦的工作人员，他们的工作十分出色，但这样做实在太过分了。

我请教她：妈妈还能活多久。她说给不出明确答案，但拖不了多久，应该在一个月内。这真是不可理喻。莎拉已经注意到我的愤怒在与日俱增，我因之颇觉有愧，更认定自己百无一用。当家人一齐坐在客厅里时，我甚至开始失控。妈妈的呼吸不顺畅，她全身抽搐，直翻白眼。这不是我认识的妈妈。我对癌症满腔恨意。我对每件事每个人都满腔恨意。我握紧拳头，有几次我不得不走出屋外，因为妈妈留意到了。**不能让她看到我这样。**

和莎拉商量过之后，我同意了家人的意见：我应该回伦敦待一个晚上。这时，我觉得莎拉更像我的姐姐。我很羞愧，**本应我照顾她的**。需要交代一下工作，向公司请假，而且不知道会请多久。我得回公寓，把东西打好包，花一晚上时间镇定心神，再重返多塞特郡，报答亲恩，做妈妈的好女儿，而不是在一塌糊涂中束手无策，只会干瞪眼干跺脚。我知道这听起来很疯狂。我知道人人都会说：你怎么能走？但是你必须相信：我是为了妈妈才走的。

于是我走了。我走了，而且我平静下来了。见过室友和几位朋

---

1 麦克米伦癌症援助会（Macmillan）：全称 Macmillan Cancer Support，是英国最大的癌症慈善机构，为癌症患者及其家属提供专业医疗信息与资金支持等。

友后，我睡了一晚上。**情况我都跟他们说了，只是我自己心里还不信。我没有说太多细节。我没有力气了，而且，到底什么能讲什么不能讲，我也没了主意。**

　　第二天早上我跟人力资源主管打了个招呼，随即去了维多利亚长途汽车站。踏上客车的时候，我撞见了一个老同学。能遇到老熟人，本应再高兴不过。她问我近来如何。这可怜的姑娘竟问我近来如何。听说我家的遭遇后，她震惊极了，满脸同情之色。旅途当中，司机宣布说：我们遇到了堵车，将会晚点许久。爸爸打电话给我，我一边应答，一边能感觉到他嗓音中的惊恐——他让我快一点儿。**让我下车。**妈妈已经问过我在哪里了。我被堵在路上了。我还在车上，我希望我根本没离过家。我让爸爸别担心，我马上就回来。我问她是否正在恶化，他说妈妈拖不了很久了。车堵得一动也不动，我的心也是。**如果真有事发生而我不在场，该怎么办？**这是我经历过最五心不定的一次旅程。我想下车，拔腿就跑。肾上腺素将会助我快些再快些。老同学尽力向我保证，我们终究会到站的。**希望如此。**

　　我踏进家门的时间，比原定时间晚了一个小时。我把包一扔，直接冲进去找妈妈，与她紧抱在一起——当然很小心，我知道她正在承受剧痛。我坐在她身边，握着她的手，我俩的手合在一起。我没有让她看出我已经支离破碎。

　　我问汉娜我离家之后发生了什么，她讲了几个他们一起闹的段子。**当然，毕竟这就是汉娜的说话风格！**医疗床送来了，汉娜坐在上面，让妈妈一直按按钮，看她能升多高。汉娜一边讲，一边笑得前仰后合，头都快掉下来，这让我也开心了不少。不管妈妈吃了多少药，有多不像我熟悉的妈妈，妈妈还在这里，这就是真实的妈妈。

从头到尾，从最开始发病到现在，妈妈一次也不曾抱怨。一次也没有。她告诉我：至少，她有幸能嫁给我爸，有幸能有我们三个女儿。跟我们在一起，她一直很快乐。听她这么说就像是在诀别似的，但她是乐观满溢的。她还说有那么多孩子罹患癌症，比她更加悲惨。她的心还在关心他人。

在妈妈的临终时刻，我们什么也不能做：不能带她去热带岛屿，不能带她去看演出甚至电影。绝对不能让她出门。她不能吃，也不能喝，我们甚至不能共进最后的晚餐，只能坐在她身边陪着她——坐着，握着她的手，看着她渐渐死去。对我来说，糟中之糟是：她知道她就要去了。一切发生得如此突然，因此没有人能过来对她道一句"再见"。我可怜的妈妈知道她将离开每个人，将把她深爱的人抛在身后。每个她爱的人都正在失去她。

"化疗""放疗""良性"这些字眼，我曾经以为与癌症密切相关，却从不曾进入我家的单词表。我们都知道我们的妈妈是一位斗士。但是，在证明你是伟大战士之前，你需要先面临挑战——挑战便是机会。妈妈好像置身在拳击场地，身边是她的家人，她的朋友——每个人——围绕着她，帮她鼓气，让她给病魔迎头痛击。但她的敌人癌症，甚至懒得费事从更衣室出来，是拒绝登场的懦夫。而在拳赛开始之前，拳赛已经结束。

2012 年 2 月 11 日，星期六——第三通电话

我醒了，想：今天是不是又和昨天一样，是日复一日中的一天。我下床去弄咖啡，对妈妈说早安，她看上去状态更差了。我待在她身边，心里却越来越恐慌。相信我，光说起这件事就够让我五内如焚。我认识妈妈已经 28 年了，她离我熟稔的妈妈如此遥远。因为药物的作用，她越来越神志不清，一直处于意识模糊状态，我却打心底里希望能与她好好地讲几句话。恶化的速度快得几近失真——我从来没听说过会这么快。但我们不得不眼睁睁看它发生。她每时每刻都在虚弱下去，上气不接下气。那天早上，屋子里的空气是一片恐惧，而且是非常沉静的恐惧。没人提高音量，没人动怒。早就被提醒过了，我们面对的，是宜早不宜迟的结局。我有心理准备，只希望能准确地捕捉到死亡来临时的蛛丝马迹，并处理到位。当它来临，三位我最好的朋友将负责发布消息，让它慢慢在其他朋友间散布开来。多惨淡的一桩事务。我知道我干不了，我没法进入那状态。完全没戏。

脸书

上午 10：57

嗨，女士们：

　　我希望你们都好，周末过得愉快。今天阳光普照，真是太可爱了！

长话短说吧，我非常痛苦。妈妈再也不能走，不能说话……她的药量已达上限，一直在抽搐。很快她就不认识我们是谁了。今天有两位护士和一位医生来过，因为她无法吞咽，所以他们决定改用"药物摄入"的方式。

所以，在与贝西和卡洛琳简单讨论过这件事后，我想知道，姑娘们，你们能不能帮我为这不可避免的终局做些准备？妈妈去世后，你们三个能不能帮我发布这个消息，我会感激不尽。

卡洛琳，麻烦你负责工作圈……也许首先发布给核心人物就可以了，然后我猜他们会告知其他同事的。不过马库斯和凯特我自己联系就好。

贝西，麻烦你联系合约方和薇薇安那帮人（我的新旧室友们），其他还要通知谁，你就看着办吧。

贝唐，请你告诉夏尔人[1]（多塞特郡中学的朋友们）和你的姐妹团……我自己来告诉贝思。

很抱歉在脸书传了这么悲惨的消息。祝你们全体都能过一个妙不可言的周末之夜，机甲猎人[2]们！莎拉和我打算去温伯恩市场买些空罐子，因为她打算鼓鼓劲，做个焦糖红葱头酸辣酱。嗯，当然。哈哈！

妞们，真心爱你们。一切都会好的。

瑞秋

好多个吻

1　夏尔人（Shirelings）：出自《魔戒 2》，指住在夏尔地区的霍比特人。这里是朋友间的玩笑自称。
2　机甲猎人（Jaeger）：美国科幻电影《环太平洋》中的机器战士，此处是代指。

再读这篇脸书，不仅让我掉泪，也让我羞愤难当。难道这听上去不像在等待妈妈去世吗？不。难道这听上去像完全孤绝，被遗弃在惊慌、无助和恐惧中？不，不是这么回事儿。我听上去是天杀的兴高采烈。呵，我能告诉你，这完全是我真实感受的反面。**我非常害怕，远胜过我一生中任何阶段**。尽管我一直觉得能坦诚对待我最好的朋友，但现在面对她们，我仍需要戴上假面。这是本能的力量。当我在说"一切都会好的"，我不是在跟她们说，我是在跟我自己讲。**总归会好的——或多或少**。

我点击了发送，心里并不知道很快就会需要她们出力了。

莎拉和我出前门买酸辣酱坛子，顺便对爸爸喊道："你需要我们带什么东西回来吗？""请带一份《回声》。"爸爸答道。《每日回声报》（*The Daily Echo*）是我们本地的报纸，上面的家庭笑话爸爸已经追了好几年。就在这时，我们听到——几乎不敢相信——妈妈叫了一声："回声！"我心头一热。她能听见我们说话了，她能明白我们的意思了，她能开玩笑了——妈妈仍然是旧日的妈妈。

我们到了温伯恩市场，才刚刚走过长排摊位的第一个，电话响了。我知道，莎拉也知道：这是第三通也是最后一通电话了。我按下"应答"，是爸爸。他说出了最难以置信的字眼，我永生不想再听到："她已经去了。"

16 天——仅仅是两周零两天——这短短时长，只适合你暂别工作，在夏天去休个年假；或者与医生约下次诊疗；也可能是把包裹从世界一端送到另一端。而对我而言，16 天，永远是最撕心裂肺的时长，从妈妈被诊断为癌症，到我们永远失去她。我自头顶沿着脊柱一路向下，全都在抖。16 天，只有 16 天。我不知道到底怎么了，断然拒绝接受。

我妈妈的生死异路，只有两周零两天，而对我爸爸、两个妹妹和我来说，余生再也不同了。

第四章

我们所（不）知道的生活

从妈妈过世到葬礼，中间隔了 13 天——仅比从她确诊到死亡的时间短 3 天。然而奇怪的是，正是在这个非常时期，我最终还是很吃力地振作起来了，努力照顾全家人——有些事早在数周以前就该我做的。

我脑海中频频再现她去世前后的场面。当接到爸爸打来的"最终电话"时，我看到莎拉脸上的表情。她得用背撑在摊位上才能勉强走动，我们跟跄地走着。有人开车从旁边经过，诧异地看着我们。我们把车开到了车道的尽头，爸爸正等在门外。我们向家走，他就在车道上轮流抱抱我们。从接了电话后，到那时我才哭了出来——在我爸爸的臂膀里，之前，我一直木僵僵的。我还记得，当我们发现汉娜不在家时，心中那鲜明的恐慌。她在哪里？噩耗发生时，她正开车回家，还不知道发生了什么，但她一踏进家门就知道了。我的心为每个人而破碎。**这不可能是真的。**

　　家人间从不曾谈起过妈妈是如何去世的。我所知道的仅仅是，她并非平静地睡过去，最后关头，我爸爸和安妮姑姑是冲进她房间的。这邪恶的疾病攻势惊人，所向披靡，发展得如此之快，阻止了任何治愈的希望——对此，他们全然无能为力——因此这场痛苦之极的旅途，对妈妈来说，很可能有一个极其难受的终点。我们三姐妹都不在家，我知道我爸想到这一点，会比较宽慰。我听很多人说过：当深爱的人濒于死亡时，家人宁愿待在一段安全距离之外，只为了免除目睹亲人去世的巨大创伤。只是不大的工夫，我们三人全不在家，她就在这时刻瞑目长逝，她的女儿一个都不在身边。我们深信她是为了保护我们。而我爸爸，作为父亲，从不提起最悲痛的一刻，也是出于同样目的。**这也将是我最后一次说起这件事——我的心再也无法承受。我知道。**

　　我们打电话给家庭医生兼朋友安迪，通报死亡时间。我进去看妈妈的遗体，她很安详，一种大病初愈后的平和，但我不能在那间房待很久。她看上去就像睡着了，只是她的躯体在一分一秒地冷下去。我忍不住想：我可以在这里坐到地老天荒，只等她醒来。**妈妈？妈妈！**这是我曾说过最糟糕的再见。我不敢想象还会有更糟糕的再见。最让人心碎的，莫过于听到大家对她说出最后的话。特别是爸爸的——让人无法承受。我打电话给汉娜的未婚夫乔，告诉他妈妈逝世的消息——噩梦终于成真。他说他马上过来。他是我第一个报丧的人，我一想到还要把这噩耗重复多少次，就全身颤抖起来。**一而再，再而三，一次又一次。**

不再需要救护车了——视线范围内不见护理人员。太晚了。只用打电话给殡仪馆。他们在妈妈去世一小时后抵达，建议我们关上客厅的门，拉上通往二层平台的帘子。我恨不能放些音乐，因为我受不了：运尸袋拉链合上的吱吱声，载着她的担架从车里出来推向太平间的车轮声，这些声音萦绕在耳，久久不去。对于生离死别来说，永远来不及做好准备。**我不相信她已经去了。**

下午，打过几通电话后（我从不知道我的声音能哀伤到这程度），我重返夜山酒店，让妈妈最爱的视野尽入眼帘。我坐下，我哭泣，我满腔愤怒地握紧拳头——纯粹的难以置信，纯粹的绝望——在全然的震撼状态下，我一直在抖。但我对自己说：再也不能任由自己像前段时间那样颓废下去。我必须改变。从那一刻起，有些东西在我的意识和身体里闪闪发光。在妈妈生命的最后两周，我满腔无名火，自怜自艾，现在该轮到我大步向前照顾家人了——**他们需要我。**

第二天早上，是我有生以来第一个没有妈妈的早晨，我醒来，肝胆俱裂。我听见楼下厨房里有声音，立刻想到那是她——但那不可能。**我的心一沉到底。**我下楼，发现我爸爸正在归置东西，做扫除，他说：必须鼓起勇气好好干。**我已经开始深深思念妈妈，心中剧痛。**我们一起到海滨吃早饭。万事万物，都恍恍惚惚地很不真实，但我很高兴能再来海边——我的避难所。

下午我打电话给卡洛琳。我知道她意想中的我会痛不欲生，但让她意外的是，我是在一家运动用品店给她打的电话，向她咨询该买什么样的跑鞋。我已经决心要跑得更远。显而易见，我能听出她声音中的讶异。我知道我正处于完全否认的状态，无所不为，只为了忘掉前一天，我的生命有一部分被活活切下的巨大伤悲。**继续前行，你必须继续前行。**我胡乱选了几双慢跑鞋，直奔柜台。"麻烦一下，我要这些。"我向店员微微一笑。我在 24 小时之前，刚刚遭受丧母之痛，她对此一无所知。**看，我能行。**

这一天过后，我的自我项目管理便开始了。我还记得自己在夜山酒店发过的誓言。有事情要做——有这么多事情要做。别把死亡与情感联在一起，混为一谈。我将努力把死亡置之度外，因为我尚没有准备如何面对自己的所思所虑（或者无思无虑的空白）。我要把注意力转向处理死者的身后事。我真没想到，处理行政事务那么困难。**它们一点儿也不让你好过。**

我爸爸做了大量文书工作，我试着尽力帮他忙。当我发现这些身前身后事有多昂贵时，都被震住了。我的意思是，你刚刚经历了一生中最痛苦的时刻，你还要从账户上拿出去几千镑。太不对了。我们得注销她所有的账号。我问家里人妈妈的玛莎百货卡在哪里，然后发现这些早已经归类过了。这可能吗？就在她过世之前，她亲自做了处理。**哎呀，妈妈。**这是又一个残酷的提醒：关于要发生的事情，她知道得一清二楚。她知道一切不可避免，预先帮我们一把，这是她的典型作风。直到终了，她始终为我们着想远胜于为自己。

我自己圈定的第二个行政事务，我打算独力完成。我去了妈妈工作的学校，清理她的教研室。借由我新生的力量（哪怕它仅仅是个假面），我想到，与我密切相关的区域不仅仅是（生活在伦敦），在这里，也有些事务需要我来应对。不必提醒我爸爸和莎拉都是老师的事实。他们已经很辛苦，做这个对他们来说是百上加斤。

妈妈去世前后，正是学校放期中假¹的日子——我不想见学校里的任何人。**这是一种解脱。**而且，知母莫若女，即使在临终时刻，她也可能会趁学生放假的时候多操些心。毕竟，她为我们都操过心。妈妈过身后六天，我打电话给她的好友兼同事丽兹，问她能否带我进学校，并帮我收拾妈妈的教研室。我忙于处理琐事，有些感受我视而不见。丽兹接到我电话，听了我的请求后，一个哽儿都没打，立刻表示：她会到场的。我太急于做事，甚至没动一下脑子想想这对她来说有多难受。我应该事先想到，对她来说，故地重游，而且是她曾经与妈妈朝夕相处的地方，是什么滋味。**我在想什么？**我的家人不是唯一为妈妈在哀悼的。**我一定不要忘掉这一点。**

打开妈妈的教研室门，我不由得一惊。**什么？**在她桌上有一支点燃的蜡烛——不会有其他人来过，除非是看门人放在这里。真美。我知道，会有许多蜡烛因为怀念她而燃起，但这是第一支。我环顾教研室，认出许多熟悉的事物——墙上的照片，她的钢笔，她的记事本。**她有多喜欢那些可爱的记事本呀。**最让我深深震动的，是看到了她的字迹。我们整理了一纸盒东西，看到她藏在储物柜里的巧克力、小零嘴等秘密储备时，我忍不住偷笑了一声。在教研室里她

1　期中假（half-term）：英国中小学每年有两个期中假，上学期在二三月份，下学期在九十月份，各为一周，大部分是用来让学生们参加社会实践的。

还留下了几件外套——闻起来仍带着妈妈的气味。我知道对我来说，拨云见日还为时太早，只是——至少别这么刺痛我的新伤。我们得知，她的掌上电脑应该交回学校，里面应该有记录和报告，当然还有课程计划——那些她永远没计划再教的课程。

我把妈妈的纸盒带回家，在厨房桌上打开。我找到她的掌上电脑后，把它放好，绝望地试图记起她的密码。**为什么我竟然不知道？** 我坚强的假面还维系着，但我不是超级大英雄，在假面背后，是一个身心交瘁的普通人。我等着黄昏来临，以及一周末的苦撑。**我得保持精气神——假面绝不能脱落。** 周末就在眼前，但再也不像"周末"了。我真不知道，过去一个月，我都是怎么过来的。我唯一知晓的就是：每一个浑浑噩噩度过的日子，都是看不到妈妈的另一天。让一切雪上加霜的是，周一下午，我得面对任务清单上的另一个艰难任务。**真是分秒不停。**

牧师给我发来电子邮件，是为需要殡葬服务的家庭提供的仪式日程单。邮件主题为"薇芙·查德威克"。这是个糟透了的开头。听起来可能荒谬，虽然我在妈妈葬礼之前的周一就收到了邮件，但还是有那么一毫秒我真真切切地想……**不——显然不可能是我妈妈。** 但我确实在这里——读着葬礼事项的日程单。在葬礼之前，以日程单为依据，要组织那么多事——好怪异的感觉。"圣歌，朗读，致敬，音乐起。"这将是我参与过的最可怕的事，更不用说还要亲手安排。我回信道："仪式程序极其出色，谢谢您。"**出色？我在和谁开玩笑吗？明明是令人生畏。**

最痛苦的仪式之前的一周，每天前门的门垫下唁信和卡片都堆得高高的。我们坐下来，一封封拆读这些吊慰的函件——数了数，加起来有 300 多封。**哇哦**。不过这没什么可奇怪的，真的——妈妈受众人爱戴。信封里面，很少只是一句简简单单的"我很难过"（倒不是说如果他们这么做了，有什么不得体），绝大多数都满溢着对妈妈的怀念之情。正如我去她教研室一趟的感受一样，我还没做好准备，能兴高采烈地"回顾"往事。**我想知道，几时——甚至是到底可不可能——才能到达这样的状态。**

家里变成花的海洋——眼中所见，处处都是不同的花束，毫无疑问，远超花瓶数量。我嗅到那势不可挡的花香，不由得想起妈妈，她与花朵一样一生绽放，直到不可避免的生命尽头。**从此后，每当我看到花朵，还会和从前一样吗**？葬礼迫在眉睫，对唁客，我们请求他们不要赠花，倒不如向维多利亚火花组织做一次捐赠。那是本地一所特殊学校，为残疾儿童提供教育、治疗和护理。妈妈始终很关注这家慈善组织，曾通过学校与他们建立联系，还在活动周带学生去那里做过好事。

我决定为守灵之夜做些特别安排。从过去到现在，妈妈有很多令人动容的照片——从她的孩提时光，到我们的牙牙学语，还有家人共度的假日，以及和朋友们的合影。我把它们全收集起来，在葬礼前两天，从妈妈的学校借来大型告示板，制作了一面缅怀照片墙。我把照片按时间顺序排列，看到 80 年代照片上的古老仪容和服饰，会忍不住偷笑。看到妈妈无处不在，我还是很受不了。我心中她的音容笑貌，仍然是她最后几天的样子。**我希望这些记忆都消逝。**一俟照片墙上贴满，组织工作便告一段落——葬礼安排在周五。**我们已经竭尽所能。**

葬礼日期恰好是妈妈初诊后的一个月零一天。**我迷失在这无始无终里。**葬礼那天早晨，我们全体做好了准备，感觉很奇怪，穿戴整齐去参加这样的场合，总像是哪里出了错。但我们已经决定了，为了妈妈，要表现出最美好的一面——漂漂亮亮地送她上路。**"上路"这词听起来便是最后一程了，是，它的确是。**爸爸已在教堂订好了棺材。葬礼在郡中心的温伯恩明斯特市举行。教堂是我们童年生活的一部分——起初是和爸爸的父母即爷爷奶奶同去，再是学校音乐会上，我们都有份出演。它是一幢美丽的建筑，位于森林一侧，离我妈教书的地方只有几分钟路程——我们选了它，完全不作二想。**这会是她愿意去的地方。**

开车过去的路上，我们都很沉默，路上的其他车辆以哀悼之情缓缓停下，让我们先过。我的大脑告诉我要坚强，但我的躯体却在说没有什么能阻止我的颤抖。我绝不认输，至少我能坐在座位上，而不至于崩溃倒下——我必须挺住。**请一定要挺住。**我们到达教堂后，大批人群正潮水般地从入口涌进来，我们等待着，直到每个人都进来了。钟敲十一点，众人各自落座。

穿行在走廊里，所有的眼光都看向我们——怀着悲悯的凝视，令我感到无比虚弱。我尽力避免与人眼光接触，笔直看向前方，却发现我正面对着那窄窄的、刺目的母亲之棺。我在心里无声地感谢我爸爸，知道除了那些必须承受的，他已尽力让我们避开伤害。绕棺时间越短越好，因为那是装载了妈妈遗体的灵柩。**我恨它**。在靠背长凳上依次坐好后，我们拿起葬礼日程单——妈妈滑雪的照片赫然在目，她在对我们微笑。一切越来越难以承接。**你必须振作起来**。我不知道该看向哪里。说到底，我既不想看到妈妈的微笑，也不想看到棺柩，更不想看到教堂里的任何人。我坐在长凳末端，左手紧紧握住莎拉的手。突然间，我希望右边也有一个人，他温暖的手环着我，抱紧我——而不是一根冰冷坚实的柱子。

葬礼开始了，一切顺利（甚至能算是尽善尽美），直到第一首圣歌响起。我没法再看我面前的纸页，日程表被泪水打湿，我语不成声，一个字也唱不出来。我看向我的左手边，是一大群朋友们，从孩童时期到伦敦时期的都有。泪闸轰然打开。我不知道有何必要这样严格要求自己。**这是我妈妈的葬礼——哭吧**。

我家的一位密友保罗——他与我爸妈都有深交——站到讲台上，关于我妈，宣讲了一篇动人悼文。宣讲期间，他显得如此坚强、镇定、谦卑，还要加上一小撮幽默机智，这都是她颇为欣赏的品质。我们全都被他的话深深打动。接下来是迈克尔姑父，我爸爸的妹父，他站起身走向前去，念诵了如下诗句。经此一役，我初初成长，能懂得诗中所言了：

她去了 [1]

你可以挥泪痛惜她的离去，

也可以微笑缅怀她的生命；

你可以闭上双眼祈求她的归来，

也可以睁开双眼搜寻她的踪迹；

你可以因她的离去而心灵空虚，

也可以因与她共享的爱变得充实；

你可以掉转身躯生活在过去，

也可以为了过去的一切笑对明天；

你可以执着于她已溘然长逝，

也可以珍惜对她的记忆以使之永存；

你可以痛哭并关闭你的心扉，失落地回避，

也可以如她所愿：微笑着，张大双眼，爱着，活下去。

——戴维·哈金斯

这首诗选得很美。既积极向上，聚焦于回忆，又展望未来，激励生者完成她未了的心愿——对妈来说，再合适也不过了。

爸爸选定了抬棺而出时所用的音乐，是露纳萨乐队 [2] 所演奏的一

1　《她去了》（*She Is Gone*）：当代流行短诗，英女王曾在王太后葬礼上朗读过。

2　露纳萨乐队（Lunasa）：当红的爱尔兰民谣团体，多使用风笛和竖琴，以传统音乐为主。

首爱尔兰乐曲，我妈妈很欣赏露纳萨。这是一首欢快的歌，爸爸希望能让人们带笑离开——为妈妈而笑。

我也想带笑离开，但随棺材走在走廊上时，抬头望去，面前是身穿校服的人海。全是艾伦堡中学[1]的学生们，为了纪念母亲而身穿校服。学校休学一天，所以学生、老师以及家长，都能到访温伯恩明斯特，与我妈妈告别。我们打心眼里感动。出教堂道上，我禁不住啜泣起来，心想：他们都来参加，她该多高兴呀。

火葬场已经打来了两个电话，为了随后要办的第二场仪式。坐在灵车里护送棺材而去，我们再次陷入死寂。**请让我休息一下。**环绕身边的，都是最近的家人，而不是教堂里的几百口子——这甚至让我心里更难过。只要车一转弯，我都会想：有人就紧挨在妈妈身边——人人的眼里都是泪。**我恨不得葬礼现在已经结束。**到火葬场后，他们让我们自行选择——**承蒙好意。**我们决定不让棺材入土，让它留在原地吧。**我痛恨火化她遗体这件事儿。我不想看到骨灰。**

去过温伯恩的火葬场后，我们随后去往艾伦达尔社区中心，在那里与大家聚在一起，为妈妈守灵。看到所有人都站在照片墙周围，脸上带着笑容，我胸怀大慰。我脑中闪过一个念头：今天，有多少来参加葬礼的人，在照片墙上发现了自己，他们看到往事像蒙太奇镜头般历历在目。**很高兴我做了照片墙。**

许多位朋友专程到场，给予我支持与关心，我对此无限感动。

1　艾伦堡中学（Allenbourn Middle School）：位于温伯恩市，学生年纪从 9 岁到 13 岁，即从 5 年级到 9 年级，共有 600 位。艾伦堡中学大致相当于中国的初中。

其中一些朋友与我妈素未谋面，仅仅是从我这里听说过她，却仍以这种方式来送别她——我为之动容。守灵期间我忙得分身乏术（倒是个好事儿，让我不至于沉溺于悲伤），我几乎抓不到空儿，与任何一个朋友好好说几句话。但每次环顾房间，都能看到朋友在场，实在是一种安慰。

有一个人，是我最想见，想得要死的（也许这词不是最恰当的）是我的丁丁姨。嗯，她并不是我的亲姨——她是我的教母，她也不真的叫丁丁——她叫安妮塔。但对我来说，她就是丁丁姨。她是妈妈最好的朋友，我一见到她，只想马上哭出来。多年前，丁丁姨和丈夫以及三个漂亮的小孩一起搬到了苏格兰的艾拉岛[1]。虽然多年时光过去，她仍是我们家中的一员。不巧的是，丁丁姨刚与我们联系，说她马上要搬回家，妈妈就确诊了。妈妈和丁丁姨一直互通邮件，最后妈妈病弱得无力打字，我便义不容辞接下来，她口述我录入。妈妈恶化得如此迅速，以至与丁丁姨终究无缘重聚。但她们始终是心连心，妈妈知道丁丁姨会明白。她也同样知道，我会与丁丁姨保持联系，我们的大家庭不会离散。这是一个心照不宣的承诺。丁丁姨和我抱了很久很久，彼此都努力不去想太多。我知道，朋友虽然好久不见，但现在不是嘘寒问暖的合适时间与地点，她已回到我生活中，我们有的是机会。

我觉得，守灵期间最令我不爽的，莫过于遇见那些从不曾见过

1　艾拉岛（Isle of Islay）：英国苏格兰西岸的内赫布立岛群中最南的岛屿，人口约 3000 人，以赏鸟和生产威士忌著称。

的陌生人。这很难理解，因为有那么多人在妈妈生活中出现，理所当然，我不可能全部认识。但我还是感觉到丝丝缕缕的嫉妒，尤其当我意识到，我搬到伦敦后，有些人与她共度的时光远多于我。**我想她回来。我想多花些时间陪她。**

大家陆续离开，终于能长舒一口气，我们熬过了这一天，给了妈妈力所能及的最好送别。爸爸邀请家人和我的朋友们稍后到家里坐一下，吃点喝点儿。我自觉已精疲力竭。好像我与妹妹们刚刚出演了一场前所未有的大型秀事。若有人走到守灵处，看到我们的神采奕奕，可能不相信我们是亡者的女儿。**然而，我们确实是——我作为其中一员，感觉到我的假面越来越沉重，我的苦痛日日在加深。**

几天后，爸爸把全家人召集到了客厅。作为校长，他决定重返岗位——全神工作，让自己忙起来。他以校长口气宣布：我们不应该再坐在家里哭天抹泪了，相反，我们应该做那些妈妈愿意我们做的事，继续做下去。他希望家庭生活恢复常规，而他将投身于工作。于是，我打点了行李，悲情难抑地说了"再见"，再一次上路回伦敦。只是这一次，我是失母之人了。

重坐在办公桌前，中间仅隔了五个星期，却感觉什么都不对。这短短数周，我完全与工作绝缘，发现妈妈的癌症，被通知已经药石无效，度过水深火热的两周零两天，守着她去世，安排参加她的葬礼。而重回真实世界，竟简单得不可思议。我们所经历的事，无从追溯。**我将怎么办？**一切都感觉那么荒诞，我慢慢意识到残酷现实：我仍处于彻底的、绝对的心神激荡中。不知道我能否从这境地中自拔。

我预先给好友们打了预防针：重返伦敦生活，我很紧张。我并不想一切如常，我不愿意假装一切都好，但在心底里，我深知这是必需的——这是唯一能让我挨过去的途径。你知道吗？我认为我表现绝佳。

我设想过，几乎是绝望地乞求过，我去上班的时候，办公室的人已经全知道了。因为我真的没勇气和每个人面对面，把这件事大声说出来。**我需要多练习。**我知道这会让我失态，会让我在其他人面前崩溃。我必须保持仪态，我会做到的。我在脑海里反复练习：到万不得已的时候，将如何告知他们。但光是想象就已够艰难。果不其然，总有一些人是漏网之鱼，和他们一说话时，就得面对这样的问题。"嗨，瑞秋，你是去度假了还是怎么的？"或者"你去哪儿了，我有段日子没见着你了。"**亲爱的黑洞，就在此时，就在此地，求求你，求求你吞噬我吧。**

明白了吧？此事无可逃避。我必须直面现实——有人就是不知道。我发现（还持续不断地发现）人们对此的反应令人啼笑皆非。随着时间推移，几乎像一次社会实践。我理解，当听说某人死讯时，"该怎么做？"大部分人没有操作手册可循。你看，那些痛失亲朋的人，自己也不知道从他人身上想得到什么，又渴望什么。心念每天都在变。既然自己都不知道，又怎么能指望他人猜得到？这种时刻，没有正确做法和错误做法可言。为什么每个人的表现各不相同？任何人都不曾让我感觉不快，我也无法从他们的反应倒推他们的为人。该如何应对，我自己也拿不准。只是开始几天，我比较敏感，这使得最初的任何一种反应我都难以接受。有以下几种分门别类。**没有任何一种是错的——请记住。**

回避者

他们从你眼皮底下溜走，暗自巴望你不曾注意到，但这是不可能的。他们企图不和你待在同一间屋里，而且只字不提。我在猜，他们到底是害怕不知道说什么才显得体，还是害怕说错了话。谁能怪他们呢？世上并没有规则手册可遵循。

哭泣者

一旦有人当我面哭起来，我将如何看待他们的行为，取决于之前我做了什么。如果我刚刚哭了，那么他们也哭一场是足够公平的——我因为他们的感同身受而稍觉安慰。但如果我没哭，我则被放到一个尴尬境地：我必须安抚他们。我已经有够多的人要照顾了。**请……请擦掉你的眼泪。**

拥抱者

拥抱应该是双方的事。它应该是双双相拥，至少抱之前在身体语言上有个暗示。但有时，对方紧紧抱住我，我只是杵着不动，这可是很让人不舒服的一种状态。**我就像被抓住了。**

歪头党

现在的我可能有些许吹毛求疵——但是天呀，我的天呀，我必须得忍受歪头党。成群的歪头党，撇着嘴，带着同情的眼神——光看那歪头就够难受了。我也被搞难受了。

说说陈词滥调者

"时间会治愈一切"，还有"随着时间过去，会好起来的"，他们这样说。这种话很难听进去，因为我一想到"没有妈妈陪伴我，我也会感觉良好"就难免内疚。但我希望他们是对的。**情况总不能变得更糟**。

"免遭罪"者

按照这一型的意思，我妈妈从确诊到去世一共就两周零两天，是桩好事。这意味着她少遭了罪。很不幸我不能苟同。癌症扩散得如此之快，我甚至无从想象她承受了多少痛苦。

不能置信者

他们说：你竟然能和往常一样。口气无限震惊。因为一旦是他们，肯定是"五雷轰顶，什么也干不成"。他们的意思是："你表现得太出色了。"这是赞誉。但有时，我又胡思乱想道：也许他们的真正意思是，如果这事儿临到他们头上，他们会比我难过得多。言下之意，我难过得远远不够。

"我很遗憾"者

当有人去世，必须"做点儿什么"时，以上短句"我很遗憾"是我们社会里最根深蒂固的做法。我也经常这么说，我确定以后还会这么说，但既然曾是对话的另一方，并且和也痛失亲朋者谈过话，所以我明白：回答这句话是如此困难。你下意识想说："没事儿。"但是……但是明明是真的有事。我于是发现我只是语无伦次，结结巴巴，脸上挂着一个虚弱的微笑，打算一有机会就换个话题。

然后，最终，要说到最伤人的做法了。沉默——什么也不说。在闭起的门后，他们的生活一切如常，而你一直在努力，把你的心用透明胶一点点粘回去。因为，毫无疑问，它再也不会像从前那样完整无缺了。

三周后的一天，我和好友卡洛琳一道吃午饭，那天的情形她记得非常清楚。我猜她恨不得当时根本不在场。我像一个脸红脖子粗、暴跳如雷的怪兽般咆哮道："都没人问一下我好不好！"我声称我想买一件 T 恤，上面印着一句话："我妈妈死了，我不好。"也许，再三考虑过，在我包里还会备着另一件，为了另外的场合："我妈妈死了，但我不希望你们提起。"

我重又开始出入公司不远处的小酒馆，现在我要应付的是：有多少次，"妈妈"出现在谈话里。之前我从未注意过，但它几乎是每天的家常便饭。**妈妈们无处不在！**人们谈论着妈妈，说得打电话给妈妈了，说需要妈妈的建议，说星期天要去看妈妈，一起吃晚饭，有时还抱怨妈妈。**妈妈，妈妈，妈妈！**所有种种里最窘的是，有缺心眼儿的，竟然要和我开"妈妈玩笑"。我要叫个出租车。他们突然反应过来，我只是站在那儿，他们话说了一半就闭嘴，惊慌浮现在脸上，嘴里咕哝着"我很抱歉"，拔腿从酒吧里跑掉了。这令局面更尴尬。因为委实如此——对其他人可能更不好意思，远胜过痛失亲人的人。我不想任何人为了我的缘故就闭口不谈自己的妈妈。我永远不希望任何人这样做，因为我也想谈谈我自己的妈妈。

在与卡洛琳午饭后没多久，我必须从技术层面来面对处理悲痛了。妈妈的名字还在我手机里。我反反复复思量着，删了它到底是不是会更好，但最终我得出结论：这未免太过于曲终人散了。另外，老实说，不能和她讲电话真让人难过，于是我开始给她发短消息。**我仍然在发。**

然而每一次，当我在邮件的发件箱里打出"V"（薇薇安的首字母），她的电邮地址都会呈现在我面前。无止无休。每一位近亲，与她有关的人，此刻汇成网，浩浩荡荡地铺陈开来。而最致命的一击，是当我想起，几乎我所有的安全密码，都用了她娘家的姓"爱"。"啊，多可爱的姓氏。"每当我回答安全密码时，人们都会这么说。

有些事必须去做。我以平淡镇定的口气，通知电话那头的银行可怜女职员，移除我的密保问题——什么是你母亲的娘家姓，并且立刻生效。她说没必要。经我解释后她理解了，并且为我移除了。当我记起还有多少张银行卡要履行这一套手续时，我不由在心里又多谢她几次。

好歹处理完这些事，然而，当我经过商场橱窗时，不由得一个激灵：时序仍是如此按部就班——母亲节就要来了。**是的，我已经受够了**。我需要从这个国度逃走，一溜烟地。我就是这么做的。我问过家人：这样行吗？他们很理解我的感受，说：你觉得怎么合适就怎么做吧。

我跟卡洛琳说，我有一种想突然逃离的冲动。她立刻发挥铁哥儿们精神，与我同行。四天里，我们订票，打点行李，直奔盖特威克机场，飞往巴塞罗那度了一个四天的假。这正是我需要的。我们订了家公寓，那家公寓很奇葩，你人还在电梯里，就得把门打开。这头开得不错——这应该是小说里才会有的经历，提供了很多笑料。**真有趣！**我们狼吞虎咽着异域文化（也就着面包，狼吞虎咽了不少酒水），到最后，静静坐着看书，吃好吃的，我几乎完全没提起妈妈。我彻底心力交瘁，只想从真实世界做一个小小逃奔。唉，我的真实世界还剩了什么？**微乎其微，至少感觉上是这样**。

在回家的航班上，一切悲伤卷土重来，啃噬着我。一场座位大战[1]，我和卡洛琳没坐在一起。我沿着走道来来回回，妄图找到个空座位。有一会儿我自暴自弃地想：要不然坐到厕所去吧。**要真能去**

1　座位大战：欧洲有些廉价航空如瑞欧航空，不出售座位票，先到先得，坐满则止。满员后才到的人将以部分优惠的价格转乘其他航班或下一班。

还算我运气好。最终我在前几排抢到了一个。我把围巾放到了头顶上的行李舱里（**哎——来吧**），没想到空乘们拿这动作开玩笑，载歌载舞了一会儿，我开始还有点不爽，渐渐地，"回家"这件事向我袭来，我是回家了，但回的不是我一向拥有的那个家。在过去的四天里，我可能是把头埋在了沙里，现在我回到现实，我妈妈仍然不在那里。

很不幸，尽管这几天的放空很开心，踏上故土后的几小时内，我又回到了早先的萎靡状态。我知道一个关于悲伤阶段的理论：否认，愤怒，讨价还价，绝望，最后接受。我自己的经验里，它们不是按着次序来的，有时候三四种情绪同时出现，偶尔还会全部涌现。在那次回家的航班上，我强烈地感受到：我已经完全失去了自控力。这是失控感的第一次发作，下一步会怎么样，我完全摸不着头脑。（**我至今仍然不知道。**）

失控感到达顶点时，无论几时或者无论感觉如何，总有一些事是我无力掌控的——睡眠。我知道睡个好觉会管用——但我就是睡不着。一晚上能睡三小时就算走运了。我试过安眠药，薰衣草精油（最终对我有效）却无法控制梦境。我整晚受噩梦折磨，有时还会魇住或者惊恐发作，一次次，一旦合上眼睛打算睡觉，就眼睁睁看到妈妈去世的情景。当从抽泣中醒来，唯一能安抚自己的就是：一切都还好吧？我没法解释我的恐惧，不同于守灵期间的镇定，我知道一切都不好。她真的走了。就好像又把所有坏消息再接收一遍。**我不想入睡。**

　　我的身体自动调整到了缺觉状态，而且显然是长期的，一时半会儿缓不过来。担忧且放一边，下一步的当务之急就是家里有人过生日——爸爸的。全家人团聚在一起，但当我们送他礼物和生日卡的时候，忧伤低迷的情绪弥漫全场。女主角缺席，再无"快乐"可言。我担心妹妹们，因为她们的生日也就在近期了。我也担心我自己的生日。随着时光飞逝，月复一月，也许到时会好一些？也许不会。

　　爸爸生日后没几天，我有一个工作上的派对要出席。这是风云变色后我参加的第一次聚会。通常这种聚会我总是兴致勃勃，特别是作为组织团队一员的情况下。但这一次我只觉焦虑恐慌，它来得像一次意外——我热爱融入群众，也不想连累大家都不开心。固有的自我正在一点点消失，我已经厌倦了强作欢颜。单就这件事而言，我估计是我想到了，有些人仍然不知道。这使我很担心和陌生人碰面。此外，有些我原先很爱做的事，现在也打不起精神了。那段日子，我不再约会，我对此松了一口气——我不想把重负放在任何人肩上——但我也在担心，我是否将再不放人进我的心房，且永远永远。

　　谢天谢地，在远处有明亮星光在指引我，令我不至于掉得太远。前面还有未来。一桩家庭大事即将发生，我必须保持精力来参与，把那一天变得终生难忘。

第五章

妹妹的婚礼

一切开端于 2012 年 6 月 9 日，那是个星期六，小妹汉娜的婚礼。发夹和化妆刷甩得到处都是，还不用说收腹裤和无肩带胸罩了。可怜的爸爸打算置身事外——明智之举。咖啡杯和茶杯堆得高高的，顺便来几杯香槟，为了让大家伙儿平静一下紧张的神经。当我这么说，我指的是自己的神经。**我是残兵败将**。汉娜为了保持镇定煞费苦心。而我在匆匆做准备。（为什么要改变作息时间的习惯？）**我抱怨自己的毛糙发质——欧莱雅绝对不认为我的头发配得上它的品牌**。

莎拉、我、新郎的姐妹梅根和赫蒂，都是伴娘，汉娜最好的朋友达尼被指派担当首席伴娘 [1] 一职。**不，当然，我一点点都不嫉妒她。为什么你会这么想**？

那天早上，家里除了有一点忙乱，一片喜气洋洋。这真是个普

1　首席伴娘（Chief Bridesmaid）：伴娘团中最重要的一位，一般从好友或姐妹中选择。有时还会作为证婚人在结婚证上签字，或在婚礼后的婚宴上致辞，等等。这是婚礼中很重要的角色，故作者会有"嫉妒"语。

天同庆的好消息。我们全都渴望隆重地送汉娜出嫁。怀着一颗碎成渣渣的心,以及一位重要女士无法忽略的缺席,我们仍将尽力把这一天变成最美好的一天。

汉娜向我坦白:天未破晓她就醒了,溜到客厅待了一会儿,哭道:"妈,你在哪儿?"那一刻,她挣扎着面对事实:妈妈永远不会来帮她梳妆打扮,看她嫁给一生挚爱。我保护妹妹的长姐意识以及母性情怀(对汉娜我时常如此,因为她是最小的)一起爆发,多希望我当时正坐在她身边。但她向我表示:有些事她只能一个人做。她需要清空思绪,为今天做好准备。

汉娜念念不忘的一幕,是她和妈妈一起看《妈妈咪呀》[1]。银幕上出现了妈妈在女儿婚礼当日早晨为女儿梳头的场景,我妈妈哭得心都碎了。当时汉娜只觉得妈妈是被打动了,**她总是多愁善感**。但追忆此情,汉娜意识到,看电影时妈妈虽然尚未确诊,却好像已经知道她不能为女儿的婚礼做准备了。**知道这份无奈,不哭她还能怎么样呢**?

汉娜曾经无比肯定,妈妈会一直陪着我们,长长久久,比任何人说的都要长久,也曾想过要为妈妈的病推迟婚礼。但她一点儿也没想到,妈妈的最后时光竟只能用日来计算,甚至不能用周。妈妈过世后,汉娜想过是否要延期——亡者尸骨未寒,生者创伤犹新,

---

1　《妈妈咪呀》(*Mamma Mia*):百老汇经典音乐剧,是第一部被引入中国的音乐剧,亦有同名电影。故事讲的是小岛上的单亲母亲带着女儿一起生活,女儿从不知道自己的生父是谁。她在婚礼前夕,向母亲日记中提到的三个男人寄了信。三个男人都出现在岛上,打算以父亲身份参加她的婚礼。

还应付得来婚礼吗？我不知道该给她什么建议，只能是：不管她如何选择，都会是汉娜和她的心最好的决定，我都大力支持。我知道妈妈会希望照原计划进行。在她去世前几天，她看着桌子上堆满的请帖，用一种平静的、就事论事的口气对我说："要保证把它们都发出去呀，拜托了。"让汉娜心中忐忑的是，在那 16 天里，妈妈从未提到过婚礼这件事。我们全都知道，这是不能提的话题，她一开口，她们两个人都会痛得粉身碎骨。一切已然太沉重。**真希望我能帮上她。**

于是，妹妹做了勇敢的决定：按原定日期结婚。我自告奋勇负责请帖——我想为这一天出人出力，略尽绵薄。我把教堂的信息和我们的想法都用邮件发给朋友詹姆斯，他以前是我的室友。作为一个建筑师，电脑设计这方面，他比我精通多了。妈妈去世时，请帖尚没有发出去，我犹豫不决是否要对请帖做修改。这么多朋友和家庭会来访，无法确定哪种做法是更大的痛苦——在请帖上看到她的名字，抑或是看到请帖上不再有她的名字。我发了个短信给詹姆斯，说要修改设计，落款将变更，仅是："P. 查德威克先生谨邀请……"第一次到马里波恩附近，我便去考察了几家印刷所。很幸运，他们没认出我是妈妈的女儿。在当时的情况下，我不想跟任何人应酬。是我而不是汉娜在处理这件事，我心里好受多了。汉娜已经够煎熬了，别再给她百上加斤了。请帖非常美丽，但现在，有一个美丽的名字被去掉了。**我的心碎了又碎——为汉娜，为每一个人。**

婚礼前的几周，订教堂，安排会场，把花束排列成行，把婚纱改得无比合身，万事俱备，于是，当天早上剩下的事务，就是每个人都要打扮得似模似样。汉娜做了发型，化妆完毕，其他人排队轮流挽高髻。众人正忙乱间，爸爸却手捧一杯咖啡在房前屋后闲荡。我忍不住大笑起来，客厅临时充当美发沙龙，我们都要花几小时美容美发，爸爸只消偷十分钟的空儿，躲到楼上，淋个浴，迅速换身衣服，就立马全活了，看上去容光焕发。**男人做事前准备真是不费吹灰之力。**

那天早上嘻嘻哈哈的基调，催生出一些搞笑的片段。要规范自我行为。我自己卷进了一桩"染黑事故"，公认我的肤色过分苍白（**要怎样才能成为一朵英伦玫瑰？**），我觉得拍一点儿隔离霜会是个不错的主意。应该不错，如果事先试过色号的话。但是，当然了，我没有。所以，拍完霜之后，我在浴室镜前照照，唯一念头是，我要不要打个电话，成为《埃塞克斯是唯一的生活方式》[1]上的一个插曲。幸好擦掉它倒很容易。**今天可能下雨，我不能冒这险。**

这时，达尼也正蠢得不可开交。爸爸在厨房里，听见她在后门口大喊梅根。嗯，这也没什么，不过她是趴在地板上，通过猫门[2]喊的。不明白她为什么不打开门叫人，不过她没这么做更好——当天及事后，这都为大家提供了笑话的原材料。

挂满彩带的老式汽车开来接人了，梅根和赫蒂坐在第一排。赫

1　《埃塞克斯是唯一的生活方式》（*The Only Way Is Essex*）：一档真人秀节目，是英国 ITV2 频道的特色品牌节目。
2　猫门（cat-flap）：是一种开在门底部或墙壁上供猫自由进出的活板门，这样不必人来为猫开门，同时也能防止风雨进入。

蒂，年纪小小（**好吧，是和我比起来年纪小小**），很少穿这么高的高跟鞋，一早上都为之心烦意乱。"别瞎担心了，会好好的！"我们全向她保证。这话说早了。当时我正埋头疯狂地想弄顺手中的项链，这是汉娜当作礼物送给我和其他伴娘佩戴在身上的，突然听到车道上传来阵阵笑声。我向前门一探头，发现赫蒂的高跟鞋卡在下水道井盖的金属栅格上了。她努力想把鞋跟拔出来，结果连井盖一起拔上来了。**这样子走在婚堂走廊上，该有多招笑**。幸亏婚车司机帮了一把忙，她脱身了，井盖归了原位。司机也想法弄好了我的项链。好了，莎拉和我可以出发去教堂了。**呼，松一口气**。现在，一切都进入所谓"高效持续发展中"了。

我们在坎福德大教堂外停下来，教堂位于河旁的一所私立学校[1]内，十分宏伟壮丽。太阳普照大地，光芒灿烂。我简直不敢相信，连续多日的暗淡阴雨天气之后，竟然为这特别的一天放晴了。我们认真地想道：是否有人对我们伸出了援手？**多谢你**。

爸爸扶着新娘出了婚车，小心地举着她的裙摆，我热泪盈眶（**但是别告诉她**）。她看去明艳不可方物。我知道每位新娘都是美丽的，但汉娜是她们中最美的一位，我从未见她如此貌美过。最重要的是，当她跟在我们身后行过教堂过道，站在乔的对面，她周身都因喜悦而熠熠生辉。

我尽力在婚礼上保持镇定，但当我想及有一个人，她不在场，再也听不到"直到死亡将我们分开"，我不禁哭成了泪人。**她本应在**

1　一所私立学校，即坎福德学校。

这里的。看到爸爸，不知道他心中的感受，我无法抑制我的悲伤——如此隆重的家庭盛事，他的妻子却不在身边。

他们宣布乔和汉娜"结为夫妻"，我们全体欢呼起来。乔和汉娜在注册表上签字时，小妹莎拉和来自同一个合唱团的朋友走向教堂正前方，唱起了《花之二重唱》[1]——她们的声音在教堂里回响，扣人心弦。我听莎拉唱歌也有年头了——只是在家里，或者通过车上电台——却仍然为之击节叫好。一曲即了，她坐回原处，好多人都过去称赞她的歌喉。我心里很佩服莎拉。在这美好日子，她克服了自己的羞怯，为了汉娜挺身而出，在这么多人面前放声歌唱。我将永远为之赞美她。

然后，（感觉上是）在教堂外拍了一百万张照片，我们跟着车队到了酒会会场。港口酒店富丽堂皇，安坐在普尔沙洲半岛的边缘，就在海边。向远处眺望，可以看到老哈里巨石[2]，不远处是通往贝壳湾、斯塔德兰湾和斯沃尼奇镇[3]的浮桥。

酒会在包厢举行，这是新郎新娘以及我们大家第一次向宾客发言的机会。看到这么多笑容洋溢的脸孔齐聚在房间里，真是一次盛会。我想起来，上次看到他们中的大部分人，是在妈妈的葬礼上，度过那么悲伤的时刻后，很高兴能有一些积极正面的事可以庆祝。

---

1 《花之二重唱》（*Flower Duet*）：法国音乐家德利伯的著名歌剧《拉克美》中的曲子，出现在第一幕一开始，女主角拉克美和女奴玛莉卡在花园中散步，对着茉莉花织出的穹顶唱出这首《花之二重唱》。此为女高音和次女高音所演唱的曲目。
2 老哈里巨石（Old Harry Rocks）：一块石灰岩巨石，位于波倍克岛和怀特岛组成的陆连岛之间的海上，为侏罗纪海岸的东部起点。
3 贝壳湾（Shell Bay）、斯塔德兰湾（Studland）和斯沃尼奇镇（Swanage）：皆为沿海著名景点。贝壳湾是美丽沙滩，斯塔德兰湾以裸体海滩而知名，斯沃尼奇镇适合天然攀岩。

我们坐下来，开始共进三道菜的精美大餐，酒正在汩汩冒泡。当首桌上的人们准备发言时，空气中有一种紧张的气氛。我劝爸爸说：也许你应该慢点儿喝。但他放声大笑，轻声让我闭嘴，说：没事儿的。这时，我是最神经紧张的那一个——轮到新娘的父亲发言了。我爸爸直直地站起来，手里牢牢地攥着纸条，做了一个深呼吸，出乎所有人的意料，做了一个很漂亮的演讲，连一个哽儿都没打。开篇他便用了最美丽的词句说起了妈，然后讲了汉娜几个有趣动人的小故事：她对番茄酱的酷爱（**就没有什么菜是她不用番茄酱的**），还有我私人最喜欢的一个：她假装开着一辆虚拟的车，去麦当劳的汽车窗口消费。**我笑得太厉害了——肚子都痛了**。他以这句话结束演讲：我们都很喜欢乔，乔与汉娜是一对良缘天就的佳偶。

这几年，乔 [1]（**可别叫他约瑟夫——他讨厌这样叫——布锐瑟夫就更糟**）一直是我家的一员。他跟我妹真是天作之合——是彼此最好的朋友，无论发生什么事。不久前的艰难日子里，他不仅仅帮助汉娜，也帮助全家人。为此，我们都深深感激。**现在我有一个兄弟了——真是喜闻乐见的好事儿**。

汉娜是一位优雅新娘。等等——容我换一个措辞——在晚八点之前，汉娜一直是一位优雅新娘；八点之后，我发现她在舞池里，脱了鞋赤着脚，双手正惟妙惟肖地模仿着吉他手，在弹一把看不到

---

1 乔是约瑟夫的昵称。

的空气吉他。**如果《伴娘我最大 2》**[1] **需要找灵感的话——不用舍近求远了**。她摆了几个我从没见过的身段。**真是我的小妹妹**。这看着也许像迷幻色彩的《舞动奇迹》[2]——但也意味着，她今晚真的心情奔放。**把鞋脱了吧——如果跟得上节奏**……我们全部跟着跳起舞来，如同无人观赏一样。真希望彻夜狂欢能永无尽头。

这将是我妈妈会为之老怀大慰的婚礼。我知道汉娜仍然心伤难愈，而且伤痛会历久弥新，因为妈妈的缺席。但妈妈认识乔也有好几年了，她见过汉娜试穿婚纱，还帮忙挑选伴娘礼服，甚至实地看过教堂和酒店。在这特别的日子里，妈妈是举足轻重的一员，**而且永远是**。

汉娜的婚礼让我的精神为之一振，对她和全家人都引以为豪，说白了就是：我们为了妈妈，再一次成为铜墙铁壁般的一家人。万事万物都渐渐露出曙光。我希望会越来越好。

汉娜和乔出发去意大利科莫湖度蜜月了。送走他们后，莎拉和我，开始为下周即将参加的一场赛事做准备。这是一次五公里长跑赛，是英国癌症研究院[3]为生活事件项目发起的，我们为了纪念妈妈而参加。说起做准备这件事，我得说：莎拉比我准备得充分多了。

1 　《伴娘我最大》（*Bridemaids*）：保罗·费格执导的一部喜剧电影，叙述女主角安妮如何在为好友做伴娘的经历中，领悟友情真谛的故事。目前只有一部，作者提到的 2 是指如果拍续集的话。
2 　《舞动奇迹》（*Strictly Come Dancing*）：英国 BBC 一档舞蹈节目真人秀。
3 　英国癌症研究院（Cancer Research UK）：欧洲最大的综合癌症研究中心，隶属于伦敦大学。

当我在伦敦溜达时，我的确打算过要跑步，但好像总有些问题令我的打算破产，散步就是变不成慢跑。在参加赛事之前，我很可能只跑过两次步。天呀。我对自己说：下次我会做得更好一些。**我打赌这句话我重复过好几次了。**

为了纪念妈妈，我们自称是"爱之队"，并游说了九位朋友参与，跟我们一起跑。这次赛事以一切都是粉红色而著称，于是我们囤购了一堆发光 T 恤、护腿、太阳镜以及这一类的东西。我们在伯恩茅斯碰面，在附近商店的厕所里快速换上跑步装备。**帅就一个字。**我们决定把标志画在脸上，就在面颊上涂鸦了一个大大的"爱"字。只是当彼此对看时，我们意识到：呀，我们写颠倒了——完全搞错方向了。**这是正在读书的女学生才会犯的错误——又开始了。**

伯恩茅斯码头是一片粉红色的海洋——上千位参赛者齐聚一堂，装戴整齐，打算为了慈善而跑。情绪高昂的我东张西望着，想在人群里找到莎拉，这时有人拦住我的去路。是本地电台的人，一只麦克风伸到我脸前。**作为参赛者，现场谈谈吧。**还没反应过来，我的声音已经隆隆地从喇叭里传出来。我告诉他们这支团队的名字以及我们打算捐赠五千镑。用高声喇叭找人，是找到莎拉的好方式。我真就这么干了——还是挺不好意思的。更雪上加霜的是：莎拉根本没听见。**自我提示：别再上电台丢人现眼了。**

带娱乐性质的热身运动开始了，我已经有点儿累了。**哎呀！**为《回声报》拍了照后，我们来到了沙滩前部的起跑线处。大家商量好了，不管情况如何，都要作为一个方阵一起跑完全程，所以要保持匀速（蜗速）。但有些人渐渐跑到前头，剩下的人还没跑完一半，已经遇到他们在跑回程了。我们又唱又叫，跟这批开快车的家伙击掌叫好。我私下觉得，要是就在半程处停下来，我会更高兴的。折返点不远处有桑巴舞者载歌载舞，我们很自然地停下来看了一会儿。返程路上，我们分发了爱心卡，这是我的大学朋友卡莱尔想出来的天才之举。

跑完全程的感觉，我永远难忘。部分是因为很难受（倒不是跑步本身，而是我莫名觉得，过了终点线后还继续跑很好玩儿，结果跑到坚硬的混凝土地面上），但主要是那种以妈妈之名完成挑战的自豪感。知道可以为你失去的人做些什么，而且也深知，借由这些事，你可以帮助其他人避免同样的事发生，这种自豪感压倒一切。**这全是为了你，妈妈**。

好累，又兴奋得头晕眼花，我们踢掉鞋，和衣跑进海里让自己冷静一下。旁观群众（都是相当通情达理的人）看着这一幕，困惑不已。这是梦幻般的一天，再一次，我们与最亲密的朋友们团结一起，共渡难关。看上去，我在走上坡路。

不夸张地说，我们的跑步，一定激励了天南海北的一些运动员。就在第二个月，伦敦骄傲地主办了奥运会。爸爸来了伦敦，和我们一起在街头，用大屏幕观看了海德公园[1]的铁人三项比赛，真是精彩纷呈。这些有趣的盛事，妈妈竟然一件也没赶上，我又愤怒又挫败。

1　海德公园（Hyde Park）：位于伦敦中心，是伦敦最知名的公园和最大的绿地公园，占地 160 万平方米，曾是英王狩鹿场。海德公园有著名的演讲角，任何人均可在此演讲。在英国人心目中，这里是言论自由的起点，也是近代民主的起源地。

她本应是其中一员。她一生热爱运动，也喜欢看比赛——以后我要看双份的比赛，进行双份的运动，把她的份额也接过来。我下定决心要保持精神高扬。

奥运会即将收尾，我又要去当伴娘了。我的老同学贝思嫁给了玛特。我在伦敦漂之前，与她同在伯恩茅斯一家公司工作，她就是在那里遇到他的。妈妈和贝思很熟，很高兴在去世之前，她已经知道贝思的婚讯，并且很为贝思开心。我是贝思的伴娘，却因为刚刚经历的家庭巨变，在她的婚事上没派上什么用场，对此我很内疚。但作为我最好的朋友，贝思完全体谅。对同学圈来说，这是一个大型婚礼——第一例！所有人都来埃克塞特参加了，度过了载欣载奔的一天。闹了一些愚蠢的小乱子，全赖我的笨拙。我不仅仅用脚后跟把贝思的礼服扯裂了（**真对不起**），还把晚餐弄到了我自己的礼服上，结果贝思和另一个伴娘夏洛特帮我在卫生间里又洗又烘干，才处理妥当。当我们回到首桌时，贝思发现：有人把我的凳子偷走了，她给逗得捧腹大笑。"谁从首桌偷了把椅子？"我忍不住喊出来。**说正经的，更多材料可以提供给《伴娘我最大 2》了。**

那句"直到死亡将我们分开"总能打动我的心弦，这次婚礼尤甚。每一次当我想到爸妈，耳边总能听到这句话，他们确实就是这么做的——始终如一，至死靡他。这么快就参加了两场婚礼，也迫使我面对现实：妈妈再也没机会出席我的大日子了。**这件事，我想都不能想。**

9 月过去了，一个月后——另一个尽全力恢复"正常"生活的月份（**永远不会是以前那种正常了**）——另一个里程碑正在靠近。这一次要过生日的是可怜的莎拉。对她和我们来说，这都是一种搏斗，要保证全家人都在，还是完整的一家。生日卡是最让人觉得痛楚的部分，我们早习惯看到妈妈的名字在上面，不仅如此，也习惯看到她熟悉的字体。过去几个月我们都学会了：忙碌是不二妙法，能让我们分心，不至于全身心都想着"妈妈已经不在"。莎拉、汉娜、乔、莎拉的一些朋友加上我，在普尔湾划了一下午独木舟。这玩意儿我只玩过一次，那次是几年前在法国，当时是我、爸爸和莎拉共一条独木舟。船队浩浩荡荡，其中却有一条撞上岩石。**这确实百分百赖我**。对莎拉生日上的第二次独木舟历险，我有点儿太紧张。不折不扣，我是目前世上最糟糕的独木舟船手。嗨——至少我看上去很像那么回事儿。**唉，等等——我穿了条紧身裤**。我们拖着湿透的身躯回家换衣服，吃点儿东西，然后直奔伯恩茅斯喝一杯跳个舞。那一天大家很快乐（这令每个人都很意外），自始至终，莎拉都镇定自若，坚强面对。我们再次为她自豪。

10月缓缓地拖着脚走过去了。我发现我也一样步履蹒跚。婚礼、奥运会——所有这些振奋昂扬的事件都向我闪现了希望的微光——希望我还能够享受生活。**但一想到，没有妈妈还能活得欢欢喜喜，我就觉得内疚**。我努力过，非常拼命地努力，想让自己"向上"，但我对各方面的热情都所剩无几。工作上我并无追求——仅仅只是为了打发时间。每个项目、每个工程我都做得很拼命，但我也清清楚楚地知道：我不曾尽到全力。我始终有自暴自弃的危险。我需要一次新挑战。

一个挑战就这样来了，是一次强度很大的短差。"需要你去新加坡三周，两天内出发。你做好准备了吗？"上司鲍勃问。"是的。"**毫无疑问，百分百——必须如此**。为什么出一趟差会成为灵丹妙药？因为这将是离开家乡的三周。无论年纪多大，只要待在熟悉的地方，你仍然希望你妈妈给你勇气，告诉你，你能行。她曾是我最重要的参谋，虽然就在今年，她离我而去。而我明白，在外面，我将全靠自己单枪匹马与陌生人打交道。这一年在走上坡路，这个新鲜的冒险，会成就我还是毁灭我？只有一种方式去发现。订航班。

这不是一个轰轰烈烈的开始。我在希思罗机场排队通过安检。"女士，你可以去快速通道，你知道吗？"显然我不知道，但我还是说：知道。问清快速通道在哪里后，我便去了。进到商务舱候机室，顿时全身都不舒服，几乎是一进去就不舒服。因为我身穿普里马克[1]夹克（**19 镑，半新**），看上去不怎么"商务"。

上机时，走过机舱走向座位，我竭力要假装若无其事。然而我看去一点儿也不高冷——我雀跃的样子就像一个在甜品店的小孩。我小题大做地瞎转悠了半天，才把包、书和围巾都放好，先放在一个地方，又挪到另一个地方。行李舱太大了，可选的地方太多了。真爽。

没多久就开始提供用餐服务了。"查德威克小姐，您想好要点

---

1 普里马克（Primark）：起源于爱尔兰的英国大众服装品牌，被称为最实惠品牌，主要卖点是低消费高时尚。

的主菜了吗？"还没有。你知道为什么吗？这是因为我在忙着做另一件事：有生之年，这是我第一次找不到电视遥控器。不怕。我最后找到它的藏身之处。之后，五道菜的大餐上来了——绝对美味。**我一直战斗到最后一刻，吃得一口也不剩。**

不知道我是否太过激动，反正我根本睡不着。为了打发时间，我决定看，不是一部，不是两部，不是三部——而是四部电影。有两次，一位空乘挡住我的视线，问我是否需要什么服务，而此时，屏幕上恰好放着情色镜头，我窘得脸都红了——而且不是一次，是两次。**回程飞机上我一定要挑些更老少咸宜的影片。**

着陆时，我诧异地发现兴奋远多于紧张。出租车从机场开向市中心，直奔那高楼大厦的天堂（**嗯，如果你喜欢这一类东西的话**），几乎没有时间巡礼新加坡，便到达目的地。我知道当地有许多高度超过150米的摩天大厦，但我没去过几幢。（**我谷歌过了——严格来说，是59幢。**）从高楼上我汲取的正能量是：我希望它能让我显得矮一点儿，让我们直面现实吧，在我要去的地方旁边，就是一幢高耸入云的大厦——很打击人的自尊。**我希望我是个小个子——就像妈妈。**

热——相当热。潮湿，汗淋淋，闷热，但景色如画。我不想像我们大不列颠人那样抱怨。但问题来了，当你走进一幢建筑物时，用我朋友话说，必须要跟"干劲十足的空调机"打个招呼。他完全正确。除了在这五分钟里，还有什么时间，我会需要一把伞、小折扇、围巾、人字拖和厚袜子呢？

抵达的第一天，我一边忍受着时差的折磨，一边溜达着去上班，我盯着滨海湾地区乌泱乌泱的上班人潮。这有伦敦城的氛围，只是**冷静得多（别误会——外面仍然很热）**。外国人满街都是，他们每一个都用怀疑的眼光打量："你在这儿干吗？""上帝呀，我不知道。"我大汗淋漓地说。

很不幸，我在工作中留下了很不好的第一印象。当时我与同事一同乘电梯下楼去吃饭，我与他们才认识三小时而已。时差仍然让我晕乎乎的，我背倚靠在电梯上，完全是下意识地按了 10 层楼的键。哎，天呀，再往下 10 楼，我们被迫每层楼停一下。门每次打开，所有人都歇斯底里地大笑。为了让气氛轻松，我跟他们说，我这样做，是为了看看每一层楼的样子。话音刚落，响起了更多笑声，虽然这一次，绝对是出于礼貌。

在午饭路上，同事们问我有没有忌口。**黑橄榄和葡萄干很可能不是什么大问题**。我告诉他们我百无禁忌，我喜欢香料，绝大多数食物都接受。确实如此。

接下来三天的午饭，局势很清楚，我陷入了一个小游戏，游戏的名字是："我们可以让这个英国妞吃掉多少不同的东西？"很多很多。有一种叫"粿汁"[1]的东西，看着就面目可憎，但当然，我只是礼貌地点头微微一笑。第二天早上，我发现一整队好奇兴奋的脸孔，在等我到办公室。"我们简直不敢相信你昨天把那个吃下了！"**吃了**

1　粿汁（Kway chap）：基本上就是加了卤料的米粉，只是叫法不同。以文中所述，应为猪杂粿汁。

什么？**粿汁**。他们向我吐露真情：那是猪内脏。怪不得那么奇形怪状。他们后来问我是哪一年生的 [1]，弄清我的属相后，高兴坏了……

使用筷子相当需要技术——向餐馆要汤匙和叉子会显得很乡巴佬。我的一个同事竟然借给我一套儿童练习筷。**我担心这个会比要汤匙更丢人。**我试了又试，把大部分食物洒得浑身都是（**我发誓，我早上穿衣服的时候，它不是这个颜色。是的——这是面条酱汁的颜色**）。但我最终成功了——我要回伦敦去，到最近的一家中餐馆子得瑟一下。

一个人长久地待在酒店里，让时间一点点过去，比在外面要格外孤单。时差八小时，其实造就了更多差异。我彻底糊涂了，经常给人们发消息问他们在不在线上，结果发现他们在工作，或者更糟糕——在睡觉。**哈啰——有人想聊天吗？哈啰？**长期的离群索居，正如预想的那样，让我有许多时间怀念妈妈。自她离去后，发生了那么多事，而我一直在压抑一个渴望，那就是：我想把这一切都告诉她。好在，我有一个图书馆的 DVD 可借，有一个健身房，一个游泳池可以一头扎进去，让我不至于陷在黑暗境地不断打转转。

我在新加坡时，好友卡莱儿 [2] 周末时过来看我。过去五年，她一直和丈夫住在文莱，这次便是从文莱过来的。看到她真是个惊喜。在我所有的朋友里，她和妈妈是最熟的。她是我的发小——爸爸曾是她的网球教练，她和我上的是同一家舞蹈学校，我们有很长一段

1　从文中可看出作者生于 1983 年，正好属猪。
2　卡莱儿：瑞秋有两位朋友均名为 Clare，为与前文的卡莱尔区别，此处译为卡莱儿。

时间都形影不离。卡莱儿是我们全家的朋友，经常喊我妈妈是"第二个妈妈"。这意味着在她身边我能完全放松，肆无忌惮地谈论妈妈。这真是提神爽脑——对我再好不过。**我可以和她说心里话。**这次重逢，我很开心，同时也有一点点惆怅，我知道，下次再见卡莱儿，会是在很久之后。

我在新加坡遇到的每个人都很热情，我在那里如鱼得水。离境之前，我对这次旅行颇为焦虑，甚至有轻微的恐慌。我投入工作，几至变成工作狂，身体因此垮下来。妈妈去世后，我一直有各种各样的不舒服，真希望能摆脱。然而，新加坡之旅是一次很不错的经历，令我真切感受到，我的信心正逐步回归。新加坡的工作气氛可能很紧张，但他们的职业道德是第一流的。自从失去妈妈后，我痛失了许多对工作和生活的热情，但在这里我好像又重拾了热情。很高兴被一个人扔到这异域他乡，虽然每天都在思念妈妈，但我很享受有一个独立空间，可以直面挑战。**我不想忘掉这种感受。**

回伦敦的途中我精神抖擞，直到我想起自己马上就要过生日了——日历上的另一个里程碑。**谢天谢地我还没跨过 30 这道坎——除此之外，什么都不想担心。**考虑到不断的日期提醒令人厌烦，也许我应该任这个生日无声无息地过去。但不，我订了一个酒馆，邀请了大约 50 个人。**干得好。**

生日那天的早晨，我醒来，吃了室友为我做的早餐，止不住满眼都是泪。这是第一个没有妈妈在身边的生日，哎呀，我痛彻心扉。我开始后悔不该筹备周末聚会的。不过，至少白天，陪着期待已久的家人，我们度过了愉快的一天。在泰晤士河筑堤见面，在那条街上一家叫红咖啡的法式餐厅喝咖啡，他们送了我一部新相机，我很雀跃。我事先都不知道！摄影在我的任务清单上，我下次出国旅行时，这部相机会派上用场。这是一次我思量已久的旅行。是去度个短假、寻求一次转折的时机了，是到巴黎进行明信片历险的时机了——这是我对妈妈的致敬。

第六章
我的致敬

妈刚刚确诊是癌症时，我便开始思索所有那些我想和她一起做的事。我五内如焚地想向全世界说起妈妈，特别是那许许多多我觉得自己不能说的时刻。有时对我来说，提起她是太艰难的事，但当我非常非常想说时，却发现几乎没有什么社交场合，能接受我谈论过世的亲人。死亡是这么一个吓人的禁忌话题——不应该是，但确实是。我希望有一个恰好的机会改变它。现在是发话的时间了。**要大声**。

妈妈过世后，我有几个月时间耗在浑浑噩噩上，尽全力应对悲痛——披挂上勇敢假面笑对全世界——在紧闭的门后，我的全世界在我周围轰然粉碎。我跌入黑暗之地，找不到出来的路——每个我被迫面对的里程碑都把我推得更低落。每一次我打算让自己站起来，又被另一个拽倒。这是一列满载悲痛的过山车。而另一个里程碑就要来了。妈妈的 60 岁生日已经近在咫尺。此时像黎明破晓，我有了些开悟——与其焦虑地等待另一个悲惨的日子，何不试着做一些完全不同的事？妈妈始终不曾有机会与厄运搏斗，为了纪念她，我将向前一步，跟悲痛斗个你死我活。**亮招吧**。我将开始一次周年祭旅行，会把每个其他周末都打得羞愧而逃。我想做一些有趣的事，一些别具一格的事，而且，最重要的是，做一些完全独一无二的事，单为了纪念我生命中这位不同凡响的女子。这将是向一位女士历经久远的致敬，没有谁比她更般配这份致敬。

我的妈妈是我的一切。**她仍然是我的一切**。她是这样一位鼓舞人心的女子，对她做的每一件事都抱着热情，和善，对人体贴入微。她教会我在生活中做一个助人为乐的人，这包括了方方面面——已所不欲，勿施于人。我能在一个女人身上寻求的一切，她都实现了。我知道，我们将做一些与众不同的事，为了她的六十大寿。我想确定，她的生日还会如期而来，虽然不幸的事实是：她已经不再与我们同在。我将以我能设想出来的最富想象力最有创造性的方式纪念她，向她致敬。我将为这样一个实至名归的人，留下一段悠长的回忆。至少，这是我力所能及的。

我搜索枯肠：这份致敬将如何成文呢？写作是我历久弥新的热爱，从学生时代便开始。我喜欢英文课——直到现在，那始终是我最爱的课程，也是我在卡迪夫大学获得学位的专业。我总觉得我会一直写下去，哪怕只是利用业余时间。但或早或晚，多多少少——写作的火花渐暗。

2008年10月，我刚刚搬到伦敦时，我当时的室友蕾切尔，缠着我开了一个博客。我们用它彼此发送幽默有趣的信件，但她认为我应该用博客的主要原因是：她觉得我的日常生活天天都会爆出狗血滑稽的段子。我不觉得这理由充分——这显得太随意，写我怎么滚下台阶，或者邮件发错了对象，既没有深度可言也欠缺写作的真实动机。于是，有鉴于此，我再次把写作之事暂时搁置。

但是这次有所改变。一个博客将会是一个完美的平台，既可以写下纪念计划，也可以草草记下那些盘旋在我脑中所有关于妈妈的词句、感受和回忆。终于，在写作背后，我有了一个强大而且走心的写作动机。终于，我有了某些事，某些人，并为此书写。博客将是我的写作阵地。

与其独自上路，我还是给密友们发了电邮，邀请他们参加我的周年纪念游。我想知道如何措辞——我不希望因为这次旅行的极具个人化因素让他们来得有压力。另外，他们是我最亲密的朋友，我应该诚实告诉他们，这次旅行背后的动因。这对我极其重要，我不能等他们到现场再说。我说，我将开始纪念妈妈的六十寿辰，而一种"我在"的恐慌在内里盘绕不去，久久回响。如果他们能在我身边，那就太好了。**太让人放心了。**我对我的朋友们，总是心存感激，感谢他们来到我的生活里，但又一次发现他们有多急人之急、解人忧难，还是让我感动。**我是个幸运的姑娘。**

为什么选择巴黎？嗯，根本没有地方可与它争锋。我妈妈送我的最后一件礼物，是为我的 28 岁生日准备的欧洲之星代金券——她与我共度的最后一个生日。这是她为我精心选购的，因为她知道我好想好想去爱城。除此之外，"爱"还是我妈娘家的姓氏。**这是个恰如其分的理由，不容忽视！** "爱"这个字，自我妈远行后，便有了全新的含义。每次我看到"爱"这个字被写下，都会想起她，想起她最后一次到伦敦时，在南岸买下的那幅"爱"。她为自己的家族姓氏很是自豪，我也是。**我真希望她把夫家与娘家的姓氏合二为一，使用双姓——当然了，这绝无冒犯爸爸的意思。**

我想在巴黎留一封关于妈妈的短函，说明我出现在那里的目的——也许是在爱心卡、便利贴或者在不干胶上写些什么？**不，不干胶不行。我可不想污毁环境。**一次回家，我和汉娜在多塞特郡一家叫回廊的小咖啡馆里歇脚。这家店我们曾经跟妈妈泡过许多个下午，一杯茶、一份奶油茶点足矣。就在那儿，汉娜帮我想出了明信片的主意。**明信片！**游客总是会从旅途的彼岸向家乡寄明信片。它们饱含了个人化的只言片语，人人都能看到，而没有信封遮盖。并不是要在旅行中向家里寄明信片，而是反其道而行之——告诉那座我留下足迹的城市中人，我因何而来。这是散发关于妈妈的短束的最佳途径。

"巴黎60张明信片"有一个可爱的缘起。闪电袭击！我将在城中四处散发明信片——每一张纪念母亲生命中的一年。这将是我的一项创意计划。我又忍不住想：好像漏掉了什么。是我结识新朋友的热情（这是我过去的最爱）让我灵感一现：如果我在每一张明信片上都留下详细联系方式，说不定捡到它的人，会想和我联系？这是否有些太过疯狂？然而设想一下，万一真能从某人那里收到反馈呢？这是一次冒险，赢面很低，但我愿意孤注一掷。我已经再没有什么可损失的了。（不用考虑理智，我想它早就离我而去了。）

上路之前，我买下 60 张明信片，又在里面搁了几张以前闲置的（**饮红葡萄酒过多 = 犯错**）。我想用最巴黎的感觉精心挑选，但恰恰相反，讲真的，我是在"纸秀"买的，那是一家我时常逛逛的小店，就在英王十字车站附近。而"恭逢盛事"的那位店员："很抱歉，但我得一张一张检查过再给你。"他叹了一口气。他倒没必要向我道歉——而是应该对我身后那数量越来越多的耐心等待者（也可能不那么耐心）道歉！

所以，取得明信片的过程简单了一点儿。现在，让我们应付那艰难的部分吧——内容。我要写些什么？好吧，就这样，言简意赅，越短越好。我打算每一张明信片上都写同样的字句，让它们模样相仿。否则，如果每一张都写得不一样，我会担心不同的表达感不感人，甲或乙，哪种被回应的可能性更多。以这种方式，我将遍游巴黎，在 60 个不同的地方留下一模一样的印记。计划里最棘手处便是：明信片的方寸之地，如何容得下我想说的字字句句？而我要给读者充分信息，让他们能准确地知道我在做什么，我为什么这样做。

而且，当然了，我必须确保我的电邮地址清晰可辨（荣誉归于特伦特，正是他指出了这一点——他也同时摇身一变，成为质量控制总监）。在几次（好吧——很多）试验和笔误之后，我选定了如下词句，写在每一张明信片上：

劳驾您！请读一读！（法语）

您好（法语）/哈啰！

我叫瑞秋，来自伦敦，这个周末我和朋友到巴黎旅行，心中怀着对妈妈的思念——她在今年2月去世了。为了悼念她并纪念她的六十寿辰，我在这座城市留下了60张明信片。我将在个人博客记录这个周末的见闻，我非常乐意你能参与其中。请写电邮给我，留下你的名字，并简短地说一下你是怎么发现它的。如果懒得理会，就把它留给其他人吧，也不必有什么压力！

谢谢/多谢（法语）！

瑞秋 吻吻吻

（电邮地址）

为什么我选择手写的方式，这么老派？我喜欢老派。作为八〇后（我也爱你，加尔文·哈里斯[1]），在我的成长过程中，家庭作业都是用钢笔写在纸上的。（直到我们升到六年级，电脑把我吓坏了又令我抓狂——曾有一度，你得等上半小时才能接上互联网。啊，我多想念网络接上时的那一声"叮咚"呀。）社交媒体的世界全面接管一切，虽不慢也来势汹汹，而我想回到起初，留下一些更实实在在的东西。印刷品很可能不会被注意到——我知道我总会被手写的东西吸引，但打印出来的就差远了。前者要个人化太多。**毫无疑问，**

---

1 加尔文·哈里斯（Calvin Harris，1984—）：英格兰八〇后创作型歌手，以一首《恰如人意的80年代》进入歌坛。

我会捡起一张来！ 此外，我还是喜欢亲手写些什么东西的，特别是清单（**我的最爱**）。许多都是我写给妈妈的——她也是个清单狂，对写在她漂亮笔记本上的目录，颇为自傲。有一个清清爽爽的任务清单，能帮很多忙。那么，为什么我留下电邮地址而不是家里地址？如果我留家里地址，人家肯定会把明信片寄回来，但是把家庭地址给完全的陌生人，似乎是（太疯狂的）一步，过了（太过了）。倒不是我害怕会有人突然出现在我家中，但真不值得冒这个险。所以我的历险还是要用 21 世纪的方式，除了我刚刚说过的对手写便条的偏好。另外，我们身处智能手机时代，它们也同时是非常好的照相机（更不用说"BB 一声，照片共享"——我自己和许多朋友都这么说）。如果有人发现了我的明信片，又带着无所不能的手机，可以立刻拍张照，当场就能给我发电邮，或者至少留下我的电邮地址。然后，他们可以把明信片留在原处不用管。**就这样，万事俱备！**

刚刚这些解释听起来，好像我出发前好几个星期脑子都在琢磨这事儿，甚至是好几个月前。但老实说，一次与家人朋友的头脑风暴（我父亲说，关于这事儿，"头脑沐浴"是比较时兴的词）之后，它就迅速成形了。你知道，一个更有条有理的人，在上路前，恐怕就已经写完 60 张明信片了。但说到我自己？哦，不。当我要形容自己时，"有条有理"不会出现在前五个词里面。**这真心不是我的风格。**我比较……怎么讲？拖延症。为了这次浪漫经历（**我这么讲，是为了让自己舒服一些**），我刚刚才从新加坡差旅中赶回来，差点跑断腿。抱歉，抱歉。另外，在巴黎写明信片，意味着我会得到巴黎团队——我这么称呼他们——的帮助。这将是一种群策群力的体验（坦白说，他们事先可不知情）：一边游历巴黎，一边共同写明信片，这也是种佐料，令这一趟更好玩儿。**归根结底，宏图巨制总来自青萍之末。**

我将在哪里散发明信片呢？写一个散发地点的清单，可不是简单的事（**就你所知，即使我真心喜欢列清单也一样**）。我从不曾到过那座城市，一行十二人四处游荡，也无法确定，将在三天之内覆盖多大一块面积。带着一个随意而为的路线图（事实上，根本不存在什么路线图），我想最好的方式莫过于"风吹哪里去哪里"（**或者"风吹路"，我爱这么说**）。一路走一路散发——只要觉得正正好，那么，就在当时，就在当地。**注意：真的必须感觉是"正正好"——我不想浪费任何一张明信片。**

于是，我将在巴黎待着，怀着对她的思念，以别具一格的方式庆祝她的生日。而我也向巴黎人民伸出手去——既向当地人也向游客——想看看，他们是否会回应我的呼求。如果他们这样做了，我将有一个新的联系人——也许会是新朋友？即使没从任何人那里得到回应，至少，我与亲密好友们，以独一无二的新鲜方式，度过了妈妈的生日——我决定姑且一试。妈妈一向富有创造力，毫无疑问，这是她会乐于听说的那种致敬。

60 张明信片计划就此诞生。这将是我的礼物，我的致敬，我给妈妈的珍贵馈赠。

第七章
爱　城

　　在这间完美的巴黎公寓里一夜好睡，醒来后，我们便进入致敬周末——所有人在自己的房间里，隔着墙壁，彼此睡意蒙眬地喊道："早上好！"这是我们作为一个团队进行城市探险的第一天。有趣好玩的事正式开始了。

　　我和室友凯蒂睡在一张床上。昨晚我和她一直聊到三点钟，现在我迷迷糊糊，似醒非醒，突然间，我哆嗦了一下，醒过来了，发现我的好朋友在睡梦中抢走了所有被子，只剩我一个人在发抖。呃哼——我要冻僵了。怕吓着她，我轻轻推了一下凯蒂，问能不能还给我一点被子。她给了超乎想象的最热情有礼的回应（在这么个倒霉钟头，我都快给她气醒了），以一种时髦腔调咕哝着："啊，瑞秋，真抱歉。我不该这么干的。"最后我对自己咯咯一笑，决定睡个回笼觉。她一定犹在梦中，所以才迸出了这般语调——也许她是《切尔西制造》[1] 阵容中的一员？搞不好，斯宾塞又不怀好意了。更有意思的是，这一段对话她完全不记得了。

凯蒂、贝唐和我，是最早起床梳洗的（这让我很吃惊），我们决定勇敢地呼吸一下冬天的新鲜空气，跑去买面包。我在包里放了些明信片（我早打定主意，最好随时随地都带着它们），出门在街角处停下来喝杯拿铁。贝唐和凯蒂看书，我开始写明信片，该写的内容在我心中汹涌澎湃。**我手都写痛了。这不是个好兆头——还有这么多要写呢！**面包房就在咖啡馆对面，看起来五彩缤纷，空气里全是新出炉的面包香——贝唐已经欣喜若狂了。所有松软的面包类东西贝唐都爱得要命（更别提乳酪类），这很快变成了行程中的一个段子，每次经过一家熟食店，我们都会拎出来取笑她一番。**现在她又这样了！**

我们买了法国长棍面包、热热的牛角面包和油酥点心回到了——怎么讲，新家。我们在桌前准备早饭，再来一杯橘汁和热咖啡，一切应有尽有，与此同时，我的巴黎团队（他们对我来说，就是这个）正在楼上淋浴。他们一个接着一个，慢慢下来了，排着队，一头扎进早餐的大吃大喝里。当我看向饭桌后，我开始猛力拉紧牛仔裤裤腰。如果这将是一路上的固定食谱（毫无疑问它是），我回家后可得好好做点儿体育锻炼了。但是，等等——我们回家时就快圣诞节了，我还是把"锻炼"加到越来越长的新年待办事项上吧。**明**

---

1 《切尔西制造》（*Made in Chelsa*）：英剧，故事围绕伦敦切尔西区的富人生活展开。下文中的斯宾塞（Spencer）指男主角扮演者斯宾塞·马修斯。

年将是忙碌的一年。

其他人陆续准备，我高高兴兴地去应门，是我的好友卡洛琳来了，她搭早班欧洲之星来与大家会合。我们现在是一支十一强的小分队。**这将是一次历练！**最后总得花上好几个小时，让每个人洗漱呀，换衣服呀，吃饱喝足，才能在庞大的居所里集合起来。披裹上大衣、手套和围巾，更不用说双层厚袜子。终于整装待发，为这一天奔赴前方。**巴黎，我们已做好准备。**

我环顾全屋，感觉自己运气好得惊人，这个周末，这么多人来这里支持我。我是在不同的生活时段遇到他们的，让我高兴的是，他们竟彼此熟识起来。把一群朋友带到一起，这想起来多少让人却步——这一群人聚在一起，就跟老房子着火差不多。

首先是贝思。她是我认识年头最久的一个朋友。三岁那年在托儿所，我们便认识了，一起上小学，又在高中重逢。一路长大，我们打过很多次网球，能为她的婚礼当伴娘我觉得无上欣悦。她现在住在德文郡的埃克塞特，我老是巴望着我俩要是住得近点儿该多好。

艾米和我，从上艾伦堡中学（就是妈妈任教那一所）起就是铁姐儿们。当时那一帮老同学里，只有我俩是住在多塞特郡的。大学毕业后，初入社会的第一年过去，我们的友谊更牢不可破了。在时尚文化方面，艾米对我有深远影响，她经常带我去苏豪剧院看最新热映的喜剧。

贝唐，"面包迷"，是另一个从中学时就开始认识的朋友。对运动系的热爱（包括在社交时间穿运动服——**好尴尬**）让我们始终在一起。这个姑娘是我最开始搬到伦敦来的原因之一。她公寓马上将空出一个房间来，她说服我搬进去。很高兴还真成了。贝唐和我只用了几分钟时间就发现，我俩总是不约而同说出同一句话，打出同一种手势。

室友贝西，是我刚搬到伦敦时认识的。她是无敌厨房起舞女以及彻头彻尾的电影大师，总把银幕上最美的画面展示给我看。因着她对电影的执着热情，我对有朝一日会以她的嘉宾身份出席奥斯卡，还是颇有展望的。

而遇到卡洛琳，是大约五年前我刚刚在伦敦上班时的事。我们几乎是一拍即合，以至于当晚我专程打电话给我妈妈，跟她说我交到的伦敦新朋友。卡洛琳多才多艺，一个人就能扮演一支完整的管弦乐队。卡洛琳职业生涯的顶点是在一家乐队唱歌表演，当我们过去看演出或者写清单的时候，她还时不时偷空和我到酒吧区喝一杯。**波西米亚咖啡应该算我们一股，给我们分红才是。**

我和威尔士姑娘卡莱尔结识，是在大学时间一起玩篮网球。她在伦敦教书生活，是个实干家（可以这么说），阅历丰富，有剧场、溜旱冰、马戏团训练的经历，你还在一一道来，她已经一一做来了。我认为，不会有第二个人，比她更擅长易容改扮后参加化装舞会。她绰号"滑稽卡莱尔"，的确人如其名。

我认识高地男孩大卫，是因为一次周末卡莱尔带他过来——他们在同一家学校工作过。我们的第一次见面，我就发现，他不仅是舞池里无可比拟的高手，也热爱歌唱。**他够得上专业标准。**

　　凯蒂一直是我的室友，直到今年上半年，她突发奇想决定去巴西工作两年。她以"凯子"之名远近知名，很有语言天赋，对所有拉丁美洲的东西都着迷。她假装不太懂法语，但她其实是骗人。**她说得天花乱坠！** [1]（这个说法对吧？！）

　　克里（一位姗姗来迟的同伴）是凯蒂的大学同学，很难相信我才认识她两三年——感觉上要久远得多。我们结伴同游了克罗地亚、巴黎（当然），甚至卡迪夫 [2]（**我唯一的至爱——我爱死那个地方了**）。克里脸皮厚，胆子大，我们时常彼此逗乐，而且都喜欢一杯下肚，世界就此变得更美好的感觉。

　　斯图和我是高中同学。像凯蒂一样，斯图也颇具语言天赋，而且他还好为人师，总在教我的过程中发现无穷乐趣（多半是粗口——反正我都不懂！）。哎呀，这人还可以把故事说得惟妙惟肖——我能整晚听他聊天听得心醉神迷。

　　特伦特是我的第三位也是最后一位室友，我很喜欢和他住在一起。他超级聪明，极其机智，此外，虽然他不会信，但我发现，他的笑声既具感染力又是治愈系的。特伦特是天赋异秉的作家，也是我的诤友谋士。简而言之，他是个妙人儿。

　　巴黎团队决定直奔位于蒙马特高地顶端的圣心大教堂，把那里当作我们的第一站。搭地铁，就会错过一路上的景色。而我们想看得越多越好，何况天天在伦敦地下钻来钻去，也该出来见见天日了。

1　原文为法语，故作者在后文询问自己的用法是否正确。
2　卡迪夫（Cardiff）：威尔士首府，是威尔士最大的城市和重要的商业中心、服务中心和工业中心。

我们溜达着过去，从徒步到闲荡，最后索性停滞不前了。"等一下！斯图尔特得回去拿下手套。""谁想要一个可丽饼[1]？我们要不要尝下可丽饼吧？我觉得我可想可想来一个了。"够滑稽不是，对可丽饼这么梦寐以求的正是贝唐。（**关于这一点，我必须加一句，虽然她总往嘴里填个不停，贝唐还是个身材纤细的运动型美女！**）

我们一行十一人从一处转战另一处的场面，多少有点儿像放牛。不过关于放牛我什么也不懂，虽然当一些伦敦佬知道我来自多塞特郡的时候，难免想入非非。（**我没有一块地——咿哑咿哑唷[2]**）

我有少许紧张，尤其当我意识到每一处都比预想的要多耗时间。我是否应该手里拿把伞，并且把它举得高高的——这是游客领队的经典动作。我告诉自己要克服困难，冷静下来。我们一起漫步，再一次停下来时，我突然搞清楚身在何处了，我们走到了蒙马特高地上一条叫作勒比克街的别具风味的小道上。找一家咖啡馆，坐下来悠闲地休息一下，是件惬意的事。我们在公寓里已经喝过一两杯咖啡，所以第二选项明显是皇家基尔酒[3]（**啊，太明显了**）。坐在户外的桌前，沐浴在周六下午的阳光里，闲扯几句，周围有隐隐约约的嗡嗡市声。这个地方是看街景看人情的天堂。妈妈会爱上这里——这是她最喜欢的消遣方式。我几乎能感觉到，法国人就坐在我身边，啜饮着我的杯中酒。唯一的问题就是：我几乎不会说法语。**真抱歉。**

1　可丽饼（crêpe）：法式脆薄小麦煎饼，可独立食用，亦可用作甜点的盘底。
2　我没有一块地（I do not have a farm—E-I-E-I-O）：著名英国童谣："王老先生有块地，咿哑咿哑唷。"作者故意反用。多塞特郡为非都市郡，故在伦敦人看来，属于农村。
3　皇家基尔酒（Kir Royale）：一种鸡尾酒，以白葡萄酒为主料，加葡萄干调味的白葡萄酒。

（法语）

我觉得我仿佛置身于电影场景中。啊，等一下，这是因为这里确实是电影场景。这不是一家普通咖啡馆——这是《天使爱美丽》[1]中的"天使爱美丽咖啡馆"。一切看上去跟银幕上一模一样。突然间，灵光一现，艾米莉的故事主线与我正在做的事何其相似，而当我带着计划出发的时候，完全没想到这一点。**摄下完美画面——正是如此。**留下明信片让某个人找到——当然！我在心里暗暗记下：一回家就要重看一次这部电影。

突然间，我极度神经过敏。为什么？因为当我们打算离开咖啡馆时，我知道——我知道，这里就是；这就是第一个"正正好"（的地方）。是时候发出第一张明信片了。等每个人都动身之后，我在桌上放下一张明信片，然后转身就走，要多快有多快。**真奇怪——我是不是做得太明目张胆了？**很难抗拒想回头张望的冲动。别回头！听来荒唐，但我胃里翻江倒海，心里莫名兴奋，我在想：这计划会发挥作用吗？会有人发现明信片吗？看到了会搭理我吗？**万事皆有可能！**

我飞奔上山，追上其他人，努力克制自己新生的紧张兴奋。这一路会很好玩儿的！我们一直走到路的尽头，才再次停下来。立定！又有一家面包房，隔着玻璃窗浏览各色精美糕点，已经让我们

1　《天使爱美丽》（*Le fabuleux destin d'Amélie Poulain*）：2001 年的一部法国爱情电影。女主角艾米莉是一家咖啡馆的侍应生，她自幼丧母，后来又因黛妃之死感悟人世无常，于是决定用帮助人的方式来改变世界。电影中，她工作的咖啡馆即这里提到的"爱美丽咖啡馆"，亦即"双磨坊咖啡馆"（*Café des Deux Moulins*）。

馋涎欲滴了。到最后，不得不强行把贝唐拖走。

　　斜坡越来越陡峭，我们的脚步慢下来，半腰还停下来看了看磨坊，那里有一对新郎新娘的人偶布置，是用来拍照取景的。完美的拍照时刻——把照相机拿出来吧。我的思绪又回到待办事项清单上——摄影——至少要把它标注出来。知道有些事，是我妈妈会勉励我去做的，让这些事更值得追求。整个旅程就是对她的纪念——我想让这个特殊的周末尽善尽美。

　　我们在蜿蜒曲折的鹅卵石路上穿进穿出，绕过一个街角后惊觉，就在几分钟之前，我们和一部分团友失散了。贝思、特伦特、卡莱尔、大卫、卡洛琳和我来到一个华丽的小画廊外，进入了一小群街头艺人的表演场地。一个人在弹吉他，另一个人戴着顶很可爱的羊毛熊猫帽，正把一块木板当打击乐器来敲。我这辈子也想要这么个玩意儿。我们停下来听音乐，不觉也开始跟着摇摆，肩膀上下舞动，脚掌在打拍子。我们都听入迷了，也跟着大声欢唱起来，歌声到处，越来越多的路人加入观众的行列。没多久，艺人们身前便拥满了人，堵塞了街道。**交通可以等——这是一场大型演唱会。**起先大家只是摇晃身体，渐渐手舞足蹈，最后的发展，只能说是一场街头的疯狂舞蹈。我给了一些硬币，又在盒子里留下了一张明信片。我一边走回去与朋友们会合，一边还忍不住举高双手用力挥舞，沉浸于歌舞的世界里。我们不能待太久，得找上其他人，但他们人呢？我们完全摸不着头脑（**都不知是几时的事了**）。贝西和特伦特，我的最佳室友，跳上台阶，充当后排舞手，即兴发挥跳起舞来——自由自在是他们的风格。有一些舞步很眼熟，经常在我家厨房出现。经典造型。那一刻我说不出话来，只是大叫大喊——笑得失控，笑得连眼泪都迸出来了。

歌声极具感染力——他们对音乐的热情也一样感染人心。曲调特色鲜明，"啊——啊——啊——"是和声。我们笑得更大声了，艺人们很为拥过来的人群而高兴（**每个人都会把这里当作温布利体育馆[1]吧**），于是决定多唱一次这歌的演绎版本。不知怎的，十分钟后，我们还在高唱"啊啊啊"。这是我经历过最漫长的一次安可——无论是歌手还是观众，谁都不希望这一刻结束，渴望这一刻能永存记忆中。我买了一张他们的唱片。10 欧元花出去了。我们很花了点儿时间，左冲右突，才终于杀出重围，最终把艺人们甩在身后。**多美好的一天。**

我们在蒙马特高地顶端处、教堂的台阶上发现了其他人，便把刚刚的载歌载舞说给他们听。一边说，一边啜饮着应时合景的热香酒，低头看去，数不尽的美景在我们脚底，令我们赞叹不已。

在台阶底部我们遇到了第二拨艺人，一个男人爬上灯柱，扮成马戏团的小丑，做出各种足球动作，花样百出地平衡身体。他真是个天才，摆了一些谷歌图标之后，灯柱下乐队的人告诉我们，他参加过法国版的《英国达人秀》[2]（很可能名叫《法国达人秀》——但是要用法语说）。**我不知道。**

1　温布利体育场（Wembley Arena）：位于伦敦西北部，距离伦敦市中心不到 10 公里。2012 年伦敦奥运会期间在此举办羽毛球和艺术体操比赛。
2　《英国达人秀》（*Britain's Got Talent*）：一档以才艺表演为主的真人秀节目。

胃开始咕咕叫。正常步行也就 30 分钟，但这十一人，遇酒停步，遇可丽饼大吃，随机发放明信片，与街头艺人共舞——时间飞逝，已经快到下午了。该吃迟来的午餐了。当晚我们安排了好多户外活动，我几乎能听见妈妈在我脑海里说话，叫我不要暴饮暴食！我们又依次走回教堂前的台阶上，大卫开始唱起玛丽亚·凯莉的《圣诞节我要的只是你》[1]。我们全加进去合唱，其他游客拥在周围，笑眯眯地聆听（也可能是觉得这歌声太恐怖刺耳了）。我们在街头自娱自乐，只比艺人们的才华少一点点（**少很多**）。

现在，关于午饭的麻烦事来了：得找个地方能装下十一个人呀。好运，巴黎。我们全都在反复练习说"**我们一共十一位**"（法语），也做好准备迎接一张惊呆了的脸。沿着高地往回走，发现了一家楼上有长桌的餐厅，简直是为我们天造地设的。好极了。来吧，让我们开始密友大餐。点了各式各样的食物，我知道我们会待很久，尤其是叫过酒后，碰了很多次杯，说了很多次"**祝你健康**"。今天是个好日子。我感觉良好——很可能是今年来感觉最好的一天。朋友们围绕在身边，而我在为妈妈散发明信片。

我们慢慢荡回公寓，准备晚上再出去纵情作乐，有人（不提名字，因为我们有太多人，我不确定罪魁究竟是谁）提议：找一个酒

1　玛丽亚·凯莉（Mariah Carey，1970—）：美国女歌手、词曲作家、艺人，《圣诞节我要的只是你》（*All I Want for Christmas is You*）1994 年收录在她的首张圣诞专辑中，从此每年圣诞节前后都会进入排行榜。

店停一脚，喝一点儿龙舌兰酒或者桑布卡茴香酒 [1]，应该不错。**哎呀哎呀！**刚刚一顿吃了这么多面包，我的肚子已经感恩不尽了。干杯。我们走进去，又干了几杯。一路往家溜达，红磨坊已经亮起灯火，我们啧啧赞叹着，想起那部电影 [2]——妈妈深爱这部电影。她喜欢唱《给你的歌》。这回忆如此美好，仅仅是几个月前，只要一想起此事，我就忍不住泪如雨下。通过这次旅行，我强壮了许多。比起以前几个月来，觉得我更像我自己了。

在城市的这一区，如果我们不去参观一下成人用品，好像不太合适。拍下来——十一个奔三的人走进去，出来的时候，变成十一个痴痴傻笑的少男少女。我们忍不住。也许镜头的大胆也于事无补。我在里面放了一张明信片，不过没指望有人搭理我——在那种地方——但是，那里仍然值得一去！这一天里，我放下越来越多的明信片，渐渐镇定自若。这感觉很异样——我总是鬼鬼祟祟环视周围，像在做贼。但我什么也没偷，相反我留下了一些东西。这让我想起卡洛琳曾经对我说过的话："反贼。"我喜欢这句话——我很喜欢这句话。

回到公寓后，该来杯餐前酒，给晚餐垫个底。放了些音乐，当然也包括今天买的艺人 CD——这个的试听效果，我们都觉得和在街

1　森布卡茴香酒（sambuca）：意大利的茴香味利口酒，通常无色。有茴芹、八角、甘草、接骨木花成分，并添加浓缩的糖浆，酒精浓度一般为 42%，最常见的是白森布卡，亦有深蓝的黑森布卡和红森布卡。

2　那部电影：指电影《红磨坊》（*Moulin Rouge*），是由巴兹·鲁赫曼执导，妮可·基德曼、伊万·麦克格雷戈等联袂出演的歌舞片。下文提到的《给你的歌》（*Your Song*），是 20 世纪 70 年代埃尔顿·约翰的著名单曲，在《红磨坊》中被翻唱。

头起舞时听到的差远了。砰地开了酒，把奶酪和面包都拿出来（不吃主食无以补充精力——我们全都喜欢好好地跳一场舞）。抢淋浴是一场大战，据我所知，我是最后一个才做好准备的，不过，没人抱怨我第一个进去。每个人都打扮得容光焕发，只为了晚上的娱乐。我给头发做了几个卷，又涂了些红色唇彩（**好歹也是身在巴黎呀**），穿上新买的黑晚装，自觉这一身是有生以来最逼近巴黎模式的。回到窝里，喝一杯酒，随音乐摆动身体。照相机都拿出来了，大家互相拍照，再花了大半个钟头用"照片共享"功能，把照片修得好看些。**如果扔掉照相机，还让我们怎么活**？

　　个个都打扮得花枝招展的，却聚在厨房里，对着卡莱尔和大卫捧腹大笑。在酒精作用下，卡莱尔正在用钝拙的厨房剪给大卫剪头发，还很自鸣得意。**别在家里弄这些**！贝唐好像迷上了一个新词**"瞅瞅"**，随时随地都在用，不管和当下的情况搭不搭界。大家每次一听，就哄堂大笑。

　　喝尽了杯中酒，出到冷飕飕的夜色中叫了几辆出租车，直奔塞纳河上的一座桥。在桥下过夜生活？好怪异。但斯图尔特在巴黎住过，知道一个叫作"玻璃柜台"的俱乐部，认为那里很适合我们。从出租车里下来时，能看到远处埃菲尔铁塔灯火通明，光彩流离。有生之年，我们第一次离它如此之近。**我比原先更深深地感觉确实身在巴黎**！我们到了亚历山大三世桥[1]，走下斜坡，绕过街角，一

1　亚历山大三世桥（Alexandre Ⅲ Bridge）：塞纳河桥上最华丽的一座桥，1900年落成。作为当时法俄友谊的象征，桥以它的奠基人沙皇尼古拉二世的父亲亚历山大三世的名字命名。

路下行走进俱乐部。难道我们像一群 17 岁的少年吗？尔后我们明白了，每一个进入俱乐部的人都会被要求出示身份证。我和老同学们互换个眼神：了解了。**类似情形原来也遇到过。** 大部分人没带证件——在巴黎，我们只有护照。但身携护照晚上出来喝酒是绝对行不通的。**我的未来将在塞纳河上终结。** 能让斯图尔特或者凯蒂跟他们讲法语吗？不，让我们打打"我们～不是～本地～人"这张牌。起作用了。好，要不是这个原因，就是一望可知我们全都二三十岁了。总之，俱乐部对我们开放了。

俱乐部位于寒冷的地下，石壁彩灯。我们直奔左侧的酒吧，排队点酒水。**贵死人了！算了，我们毕竟是在度假！** 他们出售试管装的彩虹鸡尾酒。我们都笑了，游客们时常在这里出没，追寻新鲜元素，能陆续把一整排全买下来。**真有效果。** 畅饮之后，该下舞池跳个几曲，凹几个造型了。酒吧，舞池，来来去去，周而复始了好几个钟头，我们玩得好尽兴。贝思撞见了一个人，是她在埃克塞特认识的，那人便临时加入了我们这一群。卡莱尔随后高喊他也遇到了熟人！显然这是当地人出来欢度周六夜生活的地方。看上去似乎"小年轻"更多一些，不过，我们凹的各种造型对他们来说，也是一种挑战吧。（**我一直在说造型——小年轻不说"造型"这么老土的词。**）

要回家了，得三辆出租车才装得下，我们不得不暂时分开一下。我们是先回公寓的，其他人还没到，都有点儿饿了，决定大半夜吃点零食填填肚子——**OK，大餐。** 我们大吃大喝，余粮全下了肚，才心满意足。其他人进来时，卡莱尔正躺在沙发上，她事后告诉我，当她听到有人在问"**面包在哪里**"时，她努力忍着笑，假装已经睡着了。这些可怜的家伙问了又问，可是所有存货已经荡然无存，啥都没剩给他们。

星期天早上要起床是一场斗争。每时每刻，宿醉都来得更猛烈。我们全觉得连穿衣服都多少有些难受，更不用说动身出门了。我好累，不仅仅因为昨晚的狂欢，也因为周五早上为了巴黎旅行起得太早（**我对自己太狠了**）。今天早上让我跑出去买面包可万万没门。我暗暗期盼有人状态比我好，能赶快带些面包到餐桌上来。

不过，我最终还是清醒过来，跳下床。如果我记忆无误，那真的是"跳"。因为克里从巴黎北站给我发短信，告诉我，她已经在来公寓的路上了。**好姐儿们！**最后一位巴黎团队的队员抵达了。克里要来，而凯蒂还不知道，这是最最棒的一环。出发之前，我与克里通过电邮，她跟我说：反复考虑，她可能还是不来。直到最后一分钟，她才抽出时间，决定加入我们。克里和凯蒂是好朋友，我想这对凯蒂来说是个惊喜，所以谁也没跟她提这事儿。克里敲门时，我应了门——确定凯蒂在房里。嗯，我以前可能没见过这么慢一拍的反应。凯蒂对克里傻看了一会儿，突然爆出高八度的大笑声。她兴奋地看向每个人，好像在说"看——这是克里"，她不知道我们全心里有数。她们彼此拥抱。因为真促成了一次惊喜，我也十分开心。现在是一支十二人的团队了。"**我们一共十二位！**"（法语）

那天早上我们瞄准的目标是香榭丽舍大道。身体倍感难受，比平常动作慢得多，所以就别指望我们能整齐划一地做好准备——除非把出发时间安排在下午！我们的窝可能很好，但不能把整个星期天都泡在那里，外面还有很多美景等着我们呢。

有些人选择步行，包括我。我爱散步。比起管道交通来，我宁愿走路。在老家（我只是没有口音而已），我非常喜欢沿着漂亮的林荫道步行，想象那就是巴黎。现在便是我曾经希望的事已经梦想成真，还会更好。甚至还不曾抵达旅行的终点，我已经为了以后故地重游而不胜兴奋。**此事是我的噩梦。每次出门前我甚至会得假日抑郁症——只因为想到天下没有不散的宴席，良辰美景终要回家！**当每个人都陆续出门时，我确保大家手里都拿着几张明信片——等待任何可能的机会——在往河边的路上，经过精品店，一百万家咖啡厅，好几家让我们高兴的巧克力店。一路上，我放下好几张明信片。

我们到香榭丽舍大道的时候，它正笼罩在圣诞节的喜悦里。白色的摊位绵延不绝，像有几里长，处处都摆放着节日装饰。我们发现一家卖热香酒的摊位，不仅仅是因为我们想喝一杯，而是虽然戴了手套，双手也已经冻得发木。**我都感觉不到手指的存在了。它们都还在吗？**曾经人们告诉我，每年这个时间巴黎都会结冰，我只是耸耸肩，不予理会。**嗨，我可是从英国来的——我知道冷是什么感觉。**但我应该听老人言的——我觉得就像有一根冰柱挂在我鼻子上一样。

我们晃来晃去，看看摊位，这让我想起去年我生日那天在南岸的情景。南岸总是让我强烈地想起妈妈，特别是现在，那一天就是我最后一次在伦敦看到她。我突然悟到，自从来到巴黎后，关于妈妈，我还没有沉入过黑暗深渊呢。这不是悲伤时间，我唯一进出的泪就是笑出来的。这次旅行把一些东西变成了庆典，比起之前来，我改观良多。**每一件事都似乎轻松了一点儿。**

我们来到了杜乐丽花园 ¹ 门口，我在栅栏之间放下一张明信片，希望它不会掉出来，也尝试着让人能看到上面的字——如何安放明信片也是个技术活儿。我们逛了进去，每个人步伐都不一致，又都自顾叽叽喳喳在聊天，都看上去气色不错，我的计划运作得不错——正如我之前预测的，他们会像老房子着火呢。

到罗浮宫的时候，我才拍了两张照片，照相机就当机了。电池没了。**我过度使用它了。**某种意义上，这是件好事——我热爱身为大型团队的一员，但独处也让我愉快，可以找找能修理照相机的地方，也享受一下我正急需的"自我"时间。我没有急忙忙地去找商店，先是漫无目的地荡了一会儿，忽地遇到一间正在大声放音乐的纪念品商店，进去后，看到有两个店员正在跳《江南 Style》，我很自然地加入进去。我突然很希望有人也在这里，和我一道跳。**看看这些人们有多疯狂。酷爆了。**我从这一对喜剧二人组手里买了电池，在回罗浮宫的路上，我给妹妹莎拉打了个电话，告诉她我们这一段的探险经历，说我与她将来应该什么时候到巴黎来一趟。

独个儿走过罗浮宫，得经常止步，因为有人在拍照。**他们很可**

---

1 杜乐丽花园（Jardin des Tuileries）：由王后凯瑟琳·德·美第奇于 1564 年为兴建杜乐丽宫设计的，并在法国大革命后成为对外开放的公园，位于罗浮宫与协和广场之间。

能是我的新照相机绘制出来的画面。在五分钟里,我至少遇到了五次!我不得不低头不理,一气冲出这地方。**别看任何人的眼睛**。我发现了巴黎团队,他们正暖洋洋坐在罗浮宫外一家咖啡厅里喝卡布奇诺,凯蒂面前的桌上摊着一张巨幅巴黎地图,在安排下一步的行程。我们在这里跟卡莱尔和大卫说再见——他们得回家了,明天还有课。巴黎团队纪元告一段落! "**我们一共十二位**"不再。

剩下的人离开咖啡厅,穿过塞纳河,走向圣日耳曼 – 德 – 佩教堂 [1]。我对这一带一见钟情——设计师店铺,新潮酒吧,打扮入时的巴黎市民。**为什么我穿了这样上下一身**? 也许我也能搬到这里来。**真这样该多好呀**。这将是个好办法,逼迫我讲法语。我想试试巴黎方言,但发现这比想象中难得多。有斯图尔特为我示范真是好事儿(或者用他的俏皮话引我越说越错)。

我们发现一家上乘的餐馆,提供经典法式菜肴,在餐室后面有一张大桌子,完全像是为我们度身定做的。侍者亲切和善,我们不禁注意到酒吧小子的眼神,那么放松。是——这里挺适合我们的。

不知道为什么,虽然只是半下午时分,饮品还是附送了荧光棒。有那么一会儿工夫,我以为我们可能是在阿依纳帕 [2],哦,不,不——我们仍在巴黎。我们带上荧光棒,作为一种对店员的感谢。(**啊不,他们很可能认为我们在出演《英国人在海外》中的一个片段。太可怕了**。)我们的账单上甚至画了一个笑脸。当然,我也画了一个附回

---

1 圣日耳曼 – 德 – 佩教堂(Saint-Germain-des-Prés):位于巴黎市中心,邻近塞纳河及罗浮宫,曾是法国国王的堂区,通常被视为罗浮宫的教堂。
2 阿依纳帕(Ayia Napa)旅游胜地,位于塞浦路斯,以柔细的黄金海岸和清澈的海水著称。

去。这次午餐非常随兴，但很有意思——我一定会再去一次的（如果能找到的话）。起身时，我在座位上留下了一张明信片。关于明信片，我越来越胆大，在越来越多的地方散发——电话亭、照相亭、咖啡桌、公告板、小角落和墙缝上。做这事对我来说已经很顺手了。也许后半生我应该走到哪里就把明信片散发到哪里。

我手机响了，是卡莱尔来的短信。说公寓那边有个小问题——安托瓦内特上来看他们，问他们是不是最后两个离开的，打算让清洁工进来。啊，不——我的房不是订到星期天晚上的吗？这太滑稽了（如果我们九人就此困在寒风中，确实看着很滑稽）。我打电话给安托瓦内特，太好了，只是个误会。我放松地呼出了一口气。万一这事儿真发生了，我就再不可能是世上最招人喜欢的姑娘了。虽然我们有可能无家可归，但卡莱尔和大卫认定这只是"轻微的中期恐慌"。她又发了一条短信给我，说他们盼着这事儿顺利解决，开了一瓶酒来压惊，随后就直奔机场了。到机场后，他们竟然找不到候机楼，几乎错过班机。**这也正是我会做的那类事！**

很快，另一位团队成员要离开我们了——贝唐要与我们说再见了。下午转暮，剩下几个人去玛黑区喝一杯。我们发现了一个酒吧，点了酒水后，便聚坐在门外的桌子前。没多久，便感觉到店员不喜欢我们。这多半是因为我们人数颇多，而那是一个小小的同性恋酒吧。带着一点不愉快，我们换了家名叫巴里奥 [1] 的酒吧，这也是为了

1　巴里奥（Barrio）：一般指说西班牙语的地区。在美国，巴里奥指波多黎各等拉丁美裔（说西语）聚居区。

向凯蒂对拉丁事物的热爱致敬。凯蒂和我在苏豪区的巴里奥度过了许多夜晚，所以我们觉得，试试巴黎版本是唯一正确之途。

已是周日晚上了，那里相当宁静，我们身处一间摩洛哥样式的房间里，团团坐下来，聊起一路上的故事。不一会儿，又干掉一瓶**红葡萄酒了**。突然间，乐声大作，更多的人拥了进来。贝西、凯蒂和克里情不自禁起身跳舞。我通常是第一个下场的，但我微微累了，而且一想到明天此时我又待在家里了，淡淡的惆怅便涌上心头。**如何遏制这早来的假期抑郁症？**

回到拉富什地铁站时，我们决定尝尝街边的可丽饼。我们有几个跃跃欲试的，何况可丽饼花不了多少时间。一般来说这是对的，如果不是恰好遇到全巴黎最冷冰冰的可丽饼小贩。我排在队后，同意其他人先行回家，等着吃可丽饼，然后入睡。**好羡慕呀，我眼睛都快睁不开了。**等我从这儿回去的时候，其他人很可能已经美美睡了一小时了！最后，我还得鼓足勇气对可丽饼小贩试说法语。**好处是：我们有的是时间沟通。**

星期一早上，众人各自上路。卡洛琳和我去凯旋门，用我的时髦相机拍照（**是不是我提照相机的次数足够多了？**）。我们意外遇见了谁？不是别人，正是特伦特和贝西！**看到你们在这儿真开心！**他们好心帮我写了最后几张明信片。在景点店铺外的路上，我们发现了一家咖啡厅，坐下来喝杯咖啡，第无数次地要了几个牛角面包来吃。

特伦特先走一步，说要看个朋友。卡洛琳、贝西和我从凯旋门出发，走长长的一段路，去埃菲尔铁塔，要不然就是埃菲儿塔。许多人都跟我们说：得提前订票才能确保进得去。好建议。但行程一直未定，只能赌一把。赌输了。来到铁塔附近时，我们发现排队人龙足有几里长。糟透了，姑娘们在周围徘徊，而我疾步在前后左右到处乱转，想知道哪里能放一张明信片。**我必须放一张明信片。这是埃菲尔铁塔！**

　　我在内心挣扎，不太确定到底该做什么。我很生自己的气，因为想得不周全。我放弃了，扭头往回走和其他人会合。就在走过铁塔下的人群时，我注意到有三个女孩站在人群外，我一下子就站住了。啊，直接把明信片递给某人不是我最初的计划，但值得一试。当然了，他们也许认为我疯了——就在埃菲尔铁塔脚下，我，一个单身女孩儿，拿着一张明信片伸出手——某种意义上，我确实是疯了。不过，她们看上去十分亲切，于是我递出去了。

　　我从人群中横冲直撞出去了，还不时回头看，我看见女孩们聚在一起读我的明信片。旅程中，只有这一刻，我喉头哽咽，说不出来话来。这些陌生人现在知道了我来巴黎的原因，这趟旅行对我的意义又是什么。我是喜极而泣。我能确定，至少这一次，有人会读到我的心声。陌生人读到了我的妈妈。就在此时，就在此地，我的使命有一部分已经完成。

　　我找到了卡洛琳和贝西，告诉她们刚刚发生的事，很久以来，这是我第一次掉泪。我说，我感觉这件事有了好兆头——当我把明信片递给她们时，一授一受之间，她们给了我等待回音的希望。不过没人能打保票。我留下明信片，留下希望——希望有人会给我一个机会。

在其他团员离开巴黎之前，我得和他们碰个面，贝西和卡洛琳
则决定去书店散发明信片。我也好想去，但时间不够，我分身乏术。

他们先去了莎士比亚书店[1]，像孩子一样，在店里玩了很久很久，
"那里是书的乐园，就像阿拉丁的洞穴一样"，卡洛琳大致就是这么
说的。他们把一张明信片放在楼上墙角的钢琴上，当时，一位顾客
正在弹琴。他没有抬头，贝西轻轻把一张明信片滑进活页乐谱的背
后。他一定是发现了，因为他随后找到了她，问她是不是我。她告
诉他，她只是我的一个小帮手。他很欣赏我们正在做的事，并说，
这件事会成为他今天的回忆。

他们还在 11 月的畅销书——本·芳汀的《比利·林恩漫长的
中场战事》上留下一张明信片，在另一本书上放了一张，因为它让
卡洛琳想起我们最近的一次聊天，说到了一些无意中听到的趣事趣
闻——是乔纳森·泰勒·托马斯的《窃听》。第三张则放在伊恩·麦
克尤恩[2]的《爱无可忍》上，因为此时此刻，似乎它最对劲。贝西说
她有一种感觉，她会在莎士比亚书店堕入爱河。她有一种"似曾相
识"的陌生喜悦感——所有的历史和故事，都在等待着被发现。

除此之外，贝西还把一些明信片紧紧地插进小角落里。可以看
出，身边有人在疑惑她们究竟在干吗。转过街角，她们去了修道院

1　莎士比亚书店（Shakespeare and Company）：一家独立书店，位于巴黎第五区圣母院
左侧、塞纳河对岸，既是书店也是图书馆，专事提供英美文学作品。
2　伊恩·麦克尤恩（Ian McEwan, 1948—）：英国当代最重要小说家之一，获大奖若干，
由作品《赎罪》改编的同名电影获 2008 年金球奖，小说《爱无可忍》（*Enduring Love*）
亦搬上了银幕。

书店[1]，那里到处乱堆了很多书，他们把一张明信片放在进门口的一堆书上——一眼就能看到，另一张放到店堂深处。卡洛琳藏了一张在两本关于应对压力的心理学书籍中间。只有"请读一下／劳您驾（法文）"一行露了出来——我真心希望她拍了照，但很明显店员正满面猜疑地看着她，站在柜台后的那个家伙看上去也相当不好对付。

　　与此同时，我正与凯蒂、克里和艾米会合，同他们一道享用巴黎的最后一顿午餐——一道经典的**火腿奶酪吐司**，为这次旅行完美收官。我离开时，把一张明信片放在隔壁餐桌上。不远处的一张桌子坐了两个男人，看到了我的举动，凯蒂在慌乱中一时不知所措，直直地戳在桌后，两个男人紧紧盯着她看。其他人趁机溜了出去，我们真是好朋友！

　　艾米必须加快脚步去赶火车了——团队人数飞速下降。凯蒂、克里和我顺道在一家马卡龙店停了一下后，便回公寓收拾行李，要把巴黎历险记抛在身后了。我对安托瓦内特说了再见，很不情愿地把钥匙交还给她。当然，不在公寓里藏一张明信片也太傻了。我在桌上的纸张间放了一张，又夹了一张在宾客留言本上。**我想知道：会是谁待在这间公寓里？他们会发现它吗？**

　　把最后几张明信片留在了巴黎北站主站台的一家咖啡厅的桌上，然后我们搭上了欧洲之星，目的地：英王十字街圣潘克拉斯车站。

　　火车出发后，我们聊起刚刚度过的四天——路上所有的景象，

1　修道院书店（The Abbey Bookshop）：巴黎最大的一家英文旧书店，位于拉丁区。

人们，喜剧性的时刻，当然还有明信片。我坐在座位上，感觉忧伤，曾经的假日抑郁症在我身上发作了。无计可施，除非你的朋友能拖你出苦海。"你在干吗？"我问卡洛琳，当我看到她写在笔记本上的线条。"哦，"她答道，好像这是世上最平常的事情，"我只是试试用左手写字——我可想成为左右开弓的高人了。""那你想写些什么？""练习造就完美。"

听到这话，我再一次大笑起来。

第八章

巴黎明信片被发现了!

大家从巴黎返回后,第二天就去上班了——周末已飞逝如闪电。**真希望我还在巴黎**。无论时光是如何飕飕地流过去,这次旅行将进入个人记事簿,是我经历过的最难以置信的周末。我浏览着照片,感觉真是幸运,我的室友们既在那儿与我共历城市冒险,又在我们英王十字街的家里共同追忆此事。

重新投入庸常生活后,我一直在努力,用尽全部气力,想把任何关于明信片的思绪抛在脑后。巴黎冰冷刺骨,一些明信片被留在室外——它们应该早已不见踪影,其他的那些——它们会被发现吗? 我设计了这个计划,抱着如此强烈的热望,这使我有了人生新焦点。但如果没有一个人来联系我,事情会不会适得其反? 我最终会否觉得是惨败? 我试图为妈妈做一件特别的事,却摔了个狗吃屎。我甚至没想过:这个计划很可能会毁了我。**哦,不,我做了什么?** 而最最令人不安的是,"第一个"圣诞节已经迫在眉睫了。不管哪方面我都没有任何节日的喜气洋洋感。**请立刻把这些华而不实的伪装从我脸上拿走。我不在状态。**

离开爱城，已经是三天前的事，我下班后在牛津街逛商店，为家人和朋友搜购礼物，稍后我将与贝西去看表演。她发现在伦敦南部的克拉珀姆有一出舞剧上演，注明成年人与儿童咸宜。**公认的，我两者都像。**连名字都不知道，听起来很随意，但我们也没打算认真规划——想来，应该好玩儿吧。不管干些什么，我觉得保持忙碌是很重要的——继续在巴黎那个难忘的周末我们所感觉到的飕飕飞驰吧。

我们出发的时候，脚步轻快，已经准备好开怀大笑，直到我们发现原来演的是《灰姑娘》。嗯哼——一定会听到很多"你妈妈死了"之类的话。幸运的是，情节迅速变得荒谬而不是悲伤，演员开始引吭高歌。**你们在耍我吗？我应该加进去一起唱吗？**为这"第一个"圣诞节我已经提心吊胆至今，现在我还得承受这个！这只能发生在我身上。然而，当贝西在幕间休息时分跑下去跳舞时，我觉得自己比几个月前强壮得多，这次我居然能够笑出来。**终于！**

那晚，坐地上铁[1]回家的路上，我意识到：对我而言，圣诞节已经明确无疑地早早到来。**我会好好的——坦白讲！**电话在我手里振动起来——我有一封新邮件。邮件主题是："发现了巴黎明信片！"**来了！好一个礼物！**贝西和我就在列车上尖叫起来，兴奋地拥抱

1　地上铁（overground train），即在地面上运行的地铁。相对于地下铁，乘坐地上铁的人们可以欣赏沿途的美丽风景。

彼此，路人困惑地盯着我们。**要是他们知道该多好。**我所有真正需要的，能让整件事变成盛事的，不过只是一个回音——只要一个就好！现在我得到了。

哈啰！

我的朋友（纳莎莉·鲁伊斯和瑞贝卡·雷塔娜）和我（阿莉尔·坦）在巴黎发现了一张你的明信片。是在第五区的修道院书店中音乐/电影分区的一叠书最上面看到它。附件是我拍的照。

我们是否有此荣幸得到你博客的链接？我们很乐意来看看！

多谢。

阿莉尔

我的天呀。**什么？**我发了一条短信给巴黎团队。我们成功了——多美妙的感受。**我快晕过去了。**这就是我在等待的，紧张地检查手机，希望着、苦盼着梦想成真。但他们会从哪里来，会怎么做，我一点儿把握也没有。

阿莉尔，还有纳莎莉和瑞贝卡！

谢谢你们，真的、真的、真的多谢你们的邮件！你们真的让我超级开心！如果能发一张你们三人的合照，也许再说下你们的故事，还有你们一起在巴黎、在那家书店做些什么，我会高兴坏了。

希望你们度过美好的一周。

瑞秋 吻上

你们是谁?！未知是新鲜刺激的一部分。她们是在逛当地书店的巴黎本地人吗？当我了解到她们背景的细节时，我惊愕地发现：她们根本不是来自巴黎，而是来自一片遥远得多的土地。

阿莉尔：

我出生在加拿大奥克兰，在美国俄勒冈州波特兰长大，后来回到旧金山湾区读书。我即将于 2013 年 5 月于旧金山大学毕业，现在我在市内做咖啡师傅。业余时间，我喜欢逛街找美食与好书。

在旧金山大学的第四年，我到巴黎美国大学游学，在这里我遇到了瑞贝卡和纳莎莉。第五区的修道院书店是我们下课后最爱逛的地方，也就是在一次逛书店时，我们看到了你的明信片躺在一堆书上。

纳莎莉：

海明威曾经说过："世上只有两个地方能让人快乐生活，一个是家，另一个是巴黎。"也就是在这里，我找到了自我。在拉丁区中段的修道院书店里看不到尽头的书堆间，我发现了你的明信片。如果你知道我有多喜欢看书，多迷恋巴黎风的生活方式，就不会对这事觉得奇怪了。

我刚从旧金山大学毕业，主修国际商业。我的志向是成为一位慈善企业家。我创办了一家企业"人们（People）"——不过目前还只是业余的小打小闹：人们出售手工纪念品，所有收益用在儿童教育上。带着乐于助人的热情，去了西斜公司工作，在那里，我的职务是客户服务专员。西斜做太阳镜，它对独特材质的综合使用，突显了人类的成就。这两家公司占据了我绝大多数时间，但我认为我足够幸运可以享受帮助他人以及与朋友出门旅行的乐趣，只要我有机会！

瑞贝卡：

我出生在德克萨斯州圣安东尼奥市，出生后一直住在这里。是呀，这里民风保守，居民友善，而我们真的说"你儿"[1]，哈哈哈。我在美国圣道大学（很拗口，一口气念不出来吧，我知道）读大三，这是一所私立的天主教大学。我主修国际事务，辅修历史。我生在一个大家庭（是六兄弟姐妹中的老幺），有两个哥哥、三个姐姐，其中大哥恺撒已经快 40 岁了——真疯狂。我的父母都来自墨西哥，在 1960 年代后期或者 1970 年代早期搬到这里来工作。我目前无业，但我希望今年夏天或者明年秋天，能在华盛顿特区实习，就此开始人生路。

去年秋天，因为学校举办的一个海外游学项目（海外游学对我的专业来说是相当必要的），我来到巴黎。我选择巴黎，是

---

1 你儿：美国南方方言，不说 you all 而是 y' all，意为你们大家。

因为我渴望挑战，在那里我举目无亲，而且是我们学校唯一一个去巴黎的。某种意义上，巴黎对我来说是一个全新的地方，可以检验我的适应能力以及独立性，看看我是否应付得来。幸运的是我做到了，因为我结识了两个极好的朋友：纳莎莉和阿莉尔。修道院书店是我们在巴黎最喜欢的地方，至少我这么想。那一次我们三人去逛书店，纳莎莉和我在看靠墙书架上的书堆，阿莉尔不知去哪里了，回来时带着一张你发的明信片。她大声念出上面的内容。我控制不住我的好奇：她怎么会遇到这么不可思议的事情——我的意思是，这只会发生在电影里，对吧？总之，我们都被你写的话打动了，鼓励阿莉尔直接和你联系，毕竟这种事情并不常见。我有把握地说：能遇到这样意义重大、富有冒险精神的事，我们都觉得很了不起，而且相当激动人心。这是个非凡时刻，当我们与人分享巴黎这一次宏伟旅行时会提到的，为此我要谢谢你。

我简直要飘飘欲仙了。**有人令我心花怒放**，比那更甚。我手写的明信片（就百把字）被一群生活在世界另一侧的女孩们捡到了！60 张明信片已经漂洋过海！**像是疯了——绝对是疯**。甚至在我反复思量明信片计划时，脑子里也一丝半毫都不曾想过：发现者可能遍布全球。**为什么我没有想到？** 一收到他们的讯息，我第一反应就是拿起电话。猜猜当时我想打给谁，告诉她我收到了回音？妈妈，当然。**她一定会高兴坏了的。**

我头都晕了——不敢相信我的计划居然成功了。我打电话回家，告诉家人：几个女孩子发现了我的一张明信片，他们听了也很开心。为这次献礼，我呕心沥血，以至于每个人都隐隐担心：万一连一封邮件也收不到，我怎么办？但我收到了，现在我可以放松了。即使这是 60 张明信片中唯一的一次回音，我也知足了，仍会觉得这是一次不朽的成功。我向自己保证：别再频繁查手机了。**让它休息一下吧。**

两天后，我打算去海德公园的"冬季仙境"逛逛。这个向来安静的公园，此刻满是圣诞气氛，挤满游乐设施、摊位和露天音乐台，外围是一圈溜冰场环绕着这一切。南岸的圣诞欢庆，到这里才是巅峰。我和卡莱尔碰了头，今天正好是她生日——我们预约了一次溜冰，还打算去一家巴伐利亚风格的酒吧用热香酒和啤酒来庆贺一下。现在真像是圣诞节了！**我始终没觉得"这是个普天同庆的季节"，直到我像小鹿斑比一样，带着被红酒染红的牙齿，在冰上滑来滑去。**

我跟卡莱尔原原本本说了从阿莱尔和她几个朋友那里收到信的事。她为我兴奋不已。但奇迹还不曾结束——就在我与她的冬季仙境之约三个小时前，我发现，在收件箱里另一封邮件正在等着我。这份早来的圣诞礼物现在好事成双了！**认真地说，我今年一定旺旺旺。**

瑞秋：

这张照片，是我们拍摄的，是你的明信片在埃菲尔铁塔顶端的样子。:）我朋友帕姆、埃莉和我全被你写在明信片背后的话打动了，你邀请我们参与其中，我们也很感动。真是个了不得的好主意，衷心盼望另外那 59 张明信片一路顺风。

祝一切都好，希望你在巴黎玩得舒心。

保重。

贝西

发现这封邮件真是幸事。因为它在我的垃圾邮件夹里。当然——那些不在我联系人名单上的邮件，都很容易掉到垃圾邮件里。这和上一封信一样，都是之前我想都没想到过的情况。**以后多检查几次垃圾邮件，你这个傻瓜。**我给贝西发了封邮件，正如给阿莉尔写的那样，请她多说一些她自己的事。

贝西：

我刚刚很惊喜地在垃圾邮件里发现了你的邮件——太高兴了。:）

谢谢你做的事，这张照片和这封邮件，我都好喜欢。在所有散发出去的明信片里，我特别希望能得到你们的回音。我只觉得你们太善良了，尤其是我只是个无意间经过的路人，冒冒失失递给了你们一张明信片。

如果你们肯发给我一张你们三人的合影，也许再多说一点你们每个人的情况，还有你们在巴黎干些什么，我保证我会更开心的。

希望你们本周愉快。我要出门抢在圣诞节之前做最后一分钟的大采购了。

圣诞节快乐，可爱的女士们。

瑞秋　吻上

当我递出那张明信片的时候，那一刻我有好的预感。能看出来她们比我小，但她们强烈地让我想起朋友们和我探索全城的样子。她们嘻嘻哈哈，开怀大笑，叽叽喳喳的。她们在那里算是我鸿运当头。千真万确，**我找了最合适的人，并且递出了明信片——这都是注定的**。关于她们的回音，我想得越多，就越觉得喜欢她们。真的难以置信，我的灵机一动，竟然成就了如此悦心的故事！

附件里有一张我们在罗浮宫拍的照片，就是在我们爬了埃菲尔铁塔的第二天拍的！另外，不，你的眼睛没有欺骗你，埃莉确实拿了一把尤克里里[1]。去年我们趁大学期间决定"组建一支乐队"（我们称自己是"三个低八度"），甚至还定了乐队T恤，这让其他室友或开心，或对我们嗤之以鼻！哈哈！不过除此之外，我们什么也没做。如果没有别的办法，这是完美的拖延症技术。：P

1　尤克里里（ukulele）：即夏威夷小吉他，一种盛行于夏威夷的四弦琴。

我们到巴黎还未满一周，之前 5 个月都在海外。埃莉和我都学习现代语言，学位要求有一年海外经历。于是埃莉从 8 月底便去了西班牙，而我在法国待了 4 个月后去了德国。我们在英国杜伦大学相遇。帕姆毕业后，便留在伦敦学习，而埃莉和我都会在 10 月回到杜伦。

大学时期的朋友——真好！我的大学生涯是我一生中最璀璨的时光之一。我希望，发现明信片这件事，不仅是我会终生铭记的美好回忆，也会是她们的美好回忆。

那天没能够带明信片上到埃菲尔铁塔顶端，我很失望，但现在竟然更好。带着妈妈回忆的明信片登顶了——俯瞰全城，其他明信片的散发地点尽收眼底。

从冬季仙境回来后，我迫不及待告诉更多的朋友：60 张明信片中，已经有两位发现者发信给我。几天后，我们在家开了个派对（**节日盛装总能让人开怀**）。那天，我在厨房和客厅晃了好久，频频跟人说起明信片。我发现，几乎每段对话都是这样开头："你不会相信发生了什么事！"这几个月，我与人的对话要么就是围绕着妈妈，要么就是用尽全部气力避免谈到妈妈，终于，现在的我有好消息要周知天下了。我爱这新动态。**是的——我肯定会习惯这种状态的。**

对圣诞节假期我很焦虑——回到没有妈妈做的酸辣酱气味的家，不能和她一起坐下来看电影，不能看她打开礼物——而这些来自陌生人的邮件给了我一种全新的放松。自妈妈在 10 个月前去世，这是第一次在回家路上，我脸上挂着微笑。**我从没想过我能做到这一步**。

我是坐火车回多塞特郡的——我现在很少坐长途车，除非不得已。在那噩梦般的两周零两天，妈妈的病情步步恶化，我曾多少次坐长途车来来回回，尤其是她去世前的最后一趟绝望之旅。另外，我回的也不是原来的家了——我将渐渐习惯这个新家。**我必须努力习惯**。就在妈妈过世 5 个月后的 7 月，爸爸搬了家。当时很多人问我的感受。老实说，虽然我知道这是一次陌生的变迁，但对爸爸来说，这终究是最好的决定。这一点是最重要的。他需要在新环境重新开始——而不是在老地方，在那里我们曾经共同生活过那么多年，又在极短暂的时间里目送她匆匆离我们远去。不过，也就是说这个圣诞节将在方方面面都非常不一样了。**反正再也不会和从前一样了**。

爸爸的新家在温伯恩，离镇中心只有几分钟路程。**现在酒吧更近了——这可能会很危险**。离圣诞节只有两天了，我如果一直提不起力气，在普尔的商家把最后所需的零碎东西买全的话，可不太好。我激动地告诉每一个家人关于 60 张明信片的最新消息。汉娜特别受我的故事吸引，一直在说：她觉得这像个故事，而不是真实生活——她都没法相信这是实实在在发生在我身上的事情。**我也不信！**然而，让我又惊又喜的是，就在我出门购物那一天，又收到了两封发现者的新邮件。到家后，我有更多新消息告诉大家了。

最亲爱的瑞秋：

　　一个多星期前，我在巴黎北站发现了你的明信片。是在地上。开始我是被上面的图片吸引，然后我读到了你的信，我很欣赏你富有象征意味的行动。

　　祝你圣诞节快乐，度过美好的岁末时光。

　　真心祝福。

J.P.

　　在地上？**真惊人！** 在巴黎北站放明信片的时候，我绝对确定没把它们扔在地板上（**至少我这么觉得**）。在这种情况下，它一定是掉下来了，也可能有人发现了它，但不知道它在说什么（**真有意思**），就把它扔到了地上。它没有最后沦落到垃圾箱里，我已经感激不尽！我发邮件给 J.P.，想知道更多……

　　晚些时候，和家人一道回家后，还为了 J.P. 的邮件如在云端时，我收到了另一封邮件。一切都表明，这终究还是一个美好的圣诞节。

嗨，瑞秋：

　　我名叫伊凡，是卢森堡人，昨晚刚结束了在巴黎三天的游览回家。

　　首先，非常感谢你做的事。我在修道院书店发现了你的明信片，藏在一摞心理学相关类目的书籍里。这是那种不时会令生命更有趣味的事物。我不想错过这一刻，立刻拍了张照，也许只是希望让它进入永恒之境。我倒并不过分信奉"永恒"这种观念，但不知为何我觉得必须这么做。

　　现在，我有义务向你说明当时我在做的事。像许多游客一样，我爱巴黎，正躲在那间小小的藏书室里找书，东张西望，想知道对一个住在西班牙东南部的人来说，有没有好玩的书。令我吃惊的是，我无功而返，没找到想要的——我的主题目标主要是天体物理学或者中国书法，但好像都没有看到。然后我发现明信片从书架上探出了一角。这简直是在百万军中的一击命中。

　　请让我了解你明信片计划的进展。如果你还想知道更多细节，不用客气，直接问我就是。

　　坚持下去吧，她会一直以你为荣的。

　　　　　　　　　　　　　　　　　　　　　　　　你的伊凡

　　他最后的一句话温暖我心："坚持下去吧，她会一直以你为荣的。"这是一个陌生人给另一个陌生人的"良言一句三冬暖"。很高兴，他不仅发现了我的卡片并且作出了回应，还觉得我的点子很有吸引力。这样的消息，令一切付出都值得。这是奇迹的一部分。这让我体悟到，地球上所有人都能理解痛失所爱是多么痛苦的事。这样的消息，令一切付出都值得。这是奇迹的一部分。他的话令我觉得很熨帖。我拟好了回信：

嗨，伊凡：

　　祝你圣诞节快乐。

　　多谢你回复我的明信片。我真的、真的无比感怀。我在巴黎各种各样的地方共放了 60 张明信片——书店、地铁、邮政亭、咖啡馆、电话亭、照相亭……凡是你叫得出名字的地方，我们都放了。我还曾在埃菲尔铁塔底下，亲手递了一张明信片给几个女孩，她们发了一封邮件给我，还附了一张明信片在塔顶的照片。

此刻我是在多塞特郡（英格兰南部海岸），这是我的老家——我回来陪家人待一个星期。我一直在准备一个博客，一旦再多一些回应，我就会发布。这博客是为了家庭、朋友而开通的，而人们很有可能会转发分享给其他人。如果你能发一张你的照片，让我用在博客上，就太好了——当然，如果你不介意的话。

祝你有一个快乐的圣诞节假期。

万事如意，希望还能收到你的信。

瑞秋 吻上

又是卢森堡又是西班牙，我被弄得稀里糊涂的，等不及要多知道一些关于伊凡的事。

我出生在西班牙北部的圣塞巴斯蒂安，与法国边界相邻。在长大成人的过程里，我主要的业余爱好是冲浪和音乐。17 岁那年，一场意外令我的双腿不良于行，但依靠父母和朋友珍贵的帮助，我得以继续过一种可以称为"正常的"生活。我搬到南部地区，学习录像和电视技术，我在这一领域工作过一段时间。

1999 年我搬到了卢森堡，只是想试试中欧生活是什么样的……我爱上了这个国度，为此我移民入籍！许多人问我"为什么"，我总是想，"身份"并不一定意味着"民族"。一个人，只有能感知某一处时，才属于那里……只有当事人才明白发生了什么。换句话说，国家不能改变它的所在地，但人是可以的。

现在我 36 岁了，职业是视频编辑兼导演。我那几天在巴黎是出于健康的需求：那几天有坏消息，说我需要手术，将在一段时间内丧失掉自主运动的能力。于是我决定出门旅行，这么说吧，在"危机"来临之前对自己好一点儿。他们没有给我做手术，因为这个国家没人懂这种手术怎么做，这几个月我一直在找医院，想知道有没有人能解决这个问题（骨感染：骨髓炎）。最后，从另一位病人那里得到的信息，好像在巴黎有一个医院可以做——显微手术——我正在等待他们的回信，为手术做好了准备。

我不想提到我的健康状况，当人家开始上演"啊，可怜的你"的戏码，我只觉得很羞耻。这根本没必要。我肯定，当你妈妈去世时，你也有过类似经历。所以我猜你不会这么做。

病情是我的一部分，我与之共存，也必须接受它的存在。我出生在巴斯克地区[1]，西班牙文是我的母语；抱歉我的英语不够流利。

再次感谢，对你说多少个感谢都不够。我多么欣赏你的所

---

1 巴斯克地区（Basque Country）：横跨西班牙东北部和法国北部的一个地区，语言服饰均与西欧等国不同。上文的圣塞巴斯蒂安（San Sebastian）为其中的一个海滨城市。

作所为，这一件事我将终生铭记。

那句"可怜的你"，我第一眼就看到了。当然，我完全认同。当我在巴黎完成我的个人旅程时，伊凡也在完成他的。当要面对泰山压顶时，他选择了用度假享受生命。伊凡来信中最美丽的章节是他两次向我致谢。**我万万当不起**。在这次行动中，他真令我如沐春风。我发自内心地感到荣幸，这位激励人心的先生将是这次阅历的一部分。

我已经想过这会是一个艰难苍白的圣诞节，要把家里料理得和前些年一样恐怕很难。我表姐尼古拉与她的两个女儿艾贝和露西来做客，看了好多电影，大吃大喝，又玩了绕口令游戏。但是，这些我们通常会做的事，也笼罩在一片忧伤气氛里——几乎反而强调夸张了妈妈的缺席。**我多希望她能在场呀**。我一直想鼓起勇气来看接招乐队的 DVD，却实在静不下心来。我还没准备好。但我给妈妈的生日献礼终于让圣诞节回归到我生活中。它所馈赠于我的，远超过我事先预测的。我急不可耐地想回伦敦，告诉所有朋友假期里发生的事。

我在 12 月 30 日晚上，为了一桩特别事件回到伦敦。巴黎团队之一的凯蒂，家住特威克纳姆，目前"温哈姆家族大赛"正在如火如荼地举行着。因为与凯蒂同住，这个一年一度盛事的故事我早耳熟能详，并受邀请参加。"温哈姆家族大赛"的模式和奥运会相似，除了项目不是田径、赛艇和体操——都是些"柠檬保龄球""转瓶子"和"马上橘子长枪比武"等。全程由凯蒂的爸爸作为裁判,他非常认真负责地履行了大赛东道主这一职责。这场大赛,也许不像奥运会那样是身体上的挑战,但请相信我,竞争一样严峻——冠军甚至还有奖杯呢。**我想要一个!** 最近,我都没在别人家里住过,但住在凯蒂家真开心,每天都是欢声笑语。我对自己说:有一天我一定要带爸爸来参加这场大赛。**他肯定会爱得发疯。**

在凯蒂家里闹够了之后,第二天我们回到英王十字街欢度新年。我们约了些朋友出去喝酒。吃吃喝喝后,又直奔附近的西班牙酒吧卡米诺,在那里准备新年倒计时。在钟敲 12 下的时候,我才到酒吧(我失去了时间感,真奇怪),所以当身边每个人都开始拥抱,互祝新年快乐时,我还在茫无目的地到处张望,试图找到熟人——**典型的我。祝我自己新年快乐。**

新年后的几天相当安静,平淡无事,像以前的往年一样,我从严重的宿醉里缓过来。在接下来的星期六,我与巴黎团队成员之一的卡莱尔,在肯辛顿的一家酒店喝下午茶。**啦嘀嗒!** 我们忍不住相对大笑,因为我们和那里的气氛格格不入,我们更像会出现在酒吧餐厅的女孩儿。我喝了一口气泡酒,正要咬一口黄瓜三明治,这时,手机振动。**又一个发现者!**

> 嗨!
> ……
> 我现坐在李必街(75018)双磨坊咖啡馆(电影《天使爱美丽》里的咖啡馆)里,我几乎每天都会去那里喝杯咖啡……我看到隔壁桌的女

孩在桌上放了一张明信片……我读了明信片的文字，被打动了……这是关于我发现它的故事。

祝你母亲生日快乐……2013，万事顺利。

我是亚历山大，来自巴黎。

呀，呀，呀！！！这封信，是我最最最想得到的。这正是我散发的第一张明信片。回伦敦后我重看了《天使爱美丽》（就像我向自己承诺过的那样），而在去巴黎前，我都没想起这部电影。**她是我的英雄！**很明显，这家咖啡馆是他经常出没的街坊小馆——想起来我就嫉妒。**为什么不是我住在爱美丽咖啡馆附近**？我给我的新发现者回了信。

哈啰，亚历山大：

我是瑞秋，就是去年 12 月在双磨坊咖啡馆把明信片放到你隔壁桌上的那个女孩子！我开了一个博客存放我收到的回音。

很高兴收到你的信，也想对你了解更多。希望将来还会重游巴黎，如果能在那家咖啡馆碰上你，会是多激动人心的时刻。

热切盼望能收到你的信！

瑞秋——明信片女孩，吻上

要讨论这个做梦一般的好消息，卡莱尔，抑或叫她"滑稽卡莱尔"，是再合适不过的人选。这不仅因为我是同她一道在巴黎开始了这次非凡行动，也因为这是第二次我收到邮件时正和她在一起。

亚历山大选择了最合适的一天来发送他的邮件，尽管他对这一点未知未觉——那晚，卡莱尔和我正要去皇家阿尔伯特音乐厅[1]看我妈妈最喜欢的表演：太阳马戏团[2]。我以前只和全家人一起看过几次，都是几年前的事情了——一次在皇家阿尔伯特音乐厅，一次在巴特西发电站[3]——但这支马戏团在我生活中意义重大，因为妈妈有全套DVD，我们在家里反复重看过。她甚至有一张幕后花絮DVD。**他们是怎么拍到的？** 妈妈喜欢他们的色调、服装、音乐和编舞——全喜欢得不行。与卡莱尔来看太阳马戏团，我隐约不安，知道这可能会像启动按钮一样，让黑暗情绪卷土重来。我努力告诉自己：我已经挺过了圣诞节，而且在假期收到了几张明信片的回音。而现在，我真的不必忧心忡忡了。另一张献礼明信片被发现了。和朋友一道坐着观看全世界最优秀的马戏团表演，足以使今夜成为魔幻之夜。**快乐时光！**

1　皇家阿尔伯特音乐厅（Royal Albert Hall）：位于伦敦西敏市区骑士桥，最众所周知的活动是自1941年以来一年一度的夏季逍遥音乐会。
2　太阳马戏团（Cirque du Soleil）：加拿大蒙特利尔的一家娱乐公司及表演团体，也是全球最大的戏剧制作公司，定位为"马戏艺术和街头娱乐的戏剧性组合"。凭借其对传统马戏表演的颠覆性诠释，以豪华并极具震撼的舞台表现力，囊括了包括艾美奖、斑比奖等在内的国际演艺界各项最高荣誉，缔造了比肩迪士尼的又一全球娱乐帝国。
3　巴特西发电站（Battersea Power Station）：伦敦一座退役的火力发电站，位于泰晤士河南岸的巴特西区，如今已成为伦敦知名地标之一。不向公众开放，只是不时举办演唱会、晚会及艺术展览等。

第九章
舞　者

借明信片的力量，我收到了阿莉尔及其朋友、贝西及其朋友、J.P.、伊凡和亚历山大的消息，但是大部分人都不知道，有一封信我始终当作私人珍藏的秘密。就在回家过圣诞节之前我收到的，并且决定暂且不提，因为我感觉这可能会是所有来信中最令人热血沸腾的一封。这封最难忘的信，却不是在什么光彩动人的好地方收到的——我当时正在赖床。下班后，我先舒舒服服地躺了好一会儿，醒来去查手机。收到信的刹那，我跳下床的速度不能更快了——我几乎撞破天花板！

哈啰，瑞秋：

我叫斯蒂芬妮。上周我在巴黎莎士比亚书店发现了你的明信片。我在那里看望一位朋友，她正在夏特雷剧院[1]演出《西区故事》。我是一

1　夏特雷剧院（Théâtre du Châtelet）：位于巴黎第一区，已有150余年历史，在欧洲乃至世界皆负盛名，现有 2500 个座位，富丽堂皇，是典型的欧式剧院。

个芭蕾舞者，刚回到纽约家中。你的明信片就放在书店里一本西部照片集的前面，我对上面的内容很感兴趣，便决定让它跟着我到大苹果（即纽约），再把它放在某一处——如果你不介意的话。

我在巴黎度过了一段美妙绝伦的时光。这是我第二次去巴黎，但这次我是和朋友同去的，因此所有景点都更有味道了。

你在卡片上说你来自伦敦，我在那里住过 6 个月，当时我在黑芭蕾舞团 [1] 跳舞。这家舞团是皇家歌舞剧院当代规划分团 [2] 的一部分。若有机会，你应该看看他们春天的演出季。

祝万事如意，希望能收到你的回信！

斯蒂芬妮

　　在整段行程里，我知道一切都是上天的赠予，让我学到新东西，而此刻我正努力掌握新技巧：不要喜极大喊，不要冲动地哭起来，克制要尿裤子的激动，这才像回事儿。（**我还真没尿过裤子呢。**）

　　我几乎不能细想这件事：我的明信片现在安放于美国纽约的某一处！我尚没有机会赴美一游，而我的某一张明信片却不远万里去了那里，比我本人还要捷足先登。又嫉又恨。**纽约可是列在我渴望一去的名单上呢。哎，它确实在名单上，没错的。**我惊喜得都站不住脚了，突然反应过来：我不在办公室，所以没有人能和我立刻分享这好消息。我多少有些沮丧。我拿起电话，打给巴黎团队成员之

1　黑芭蕾舞团（Ballet Black）：一家由黑人和其他有色人种舞者组成的芭蕾舞团。
2　皇家歌舞剧院当代规划分团（Royal Opera House 2）：皇家歌舞剧院位于科芬园，是英国皇家歌剧院、英国皇家芭蕾舞团、皇家歌剧院管弦乐团的表演主场。其中当代规划分团简称 ROH2，已在 2011—2012 年演出季后关闭。

一的克里，把斯蒂芬妮的事告诉她，她也激动得不行。一放下电话，我立刻上脸书，告诉所有巴黎团队的人，让他们统统知道。然后我立刻开始写回信：

> 嗨，斯蒂芬妮：
>
> 无比感谢你的回应！收到你的邮件我太激动了。特别是你来自纽约，而我的明信片现在环游世界了。你已经把它放在某处了吗？谢谢你这么做。
>
> 此外，你是一位芭蕾舞者——真是难以置信。我在18岁以前也学过跳舞。这只是个业余爱好，但直到今天，没有什么能比跳舞更让我心跳加速。我妈妈也很喜欢看音乐剧和舞蹈，所以是你让这枚明信片显得更不同寻常。明年我一准要订张黑芭蕾的票。
>
> 我仍旧在把所有回音攒上博客。如果你肯寄一张你的照片或明信片的照片（如果你还没把它散出去），就太好了，如果你不介意，我会放在博客上。
>
> 祝圣诞假期愉快。
>
> 希望再次收到你的来信。
>
> 瑞秋 吻上

为了更加了解斯蒂芬妮，在做了相关搜索之后，资料显示：她出生在美国犹他州，在德克萨斯州长大，在达拉斯舞蹈学院受到专业训练，2006年7月在本·斯蒂文森的德克萨斯州芭蕾剧团首次出演。正如她在信中所言，她在皇家歌舞剧院的黑芭蕾舞团工作过一段时间。黑芭蕾舞团由卡萨·潘乔[1]（大英帝国员佐勋章获得者）创办，目的是为了在古典舞蹈行业给黑人和亚裔舞者提供发展机会。我曾经无数次散步经过设在科芬园[2]里的皇家歌舞剧院，所以她在那里的每一足迹，我都有如亲见。她现在是在纽约的哈莱姆舞团[3]跳舞。**我感觉我的下巴都惊愕得快掉下来了——她实在太酷太酷了。**

哇——一个真实的芭蕾舞者。我决定不露声色，守口如瓶，我觉得这是属于我一个人的。这封信比起其他任何一封信来说，都更打动我心，因为它与妈妈的联系最紧密。

妈妈热爱舞蹈。她曾经在大学跳舞，并且她绝对把这热情手把手传递给了我。跳舞曾经是我生活中最大的热情，现在，观看人家跳舞，仍是我生活中最大的热情。

我3岁那年，妈妈便带我去茉莉社区中心的足光舞蹈学院报了名。从那时起直到18岁，整个成长岁月里，我每周至少上两次舞蹈课，可能还更多。我跳芭蕾舞、踢踏舞和现代舞，还上歌唱及戏剧班，更不用说参加比赛和表演了。表演曾是我的最爱。当我打扮停当，擦上口红开始演出时，我觉得自己已经长大成人。日复一日的艰苦练习，参加每一次排练，然后在舞台上表演，那感觉对我来说

1　卡萨·潘乔（Cassa Pancho）：女舞蹈家，父母分别来自特立尼达与英国，故而肤色为棕色。在英国皇家艺术院校受正统训练期间，意识到芭蕾舞界中对有色人种的歧视，于2001年创办了黑芭蕾舞团。
2　科芬园（Covent Garden）：花园位于伦敦苏豪区，原为修道院花园，15世纪时重建为吸引绅士居住的高级住宅区，同时造就了伦敦第一个广场，后来成为蔬果花卉市场。目前以街头艺人和购物街区著称，以苹果市集和狂欢市集最为特色。
3　哈莱姆舞团（Dance Theatre of Harlem）：简称DTH，位于纽约哈莱姆区，既是职业芭蕾舞团也是舞校，由纽约城市芭蕾舞团第一位非裔男舞者阿瑟·米切尔创办，以"第一家黑人古典芭蕾舞团"著称。

无可取代。那些年里，它们就是我的一切。

舞蹈学校像一个真实的大家庭。我所有的朋友都在那里，我跟校长妮娜处得很好，她也是妈妈的好朋友。一个接一个，我们三姐妹都被妈妈送去那所学校，妹妹们也来了，最后妈妈变成了舞蹈学校的秘书。但不止于此，她还是服装师、司机和啦啦队总队长。我们每年一度的表演，她从不曾缺席过一次。每当我从台上望出去，看到她坐在观众席上，总是很开心。

我永远不会忘记那一天，我参加了在伯恩茅斯公馆 [1] 举行的《音乐之声》[2] 里布里吉塔一角的海选（这些年，这部电影在我家放了好多次）。妈妈和妮娜都陪我一起去——虽然作为我竞争对手的那些女孩都有经纪人，但我的头号粉丝和舞蹈学校的校长都陪着我，所以我全不担心。我一路打进了最后五强——到了对决时刻。唉，三甲里没有我的位置——我已经尽力了，正如妈妈告诉我的那样。但我后来明白了，即使我竭尽全力也做得不够好。我可怜的妈妈挨过了一个艰难的周末，我趴在枕头里号啕大哭，就像世界末日一样。一次挫折就能让我如坠深渊，很明显，娱乐界生涯不适合我。**我几乎能听见妈妈如释重负地叹了口气。**

但我仍在跳舞，因为我很爱舞蹈学校，把那里当作我的第二个家。没多久，妈妈的舞蹈热情再次焕发，她开始在那里学习成人踢

---

1 伯恩茅斯公馆（Bournemouth Pavilion）：1929 年兴建的海滨剧场，向公众开放，主要上演话剧和哑剧。

2 《音乐之声》（The Sound of Music）：家喻户晓的浪漫爱情电影，讲述了 1938 年年轻的见习修女玛利亚到退役的海军上校特拉普家中做家庭教师，以音乐和大自然陶冶孩子们，同时也得到了上校的爱情。此处是指音乐剧。布里吉塔为上尉 7 个孩子中的第 5 个。

踏舞。后来我们甚至在同一个舞蹈班上课。不久后，我又和她一起打业余级别的无挡板篮球，我们俩都很享受母女搭档的乐趣。

我在大学里有两年时间一直参与组织舞蹈社团。回到多塞特郡后，我便为妮娜工作，开设了两年收费舞蹈课程（类似街舞，但我进行了编排）。我在休息室编舞（我喜欢编舞），妈妈常常不得不避开我。这些课程都很棒，因为我每周都有青少年孩子们来上课。每次开课前，先让学员们围成圈子，我问：有没有关于男朋友方面的问题？我会给出明智建议（尽量），通常跟她们说：当男孩们表现得像脑子进水时，就踢掉他们，再大步前行。而当我下课后，很不幸，学员们也会拦住我，请教我关于舞蹈方面的明智建议。这几年，舞蹈似乎渐渐从我生活中隐退，现在我只喜欢看表演了。**也许我应该重整旗鼓，再去上一些课——在待办事项上记上一笔。**

所有这些回忆纷至沓来，令我对斯蒂芬妮的来信感激不尽。我与一位身在纽约的芭蕾舞者的新联系，促使我追忆并且再一次回味我和妈之间的美妙关系。

当我跟着音乐起舞，蓦地，我记起妈妈有一把怎样的好嗓子——我喜欢听她哼歌。我想念她引吭高歌《悲惨世界》[1]或者当她为我们煮茶时唱的几句阿黛尔[2]的歌。当我们年纪还小时，爸爸会弹吉他，但我得说，他的五音没有妈妈齐全。那时，我们爱玩一个游

1　《悲惨世界》（*Les Misérables*）：以法国大革命为背景的经典小说，有若干版同名电影及音乐剧。音乐剧中的《我曾有梦》（*I Dreamed a Dream*），曾因苏珊大妈在《英国达人秀》上的演唱而举世皆知。

2　阿黛尔（Adele）：全名阿黛尔·阿德金斯，英国知名流行歌手。

戏，就是对爸爸唱一首歌，让他跟上我们的调子来，这游戏我们能玩好几个小时，乐此不疲。**他跟不上——从来没跟上过**。但是，我们喜欢他给我们弹吉他。当然，每当爸爸弹琴时，好老爸，总是会弹一些滑稽曲子。《温伯利，噷伯利怪物》是我们百听不厌的——这首歌的歌词完全没有意义，却仍然让我和妹妹们咯咯咯笑个不停。**JAY Z[1] 如果把这一首歌纳入囊中一定大获全胜。**

对我来说，音乐令我愉悦的力量从不曾消退。我们都有让自己沉醉的音乐，能让人思索，欢笑或者哭泣。有些歌令你安眠，还有一些会使你想彻夜跳舞。音乐是如此扣人心弦，而且我发现，当你痛失某人后，只是一首歌中的几个小节，便会触发你的思念。《你需要的只是爱》[2] 现在有全新的含义了。而高地谢丽尔[3] 的《为爱而战》，在我协助妈妈跟病魔搏斗的时候，更是我的圣歌——但我不曾有机会战上一次。

因为妈妈和我在那个圣诞节分享过接招乐队的音乐，他们的歌我从此难以卒听。最重要的是，正如汉娜念念不忘她与妈妈共度的《妈妈咪呀》时刻，我懂得了，妈妈并不是为了音乐本身而哭泣——她已经知道死之将至，这将是他们最后一次共同观看电影。**现在合**

1　JAY Z：美国嘻哈歌手，唱片制作人，企业家。歌手生涯共发行了 18 张大碟，全球销量达到 7500 万，被 MTV 评为"有史以来最伟大的说唱歌手"第一名。滚石则将其评为最伟大的艺术家的第 88 位。
2　《你需要的只是爱》（*All You Need is Love*）：约翰·列侬创作的名曲，曾由披头士在 Our World（第一个全球卫星直播的电视节目）首次表演。
3　高地谢丽尔（Geordie Cheryl）：英国国民歌手谢丽尔·科尔，她出生于英格兰东北部纽卡斯尔，该地居民通常被称为高地人，故得此绰号。《为爱而战》（*Fight for this Love*）是谢丽尔的名曲。

唱祈祷的意味深长了很多。

　　妈妈去世那一天，我在自己的房间里反复播放《重回我身边》[1]这首歌。我想磨炼自己，让自己能听下去。我知道这听起来像个学生妹。但没用。只在几个月后，在去公墓的路上我打算去花店买一朵玫瑰。当我走进店里时，收音机里传出的是哪一首歌？是的——世界上所有的歌曲里，他们偏偏放的是这一首。就在那时，我发现它能够给我以安慰，从此我终于能够听这首歌了。但是看 DVD 肯定还是另外一回事儿。

　　妈妈和我一起看过好多舞蹈，从芭蕾到音乐剧——什么都看，每一种都看。我最喜欢的一次是在伦敦看《跳出我天地》[2]，因为它说的是"高地土佬"，让她觉得像回到了家。我也有同感，因为妈妈还保持着当地口音。每一个"小宝儿"的称呼，都会让我笑出来。

　　她一向喜欢《舞动奇迹》《英国达人秀》和《一起跳舞》[3]这些真人才艺秀。妈妈去世的时候，我们正看到这一季《一起跳舞》的中间。妈妈和我一起看了海选表演后，告诉我，她认为爱尔兰现代踢踏舞天团泼瑞第吉格（Prodijig）会赢。他们确实赢了，我想："妈妈是永远正确的！"妈妈过世后，半决赛才举行，百变街舞组合[4]参与了表演。我想起来，几年前，我曾经和妈妈以及其他家人一起看

1　《重回我身边》（*Back for Good*）：接招乐队的名曲。
2　《跳出我天地》（*Billy Elliot*）：英国电影，讲述了英国北部底层矿工家庭的男孩，因偶然机会接触并爱上芭蕾舞，在家人反对与自身理想的矛盾中，做出了艰难的选择。
3　《一起跳舞》（*Got to Dance*）：以舞蹈为内容的选秀节目。
4　百变街舞组合（Diversity）：一个全部由男性成员组成的创意街舞组合，曾在 2009 年获得《英国达人秀》第三季的冠军。

过百变街舞在《英国达人秀》海选上的首次演出。如果我发现，在YouTube 上半决赛嘉宾演出的过半点击都是我干的，我不会惊奇。后来，当我整天整天地看重播时，一想到妈妈看不到了，我五内翻腾。**我现在看得够多了，能自己试一试了。**

斯蒂芬妮的来信让我想起我和妈妈共同的最爱：舞蹈。这份最爱可能稍有减弱——妈妈去世后，我难过之极，以至于不能看到任何曾和她共同经历的事，或者和她谈过的事。她离开后的那个夏天，我看了一场《有人喜欢嘻哈》[1]的演出（在沙德勒之井剧院[2]的姐妹剧场孔雀剧院[3]）。开始我还郁郁寡欢，但表演结束时，我四次起立欢呼（完全是疯狂的）。是的，坚持看完全场真是物有所值。但你是知道的——那一年，这是第一场没让我哭出来的舞蹈表演。妈妈和我经常一起看表演，我们曾一同欢呼雀跃。表演十分精彩——它是第一场令我看后心动，让我想重拾舞蹈的表演。

收到斯蒂芬妮邮件后不久，我接到室友贝西的一则短信，她让我在 2 月留一天空闲给她，但不肯说要拿来做什么。这几年我和贝西的家人走得很近，她妈妈苏那晚也会来，他们说将为我安排一个特别的晚上。这是个惊喜。会有些什么内容，我一点儿门都摸不到。**我想现在就知道！**但是——不得不等。**好吧——也许惊喜会更好。**

1　《有人喜欢嘻哈》（*Some like it Hip Hop*）：英国著名街舞团体动物园部族推出的大型舞剧，于 2009 年在孔雀剧场首映。
2　沙德勒之井剧院（Sadler's Wells）：位于伦敦市伊斯灵顿区，具有 300 余年历史，是少有的以舞蹈为主的全球性剧场。
3　孔雀剧院：位于伦敦经济政治学院校园内，因经常有各种舞蹈表演、音乐剧上演，尤其是在早期音乐剧历史上功不可没，被称为音乐剧的故乡。

　　同时，所有里程碑中最艰苦严峻的一个正在来临——马上就是妈妈的一周年祭日了。全家人讨论过，大家决定还是不齐聚一堂了，想来也许各做各的比较好。言之有理，如果待在一个地方，毫无疑问会抱头痛哭，互诉悲伤。那一天，我该做些什么才最合适呢？我想了又想，反复改变主意。首先我没去上班，卡洛琳也陪着我没去。我知道如果盯着电脑屏幕一整天会受不了的，而当我低落如斯，被一堆兴高采烈的脸孔包围着会更难熬。我俩在咖啡馆泡了一天，晚上去了家附近的一家酒吧，又请了几个巴黎团队成员和另外一些朋友过来，为妈妈举杯悼念。在那种时候，我不得不真切地说：这是个好主意。**我是在举办一场派对纪念妈妈的逝世吗？我在想什么呀？当你需要魔戒令你嗖一声消失的时候，它在哪里呀？**不过，不管做些什么，都比枯坐在家里要好。另外，有密友在身边给我打气，是桩幸事。

　　几天后，贝西告诉我，她可以终于揭晓这桩伟大计划的谜底了。贝西把斯蒂芬妮来信的事告诉了她的妈妈苏。苏放下电话后，便搜索了一下黑芭蕾，然后订了《战火家书》[1]的正式彩排票，是由黑芭蕾在皇家歌舞剧院出演。斯蒂芬妮的推荐一夜成真——我做梦也没想过。**我一直盼着在皇家歌舞剧院看演出！**真希望这星期过得越快越好，这样就能立刻去看戏了。

　　彩排当晚，我们早早就到了，贝西和我在伦敦和纽约大钟下拍

1　《战火家书》（*War Letters*）：澳大利亚2001推出的纪录片，收录了从美国内战到波斯湾战争期间，美国军人写给家人、爱人、朋友的书信。此处是指根据纪录片改编的芭蕾舞剧。

了合影，不想错过这么显而易见的象征。我们走向座位时，我因为激动始终微微晕眩。

彩排如梦如幻，值得一看。你听到舞蹈编导的现场实况演说，于是更深地理解了舞蹈背后的故事，更不用说在彩排时，演员们一一向你展示他们是如何尽可能地塑造完美。我们眼中的彩排舞蹈已经妙到毫巅——我情难自禁，在最动人篇章频频擦泪。我想到妈妈，她要能看到这一幕会有多喜欢，一想到这世上还有多少演出她再也看不到，我就难过起来。

表演之后，是舞团成员的问答环节，有黑芭蕾的创建者卡萨·潘乔和舞蹈编导克里斯多弗·马尼参加。晚会结束后，贝西、苏和我都灵感勃发。如果他们还在舞台附近逗留，我非常想试试找到卡萨，告诉她我来看表演的前因后果。贝西和她妈妈是最佳推手，一直在我身边鼓励我勇往直前，她们一边推我一边喊："上，上，上！"

人群挤出剧场，拥下楼梯，我逆人流而行，蹑手蹑脚地尽量靠近舞台，最后我被一位剧场职员拦住了。我跟他解释道：我想看看卡萨·潘乔有没有空，跟她说一两句话。**请告诉我她有空**。职员们说不能再往前走了，我应该等在剧场前面，说不定她会从那条路出来。**好吧——真扫兴**。但是，福星好像在我这一边，就当我快走回大堂时，我看到一位舞者从问答环节离开，正穿过前排，向我的方向走来。

我拦住他，请问他能否拨冗一两分钟。他叫达米安·约翰逊，已经在这家舞团工作好几年了。我把 60 张明信片的故事简要地说了一遍，并告诉他一位芭蕾舞者发现了其中一张。他问我是谁，我提起斯蒂芬妮，然后听到他说他认识她。我惊呆了，喜不自禁。**世界真小！**他们曾经一起在黑芭蕾跳过舞，不仅如此，他们还是同一个地方的人！原来如此，这真是一个值得铭记的晚上。达米安向我保证，他一定会传话给卡萨和其他团员。我高高兴兴地走了，对行动的最新胜利感觉特别欣悦。**60 张明信片，经由纽约回到伦敦！**

让我向自己重复一遍，因为每一次回想起这件事，都让我觉得奇妙不已——我遇到一位皇家歌舞剧团的舞者，他认识一位住在纽约的舞者，后者恰好在巴黎的一家书店捡到了我亲手写下的明信片。我从来……从来没有指望过事情会这样发展。

我们离开会堂时，激动得全身僵硬，但喜事连连，好事向来成双。我们撞见了编舞指导克里斯多弗·马尼，他也走在出剧院的路上。**可怜的人！**我又向他重复了一遍我的明信片故事，他听得很专心。他不仅是一位天资纵横、极富责任心的编舞指导，同时也是一位舞者，在好几家舞团工作过，也曾在马修·伯恩[1]的一些作品中表演过。我为他拍了张快照，然后拔腿冲向门口，要赶紧，快到任何人都没机会指控我骚扰黑芭蕾团队而给我下限制令！**我因为明信片闹剧被捕只是个时间问题，是不**？哎，今夕何夕！要怎样才能超越今晚？你永远不会知道……

1　马修·伯恩（Matthew Bourne，1960— ）：当代英国著名舞剧编剧，因成功创作"男鹅版"《天鹅湖》而风靡世界。

第十章

分享奇迹

　　观看黑芭蕾演出，又遇到达米安·约翰逊和克里斯·马尼的那一晚，成为我一整个月的最强光。演出前后，我都与斯蒂芬妮有愉快的信件往来。

嗨，斯蒂芬妮：

　　我只是想告诉你，就在我告诉朋友你发来了邮件之后，她就打电话给她妈妈讲了这件事，然后她妈妈就去订了票要看黑芭蕾表演的彩排。我今晚就去看了！非常感谢你的推荐。

　　我会让你知道我的感想的。

瑞秋　吻上

瑞秋：

　　哇！我希望你喜欢这演出。我打算马上就把你的明信片散发出去。我要发给你一张它的照片和我自己的照片。

斯蒂芬妮

嗨！

简直难以置信！这场演出让我无比痴迷。特别是排练间隙的点评，以及他们随后的舞步调整。我遇到了一位名叫达米安·约翰逊的舞者和舞蹈编导克里斯多弗·马尼，并且告诉了他们我来这里看演出的来龙去脉。

这是个奇迹。：）

祝快乐。

再聊。

吻上

用斯蒂芬妮的话——"哇"，我的明信片马上就会被放在纽约的某一处，我喜欢这样，此时此刻，我想不出来会是在哪里。随着每一个发现者的来信，我对这次行动的热情与日俱增。我逢人就想说 60 张明信片的事。发短信、上脸书、打电话跟给朋友们闲谈这件事，对我来说都统统有点儿腻了，更别说他们了。**是什么在我泪光蒙眬的双眼里？是明信片奇迹！**应该好好想想博客的事情了，是时候把我的故事分享给世人了，**我必须告诉每个人所发生的事。**

从巴黎回来的这段日子里，我收到的反馈的魔力，已经足够鞭策我马不停蹄地立刻开始写博客。我甚至在信件里提到过，我将以这种方式记录此事——发现者们会等的。但是我一拖再拖，因为悲伤的阴云仍然隐隐约约压在我头顶上。

我从没有听人说过与我类似的行为，也知道一旦我讲出明信片的事，便有义务给出清晰解释：为什么要这么做。我在思忖，缄口不提那些想法，永远把它们锁闭在脑海里是否比较安全？很可能，我必须深入探讨我的悲伤过程——如何沦陷，如何渐渐挣扎出来——而对我来说，这将是个浩大工程。我很担心，一些人会觉得这是过度分享，也可能让有些读者不舒服。我的朋友们向我保证说：万一真有读者这么想，很简单，选择不看就是。即使如此，我也知道，对我而言，单是谈及此事就很沉重，也会让我过分脆弱敏感，易被伤害。我从不是一个总把心事藏在盔甲后面的神秘人，而这一步是不是走得太远？

妈妈的周年祭日已经过去（我觉得我好像就是眨了下眼，而这一年过得太快了），我的家人都为我加油，都支持这个主意，我终于决定：是时候大干一场了。另外，到现在为止，我与这么多朋友和陌生人都面对面交谈过。在这次活动中，我从他们那里得到了这么多既热情又令人振奋的反响，让我满身心都充满了想多说一些的欲望。我准备抛开"恐惧"，开通博客！

我的室友贝西早就为我在南岸中心[1]的女人世界[2]物色了一个完美的"一小时博客"课程，我几乎立刻就报名了。2013 年 3 月的一天，我在皇家节日音乐厅外与卡洛琳碰头，她打算和我一起上课，然后我们便进去了。任何人走进这个地方，都得保持定力，才能不

1　南岸中心（Southbank Centre）：欧洲最大的综合艺术中心，位于泰晤士河南岸。下文提到的皇家节日音乐厅（Royal Festival Hall）即是其中三个音乐厅之一。它还有画廊、图书馆等设施，民众能免费在里面参与百余种文化活动。
2　女人世界（the Women of the World Festival）：一家针对女性消费群体，以音乐、电影、分享、表演为主题的公司。

被建筑物里正在进行的事分心。一片繁忙景象，人们有的在交谈，有的在工作，总能在一楼发现一群舞者在匆忙进行他们最后一次的排练。（**我必须控制自己才能不去参加**。）

走进教室时，里面已经有三四十人了，我们在后排一张圆桌旁落座，对左右已经坐定的人笑了一下，道了个"哈啰"。这房间的"风水"在尖叫着"互相影响"，我开始感到非常紧张。我们拿出笔记本和笔出来，就像个好学生似的，我们也的确是。凯蒂·威尔士，一位资深博主兼作家，开始介绍课程。她简单介绍了一下课程的大纲，便直奔第一个要点："你的博客应该和什么有关？"她向我们解释：博客本身全无意义，除非你有一个贯穿始终的主题，有什么事情是让你一直保有强烈热情的。**记号**。我感觉好多了。除了我的好妈妈和告诉世人有关她的故事，没有什么会让我倾注更多的热情。从这时起，我开始百分之百肯定：我做的事情是对的。

我们受鼓励与身边人交谈，聊聊自己的创意——林林总总，既有科学博客也有校方博客，内容有女权主义也有政治时事。轮到我了，他们的聆听给予我莫大的肯定，我几乎下意识严肃起来。好希望时间立刻过去，我能马上开始。

一到家，我就申请了 WordPress 博客系统账号，挑了一个简单的主题，一个彩色的模板，摆弄了一会儿，把它们搞清爽了。我甚至还没开始写内容呢，这些都已经挺有意思的了。我希望介绍能既短小甜美，又能对那些即将发生的事做一个简洁的说明。我想对读者做个保证，说明这不会是一个悲伤的博客，这一点很重要。是的，会很诚实——但不会绝望。它对谁来说都不会是索然乏味的。我决定了，考虑到我的故事的性质，照片是至关重要的——它们将有助于故事的发展。为了让它们独一无二，我将在照片上手写说明。万事俱备，唯一欠缺的就是我需要鼓起勇气发表第一篇博客。为了让一切准备有序，在正式开始写博客之前，我多等了一晚。第二天是2013 年 3 月 10 日——母亲节[1]。这将是个美好的母亲节礼物：

　　开通一个博客，挺让人提心吊胆的。真紧张呀。就目前而言我拖延了太久太久。是时候踢掉"恐惧"昂首前行了。所以我来了。嗨。

　　人们总是说：如果你打算开一个博客，要确定有些事是你真心关注的。记号。除了我的好妈妈和告诉世人有关她的故事，没有什么会让我倾注更多的热情了。她去世的时候，我真的没法确定我能不能挨过去，但一年后的今日，我还站在这里。无可否认，我蜷成了一只爬虫，飘在菲诺白葡萄酒上，但你们抓住了我。我大部分时间还是坚持住了。

　　闲话少说，我为自己设置了一项富有创造力的挑战，也就是传播关于妈妈的文字。在这里，我将写下这些挑战的内容，同时告诉你，过去以及当下，一路上的几个故事。我保证，这不是什么不健康的内容——更多欢笑，更少眼泪。这个博客是

1　母亲节：英国母亲节与美国不同，不在五月的第二个星期天，而是每年四旬斋（西方复活节之前、除去星期天的 40 天）的第四个星期天。

关于如何抗击失爱之痛的，关于做一些特别的事，做一些美丽的事。我妈妈会喜欢这些事，而这正是我在做的。

我有大概念，也有小想法，甚至还有让本博的读者参与的想法。（如果我真有的话。真尴尬。）我希望，这对任何误打误撞上到我博客的人来说，都是一次愉快的阅读经历（还有一些是我站在他们电脑后面强迫他们看的——当心）。这么多人好像都害怕谈论丧亲之痛。我不认为这应该是个禁忌话题，我打算试试全新的模式。如果能鼓舞任何一个人，这就是一种收获。

我会定期上传博文，只要我没忘掉密码。"这是做了件什么蠢事呀？"我听见你说。嗯，你在阅读的这个姑娘，曾在一个月内弄丢过两张银行卡。万事皆有可能。有时我甚至让自己都吃惊。

欢迎再来，看看后续如何，看看我散发在巴黎的 60 张明信片会怎么样。

今天发表此博文是有原因的。我要对我的灵感来源说：母亲节快乐。

暂且别过。

瑞秋

我努力做到不过分关注博客流量，但我很快发现这事儿会上瘾，就像挤泡泡或者享受茶饼干一样。**你根本停不下来！**当你看到有人在浏览你的博客，单看他们身在何处，也会令人着迷——一张色彩缤纷的地图展现开来，告诉你世界上哪个角落有人在阅读你。

开博的时候，我跟卡洛琳说：如果阅读量过千，我会多么高兴地把它当作一座里程碑，哪怕要用一整年左右的时间，我都会视之为辉煌成就。两天后，当看到阅读量一千的标志后，我几乎是跌坐到椅子里的。**大跌眼镜！**

而从家庭和朋友间，我得到的反响更让我惊喜莫名。他们是通过脸书、推特和口口相传的力量知道博客的。亲友们来自北部和世界各地，评论都十分精彩。对他们的意见，我高度关注，因为我所说起的，是他们生活中的某个人，并且被他们深爱着。当他们读到我的博客，会不会觉得太多余？这感觉很无厘头——他们对我的做法都交口称赞。我很高兴——好希望这能是一份给我们所有人的礼物。

希望你们知道，我是一个贪心的读者。当我第一次读到你为什么要写这博客的时候，我眼眶湿润，满心欢喜。坚持下去，坚持爱。斯蒂夫，吻上。（舅舅）

哈啰，瑞秋。家族的加拿大分支正在贪婪地阅读你的博客。谢谢你做了这件事。一年已经过去，但每当想到薇芙，我还会感觉心沉到了地面。我想，妹妹过世的痛苦，会停留得比其他痛苦更久。

在说了好几年之后，最近我确实开始着手处理一盒一盒的照片，很自然，其中我最爱的是家庭照片。许多照片都是度假时拍的，在德文郡、康沃尔、斯特雷萨、法国滑雪胜地摩尔济纳，当然也包括诺森伯兰郡周边的。当我整理照片时，我无意中发现了威尔斯[1]附近的别墅照片，当然也想起了那桩"奶牛杀手"的小事故。这现在已是家族传说的一部分，但对于那些没听过的人来说，我可以再说一遍：薇芙设法说服五个成年人和至少六个孩子，说他们穿过一片草地而能生还的唯一希望，就是爬过一座篱笆，涉水穿过一道小溪，以躲避一头不怀好意、靠得太近的奶牛。后来证明了，那头奶牛是这个星球上最温良的生物之一，但对薇芙而言，它就是全家的大威胁，必须这么做。说句事后诸葛亮的话，我们多少都会反应过度，但薇芙更有迫切的责任感要保护血脉相连的亲人，没有一个人能拦得住她。

盼望着更多博文。多想想薇芙和查德威克一门。（格雷厄姆——舅舅）

听到这些多令人开心呀。回家为爸爸过生日的时候，我会很兴奋地向他展示我的成就。我仍然很担心，用这种方式分享我的故事、家族的一部分历史，他是否真的赞同。

不过，回家的第一天，我首先直奔录音棚。（**我在准备我的新**

1　威尔斯（Wells）：位于威尔兰西南角，是英国最小的城市，约为 3.245 平方千米，居民约为 10000 人。在英国，要有教堂和主教的地方，才能称为城市。威尔斯地方虽小，两样皆有，所以自中世纪以来它就是城市。

专辑——好吧，还没开始呢。）为了给莎拉过生日，我们在一间录音棚为她买了几个钟点，她一直在等一个时间，我能陪她一起去。能有这种经历我很开心。（**我悄悄地给嗓子热了热身，万一有机会来个二重唱呢**。）听到她沁人心脾的歌声，看到她在做自己喜欢的事，真让人心里热乎乎的。自从妈妈过身后，她便发现在音乐会上表演难如登天——妈妈从不会错过任何一场演出。回家后，我们重听了她的 CD，十全十美。（**她是自己最严苛的批评家，觉得自己可以做得更好，但真的已经十全十美。**）

爸爸的生日宴，我们带他去了"咯吱猪"，是温伯恩小镇上一家有趣的新餐厅。我们把礼物送给他，其中一件是一个新的皮质钱包。还吃着饭呢，爸爸就决定要把所有卡片和零钱都换进新钱包，我们全都大笑起来，这简直是脑子进水。比起一年前他的生日，这一次明显进步很多。能聚在一起，对我们所有人都好——又重新是一个团队了。知道他也注册了博客，还跟朋友们讲了我的博客，我高兴坏了。我所盼望的就是这么些，不多也不少——我的家人全加入队列了。**写下去！**

我收到的支持回信如此之多，他们都在告诉我：坚持写下去。这便是我想要的那种心理保障。我开始一周两次更新博客，而人们用邮件方式订阅。最不可思议的部分是：那些痛失亲友的人们与我联系，说觉得这与他们息息相关。有了这样的念头，又跟朋友们聊过，我下了决心：如果能帮助到人们，我愿意与更多读者建立联系。回到伦敦后，我决定做一次大冒险。我跟《设计家》杂志——一本伦敦的女性周刊——的编辑接洽，说明了我的博客所为何来，询问他们是否可以在杂志的边边角角提到一句半句。我等了几天，然后收到了《翡翠街》[1]副主编的电邮，这封电邮通讯链接了《设计家》。她在信中写道，他们将在某封电邮通讯里提到我的博客。哇哦！我问他们有多少读者，当时我想的是几千人，事实上，是九万。一天早上我还在上班路上，这封电邮通讯出街了，当我看到博客流量时，我被眼前的数字大爆炸惊呆了。多米诺效应开始了。起初我对着电脑屏幕自言自语，然后，我对着很多熟悉的面孔说话，他们都是读到了博客的朋友和家人。在《翡翠街》的邮件发出去之后，现在我发现，我的读者已经变成了一群不知我为何方神圣的人，而我也对他们一无所知。这是彻头彻尾的狂热。我也收到了一些新闻工作者、一位文学代理人以及一位出版商的信件。**这真的是疯了。**

与此同时，对于博客的反馈每周都会有，我乐在其中。我听到人们各种各样的反应，而他们都来自我生活中不同的领域。其中最动人的一封，来自我家的家庭医生兼朋友，他曾经在妈妈病重之时无私援助——提起他，妈妈总是深有好感。

> 嗨，瑞秋，读你博客时我一直忍着眼泪，而我电脑的电池快耗尽了。今天早些时候我凑巧遇到你爸爸，他告诉了我这件事！真了不起，让我想起我过世父亲的许多事。嗯，他并没有

1　《翡翠街》（*Emerald Street*）：一份免费的电邮刊物，每天以电邮方式发送到订阅用户的邮箱。

真的离开，事实上，在这五年半里，我记起他越来越多的小癖好，还经常与家人说起，我想我其实是发现了真正的他。你的博客真是让人心潮澎湃，我打算跟家人、朋友以及同事们都分享一下。我会一直订阅的。我可是博客新人。(安迪——家庭医生及家庭朋友)

明信片故事的奇迹甚至带来了一些我经年不曾见过的人：

瑞秋，你的故事始终在让我掉眼泪，小心肝也在怦怦跳。但这不是故事，这是真的——真实的人生经历，真想和你生活在一起。读到你把碎成一片一片的心重新缝缀在一起，我不由得浮出欣慰笑容。真让人放心不少，甚至更昂扬向上。我敬慕你做这件事的勇气，希望你会一直持续下去。吻吻吻吻。(珍娜——我舞蹈学校时期的老朋友)

这一封，每读一次我都会被触动：

嗨，瑞秋，离我们上次通信也有一段日子了，老实说是好几年。音乐对我也很重要，而且我想，就像你说的那样，有朝一日你会能够听接招乐队的歌曲，而不管在什么时候，你总会有准备好的一刻，让你能看他们"进化论"演唱会的DVD。你的妈妈是位非常勇敢热情的女士，无论是在职场还是家庭生活中。年纪小小就失去一位父母的感觉，我个人深有体会。我爸因脑瘤在 2010 年 3 月去世。他的肿瘤被诊断为恶性后，我们只有 6 周时间寻求治疗良方，最后他还是离开了。人们说：时间会治愈一切哀伤，而你一听这种话，只想在他们脸上迎面一拳或者对他们吼回去。从那之后已经三年过去，每次想起，都像昨天的事。我们都走过高山也行过低谷，也用各自不同的方式应对。我不能听路德·范德鲁斯[1]的《与父亲共舞》——它唱多久，我会哭多久！一切都不一样了，我们会适应，但永远不会忘怀。我肯定你妈妈会为你的行为自豪。把她一直放在你心里，你会拥有一点点"耐心""阳光"，而你终将会"统治世界"。[2]大大地拥抱你。吻吻吻吻。（卡莱尔——一位学校时代的老朋友，一度就住在我家这条街的街尾）

妈妈的许多同事和好友都给我发了评论。很多人说他们无法在学校谈起妈妈，这实在太过艰难；另一些则说他们发现自己无时无刻都在谈起她：

哇呜真开心！谁能想得到，那些明信片会给你带来这么多新经验和新朋友！有人来了，就是为了看看你！丽兹·Y，吻（丽兹——妈妈的好朋友，曾帮我清理妈妈的教研室）

1　路德·范德鲁斯（Luther Vandross，1941—2005）：美国节奏蓝调和灵魂音乐创作歌手，音乐制作人。《与父亲共舞》（Dance With My Father）一曲让他在 2004 年获得四个格莱美大奖。
2　《耐心》（Patience）、《阳光》（Shine）、《统治世界》（Rule the World）：皆为接招乐队演唱的歌曲名称。

正打算给你写一个备极详尽的评论，这时，艾米在我身边冒出来，她睡不着，因为她太累了。我也太累了，可是想评论你的博客，而且要做一些必须做的事……可是后来我不再只想自己的事，而是吸收了你博客的精神。我一直很敬重你妈妈，她是你们的慈母，不管你们需要什么，她好像都拿得出时间。为了她的女儿们她做什么都不嫌多。我想成为她那样的人，所以我把必须做的事和电脑放在一边，抱抱艾米，揉揉她的肚子。我心里明白，没有什么事会比照顾她更重要，而让她知道她是世上最重要的，比万事万物都重要好多倍。我感觉好多了，她睡着了，我们的亲密联结更上层楼。谢谢你让我想起，在漫长的一生，彼此表露爱意是最珍贵的。我也很想你——薇芙，你在许多方面都鼓励过我；还有你——瑞秋和你可爱的一家人，你们为你们的妈妈创造了一份了不起的财产，她会为之骄傲的。你的文字实实在在地影响了许多人的生活。（桑迪——妈妈的同事兼好友）

花了不少时间读博客……始终十分精彩……一直有泪有笑……爱它！爱你，我可爱的教女！多优美的方式来怀念她……查德威克小妹，干得好！吻吻吻。（丁丁姨）

最让我大吃一惊的信件，来自那些我从未谋面的人：

嗨，瑞秋，我读了你的故事，从头到尾都非常喜欢——用如此童话般的创意来祭奠你的妈妈，可想而知，她仍是你的灵感来源。我想知道，什么时候你的博客订阅者能找到一张明信片！在我想象中，那将是激动人心的一刻！以马内利，吻。（博客读者）

嗨，瑞秋，我刚刚通过《翡翠街》发现你的博客，中饭时候一眼也不眨地看了一中午。我在脸书上分享了，所以我的朋友们也会发现它的。这是怀念你妈妈最美妙的方式，而读如此动人的故事也是赏心悦目的事，远好过我一般在午饭时候看的新闻，那些多半让人情绪低落！（博客读者）

请到苏格兰的斯特灵走一趟，把明信片放在这里，这样，我也能够成为这宏伟计划中的一员了。同样，我也在期盼着下一期博客。请多写一些，KC。（博客读者）

但是，所有来信中，让我最不忍阅读，同时也是最大动力的——既来自朋友，也来自陌生人，都是那些也曾痛失至爱的人，要么就是正陪伴着重病中的亲友与病魔做斗争，正经历着痛苦的过程：

嗨，瑞秋，我只是想告诉你这个主意真不错，你妈妈肯定会喜欢！25 岁那年，我失去了我的妈妈，当时她 60 岁，她像薇芙一样也是个老师，也曾感动过、影响过很多人的生活。你一直在谈论你妈妈，说了好多她的故事，你是对的。作为她的女儿你真应该自豪，而这是我一直努力去做的事，即使在 22 年后。希望你一切都好。盼望能读到更多博文！乔，吻吻。（来自在康沃尔度假时认识的家庭朋友）

嗨，瑞秋：

在《翡翠街》看到你的博客专题后，我才读到了它。我觉得作为给你妈妈的献礼，这真是完美方式。

你最近的博客真的让我们全家人都很震撼，因为我的妈妈正在与卵巢癌做抗争，她是在 2011 年底确诊的。她经历过手术、化疗、放疗、临床试验、血液凝结、精神崩溃……但现在只能尽量让她减少痛苦，这意味着要么留在病房解决她的精神崩溃的问题，同时去普通门诊看病，或者待在家里，让医生出诊，总之，就是这一类的起起落落，每一件事情都是日复一日地拖时间。

你在博客中说过，人们也许会认为你在疲于应付你的悲痛和忧伤，而这博客的初衷只是为了让你有一个注意力的关注点，感觉会好一些。我明白你的初衷，我也千方百计想让自己分心，甚至令朋友们认为我"真是勇敢"，能霾耗在前面不改色，我当然不觉得我是这样的。我妈住新西兰，我住伦敦，这让事情更加麻烦，我没法定期看望她。她被接纳进临终关怀病房时，我曾飞回家，现在又回到了伦敦，不过我计划下个月再飞回去一趟。

我想，你现在开始的这个计划，真的需要勇气，有时你所感觉到的一定只有悲伤，特别是你提到你别无他求，不过渴望你妈妈也能分享 60 张明信片胜利的喜悦。但是，我希望能看到你妈妈的故事继续这么有色有声地延续，希望所有你收到的那些有爱的信和令人欣喜的回音，可以帮助到你，而你在做一些正能量的事情回忆她。

你的博客当然也鼓舞了我，我希望它也一样能帮到你。

万事如意，吻吻。（博客读者）

当这一切接连在我生活中出现时，我的许多同事也在线阅读我的博客。我喜欢先完成一篇连载博文并上传后，再到办公室去——我小组里的姑娘们和我，会一人手捧一杯咖啡，围在办公桌之间的圆桌旁，开个"老祖母的婆妈会"（注意用词！）聊聊今天的博客。我们咯咯窃笑着，她们会问我后来怎么样了，然后戛然而止——"不，我等着看下一篇！"她们令我满心满意都是温暖，而且，她们时常是最早收到博客更新通知的人，比任何人都早。

我发现，写博客我得到的唯一负面反馈是沉默——当团队里一片静寂，谁也不和我谈起妈妈。我性情开放、诚实，在邮件里总显得很浑不懔，所以我猜他们都以为我什么都无所谓。我想知道，是否现在又要把 T 恤上的灰掸掉，重新穿起它？

另一个问题是，我变成了广为人知的"博客女孩"，读者们对我知道多少，也成为我极其关心的事。有时我和第一次谋面的人会谈上几个小时，最后发现他们读过我的博客，所以早就什么都知道了。我对自己郑重起誓：不要把一切都写出来。我得记着，我生活中还有很多层面，是不会让人们知晓的。这里只有我 60 张明信片的声音。

我上博客上得这么勤，通过它遇到了那么多的人，它很快就变得像是我的第二职业。我可以告诉你我有多沉迷于此：我一向都是社交蝴蝶，但是现在我开始减少晚上去酒吧的次数了，为的是能回家上博客。

我决定再次冒险一搏，做一些稍许疯狂的事。我跟人力资源主管和上司说，为了更好地处理 60 张明信片这个浩大工程，要请 6 个月的假。会怎么样我没想过，但我算过账——我的经济足以支持，而手边有更多时间能让我把事情做得更尽善尽美。这值得一搏。我想到妈妈，她会希望我这样做——做一些让我满怀热情并且会很开心的事。人生苦短——我没什么可失去的。休假被批准了！

第十一章
一对跑步夫妻以及局、盘、爱侣

　　巴黎历险已经过去 4 个月，我在东边伦敦场地[1]的百老汇市集[2]，和卡洛琳一道沿着摊位悠闲地逛街。这是一个阳光灿烂的日子，令人心情愉快，我正在逛的街巷也十分繁荣。我的巴黎之旅已经改变了我的一切。我有了一个计划，我有了一个焦点——我有了一些事，能让我暂且摆脱那至今仍萦绕不去的悲伤。显然我现在应付得好多了，一切荣誉归于那位我已永远失去的女士。从好些有趣的人那里，收到了有意思的回馈——我真是个吉星高照的女孩（好吧，女人），我是讲真的。

　　我们在喝咖啡（这在我生活中好像发生得太频繁，不管是在村里、镇上还是市里，我都在喝咖啡），一边查了一下我的电邮，我看到一封电邮的主题是"巴黎 60 张明信片"。我估计它来自我的明信

1　伦敦场地（London Fields）：出自马丁·艾米斯写的同名小说《伦敦场地》，该书描写了一段发生在伦敦近郊的未来故事。之后，伦敦近郊便被称为"伦敦场地"。
2　百老汇市集（Broadway Market）：伦敦最古老的市集之一，已有 120 余年的历史。综合性市集，主要以经营二手衣物、手工艺品等著称。

片发现者，是回复早先某封信件的。**这合情合理**。

　　但当我打开这封电邮，我不敢相信我的眼睛。离我在巴黎已经过去很久了——不可能有新的发现者，对不？我尖叫起来："绝不可能！"吓得卡洛琳差点儿灵魂出窍。但它是，它真的是——还有人发现了明信片。

> 嗨，瑞秋：
>
> 　　我在最近入住的一间公寓（在拉富什地铁站附近）里发现了一张你的明信片，我认为以之向你母亲的记忆致意，是个很棒的想法。
>
> 　　附上一张照片，是我和太太（海伦）的合影，身上别的是巴黎马拉松[1]的参赛编号，我们明天就要开跑了。看到这张照片，我们才意识到报名表上有个错误，那上面说我们代表的是阿尔巴尼亚，事实上我们来自谢菲尔德[2]。
>
> 　　　　　　　　　　　　　　　　　　　　　　　　　　　丹

　　我大声向卡洛琳念出这封电邮，两人双双捧腹大笑，我们都明白：让谢菲尔德的老百姓为阿尔巴尼亚出征，是多滑稽的事。巴黎是何其壮丽的城市，值得在里面跑一次马拉松。他们一定如鱼得水——**他们激起了我重新开始跑步的士气**！我马上就回了信，能多

1　巴黎马拉松：于 1976 年设立的大赛，是世界六大马拉松赛事之一，路线横穿全巴黎，沿途会经过协和广场、罗浮宫、埃菲尔铁塔等名胜。每年举办一次，时间为四月的第二个周日，鸣枪起跑点在香榭丽舍大道旁。
2　谢菲尔德（Sheffield）：英格兰第四大城市，位于南约克郡。原属工业城市，近年来运动风气大盛，英国运动协会也设于此处。

快就有多快：

嗨，丹和海伦：

　　你们给了我今天的好心情。我正和朋友在伦敦东区的百老汇市集喝咖啡，读到你的电邮，我们都乐不可支。你们会令阿尔巴尼亚增光的，对此我毫无怀疑，哈哈！明信片计划和博客都运行良好。我现在要出发了，今晚我到家后再来好好答复你。

　　祝在巴黎玩得愉快！

瑞秋

丹和海伦，哈啰！

　　跑得如何？让人愉快的事情……10千米很可能就是我能实现的极限——向你们顶礼膜拜！

　　我现在仍然处于震惊得瞠目结舌的状态，在我发放明信片后4个月收到你的消息！泼天喜事！

　　这样，我是瑞秋。我29岁，在伦敦工作生活。对于写作我很有热情，还强烈渴望做一些创造性的事。妈妈的英年早逝成为我的行为动机，让我把念头化为行动，尝试一些不一样的事。

　　博客才开通了一个月，但我已经被浏览量惊呆了，社交媒体也是如虎添翼的利器，令它越传越远。

　　链接如下（这更像是一个故事性的博客，发给你的是第一篇博文——你可以在相关页面找到其他博文）：http://60postcards.com/2013/03/10/and-so-it-begins/。

无疑，我会很乐意写一篇与你二位有关的博文，但只在你们同意的前提下。当然了，还得问一句，能包括照片吗？如果你们愿意多讲一些自己的事，请给我这个面子！

献上对你二位最隆重的祝福。

瑞秋

马拉松跑得很好，我用时 3 小时 10 分，海伦用时 3 小时 56 分。10 周前，我在一次跑山比赛时，膝盖细微骨裂，以至于我一直没有参加训练，这还是意外发生后我第一次跑，希望下次能跑得快一些。我们两人都是第一次跑马拉松。空气真好，我们都等不及想参加下次了，想想这次马拉松中我们犯下的各种大差小错！气氛意想不到地好，有上千人为你叫好，"海伦加油""丹加油"，这真是振奋人心。能跑步穿过埃菲尔铁塔这样的景点，也一样振奋人心。

很乐意读你的博客，以了解你的明信片计划已经深入到哪一步了。

献上深深祝福。

丹和海伦

丹和海伦对跑步的热情，触动我的思绪。我经常在下班后步行回家，走得满脸通红，满头大汗，我不免觉得：也许我应该过几年再进行马拉松训练。看看这片（非常长的）空地，猜想跑起来我会喘成砂锅撒气的样子吧。有人**真**爱运动，有人**真**讨厌运动（你知道你属于那类"我把跑步装备忘家里了"的人）。我当然喜欢跑步。我发现它相当治愈系——戴上耳机，调大音量，把它当作一段"忘记世界"或者"把俗事赶出脑海"的时光。

我这么说，好像我经常跑步似的。我没有。既不像我以前那样，也不像我应该的那样。去年我运动的极限，是我丧心病狂地决定要参加单位的"垂直极速"挑战。你想知道什么是垂直极速吗？就是跑一座 42 层大厦的楼梯（顺便说一下，共是 920 级台阶）。它真的令科芬园地铁站的台阶相形见绌——那对我来说已经足够。认真想来，爬上我在 5 楼的办公室也绰绰有余了。最终，当我拖着沉重的身体爬完 42 层楼梯，穿过终点线时，我感到一种真实的成就感。我心里一直在想：为什么我才爬到 13 楼时，就像已经爬了 70 层似的。喝点儿水，俯瞰一下脚下景致，然后搭乘一部密不通风的电梯回到底楼。（还挺是那么回事儿的。）我真心敬佩跑步者，为了他们不管是风是雨还是大太阳，都会跑下去的内驱力和行动力。我要努力再努力——我想在丹和海伦的人生篇章里占据一席之地。**记住：慢而稳，赢比赛。**

一想到这一对就待在我们住过的同一间公寓，就觉得有意思。他们很可能也和我们一样，被诵经台搞糊涂了，毫无疑问，也同样在楼梯上摇摇晃晃。他们将会在附近我们最喜爱的饭馆坐下吃晚饭。还有窝，他们也像我们一样喜欢它吗？**肯定！**我忍不住一直在猜测：为什么花了这么长时间，才有人找到那张明信片？毕竟，我在公寓放了两张，安托瓦内特也说过她家预约不断，常常客满。不过，如果他们真是第一个发现明信片的，我会更加开心——迟来的饭比较香。

对他俩我一定要知道得更多！我觉得，他们之所以会出现在我生活里，是因为这对爱运动的夫妻俩，立刻就让我想起我认识的另一对离我较近的完美体育搭档。

海伦在曼斯菲尔德[1]一个前矿区小镇出生长大。显然，作为一个"忠实的内地人"，她经常使用"宝贝儿""好吧""暴脾气"之类的方言俚语。嗯。这足以让我想拿起手机跟她通话——我最喜欢地道的北部口音了！她已经去过国内好多大学，最终当她来到伯明翰[2]大学，她马上就知道这里属于她，并开始在伯明翰攻读英语学位。

丹出生在莱斯特[3]，在一个叫作快尼拨尔（Quenibourough）的小村庄长大，后来他也来到伯明翰大学，读的是医学生物化学，现在罗瑟勒姆镇一所初中担任科学老师。

他们告诉我，虽然他们在不同的院系，甚至不同届，他们的人生路径却频频交错。丹曾为基督教联盟的周末活动四处募捐，当他募到海伦头上时，海伦发现丹"相当热辣"。（她的原话！）

海伦向我说起他们的第一次约会：

> 我们第一次没挑明的约会，是在伯明翰合唱俱乐部看菲丝特[4]表演，当时还没什么人知道她呢。现场演出只有二三十人，

1　曼斯菲尔德（Mansfield）：位于英格兰诺丁汉郡，属中部略偏北，曾是矿区，现已转型。
2　伯明翰（Birmingham）：英格兰第二大城市，位于中部，是全世界最大最集中的工业区。
3　莱斯特（Leicester）：位于英格兰中部的城市，人口约 30 万。
4　菲丝特（Feist, 1976—）：美裔加拿大创作歌手，其创作的 *Let It Die* 与 *The Reminder* 等歌曲皆广受好评，并在 2008 年朱诺奖拿下年度最佳歌手、最佳作曲、最佳流行音乐专辑、最佳专辑和最佳单曲等五项大奖。

反而有一种令人诧异的亲密——观众们散坐在地上，丹和我合饮一瓶酒——带着初次约会的新鲜刺激感！两年后我们订婚，又过了一年（2007），我们（在曼斯菲尔德）结婚。让一切更加圆满的是，就在出发度蜜月前的一天，我们又去看了菲丝特演唱会，她当时又在合唱俱乐部表演。但是，这一次，观众席上有好几百人，包括丹的大学室友。我们还被蒙在鼓里，丹的室友便发了一条短信给在后台的菲丝特说了我们的故事——我们是新婚燕尔，当年的第一次约会便是菲丝特的现场演出，现在马上要去度蜜月了。当安可阶段菲丝特请我们上台，表演我们的"第一支舞"[1]，想象一下我们有多惊讶。

婚后，他们在伯明翰住了几年，之后他们想要有些改变，想要一些全新的挑战，于是决定去往更北的北方。虽然与谢菲尔德素无渊源，但这里友善的民风让他们定居下来，就住在峰区脚下。一搬过来，他们便加入了西南远郊的他利田径俱乐部，丹狂热地爱上跑山，而海伦更愿意跑路！这对运动伴侣让我强烈地想起我的父母。

我的爸妈都是在诺森伯兰郡[2]出生长大的。（或者就像我们喜欢

1　第一支舞（first dance）：西式婚礼中，仪式结束后的舞会部分，新婚夫妇要率先进入舞池领舞，半场之后，其他宾客会陆续邀请舞伴进入舞池，共同起舞。这是婚礼中的重要环节。
2　诺森伯兰郡（Northumberland）：英格兰最北部的郡，北接苏格兰。后文提到的卡勒海岸（Cullercoats）、科布里奇（Corbridge）和创克利（Throckley）、纽卡斯尔（Newcastle）、泰恩河谷（Tynedale）、赫克瑟姆（Hexham），均在此郡内。卡勒海岸为泰恩河口的一个自治城镇，是港口、造船中心和海滨疗养胜地；科布里奇则以罗马遗址博物馆、哈德良长城闻名；纽卡斯尔全名"泰恩河畔纽卡斯尔"；泰恩河谷为郡下属的非都市区；赫克瑟姆为近哈德良长城的一个小镇，曾获"全英格兰最受欢迎小镇"之名。

称呼的那种"高地土佬"——始终说不来那种口音。)他们都来自和睦的大家庭。我的祖父母名叫乔治和乔伊斯,爸爸是家中第二小的孩子,其他兄弟姐妹分别是玛丽、安妮和克莱夫。他们从卡勒海岸搬到科布里奇,从一个牧师的住宅搬到另一个,因为乔治是位牧师。妈妈也是家里第二小,在创克利长大,外公外婆叫作吉米和佩姬,她的兄弟姐妹是格雷厄姆、维罗尼卡、斯蒂夫和杰夫。因为爸妈都来自北方,我乐意当自己沾点儿北方人的边(完全不顾事实上我在多塞特郡出生长大)。

住在郡里不同地区,看上去,爸爸和妈妈(应该说:薇芙和保罗)的人生应该不会有什么交集。当然,事实上他们遇到了,这要归功于他们对运动共同的爱。更确切地说,是纽卡斯尔的泰恩河谷网球俱乐部让他们走到了一起。爸爸曾在那家俱乐部待过一段时间(我听说他当时是俱乐部冠军),之后妈妈也参加了。显然,我亲爱的妈妈一下子就陷入了苦恼。爸爸喜欢与球友打男双,但妈妈总想打混双,他们不太协调。我曾经问过爸爸一次,他是怎么处理的。"哦,我对她很着迷,是不?薇芙想怎么着我就怎么着!"啊,年轻的爱。交往几个月后,他们在场内场外都成了很好的搭档。

现在,我不确定妈妈会不会同意我跟你说这事(哎呀),但爸爸比她小几岁。妈妈总喜欢拿这事来取笑,这更成了家里的一桩消遣。有多取笑呢?结果就是,我们从来没真正相信过爸爸的年纪,直到在他的新家发现了他的出生证,那还是去年的事——真相终于大白!妈妈确实大爸爸四岁——爸爸长得显老。**撒花,庆祝,为从**

来没相信过你而真诚道歉。

他们并肩打过许多次网球锦标赛，其中有一次，潜在的冲突酝酿未发，却成为他们生活中稍有分量的一件事。他们打进半决赛，面临了一个窘境。决赛在周末举行，如果他们打进决赛，可能就不能按时上教堂了！而那一天原定是他们举行婚礼的日子。幸运的是，他们输掉了比赛（爸爸喜欢说成他们放弃了——这像个小说），所以他们的婚礼就按原计划在圣安德鲁教堂举行了。干得好，没让教区牧师久等，因为这位牧师就是我的爷爷乔治（爸爸的父亲），后来也是他为我们三姐妹施洗礼的。

爸爸的第一个教职是在多塞特郡的圣米切尔中学担任体育老师，虽然在当地一个人也不认识，他还是去了。不久后，妈妈也随他而来，在温伯恩的伊丽莎白女王学校进行体育教学工作，她原来在赫克瑟姆工作的学校也叫伊丽莎白女王学校。从布兰德福德福鲁姆[1]搬到温伯恩的茉莉小区，该组织个温暖小家庭了。我就是在这时隆重登场的。**我来了！** 可怜的爸爸最后有了三个女儿。作为家里唯一的男人，他不得不忍受许多的暴脾气。——"那是我的洋娃娃！"想找人玩橄榄球是完全没指望的。妈妈每次谈起如何有了我、莎拉和汉娜的样子，都让我很向往。她从不曾抱怨过怀孕的艰难。她总是让我们记得：她爱孕期的每分每秒，在孕期，她拥有的比她想要的多很多。她的无怨无悔真好——只是家里总有好多次偷穿衣服的

1　布兰德福德福鲁姆（Blandford Forum）：多塞特郡斯陶尔河畔一个小镇，人口约一万人，以格鲁吉尼建筑著称。

状况要她处理！莎拉比我晚生两年，汉娜比莎拉晚生三年。很明显，我把汉娜当作我自个儿的小宝贝——你能从每一张家庭照片上看到，我在用我全部的力量抱着满脸惊慌的汉娜。

我们的家快乐无限——查德威克帮。能在这样一个温暖精彩的家庭长大，是我的福分。在满脸粉刺、惹是生非、万人嫌的青少年时期，我们曾身在福中不知福，但我想，我们早已被爸妈原谅了。随着一天一天长大，我越来越感激我得到的照顾与教养。而当你妈妈变成你的朋友——好吧，这是相当特别的。（**在这里，我行文有点儿像《草原小屋》[1] 了，是吧？**）

爸爸在草地网球[2] 协会找了份教练的工作作为第二职业，让妈妈可以暂时离开教职，回家专心抚养我们。一暂别就是 13 年，育儿工作占据了生活的各方面，使妈妈无法从家庭重返职场。我不记得，我有没有好好谢过爸爸，是他的辛勤工作，让我们与妈妈共度了那么多时光——特别是以这般意想不到的、让人心头滴血的速度失去了她之后。

当爸爸在运动场上训练、打球时，我们姐妹便成了妈妈的曲棍球伙伴。在北方时，她曾是郡一级的选手，天生的左翼手，甚至在

1　《草原小屋》（*Little House on the Prairie*）：美国女作家劳拉的名作，是半自传体小说，讲述 19 世纪中后期，美国西部拓荒者家庭在大草原里与大自然搏斗，同时一家人和乐融融的温馨故事。"小屋系列"（共 9 部）是家喻户晓的儿童文学名作，已改编成大量影视作品。

2　草地网球（Lawn Tennis）：在草地球场打的网球，是历史最悠久、最具传统意味的一种网球。但因对草的特质、规格要求极高等因素，未能被推广到世界各地，有限的职业赛事全在英伦三岛，且时间集中在六七月份，温布尔登锦标赛是其中最古老最负盛名的一项。

英格兰室内队训练过，所以她加入了温伯恩女子曲棍球队继续运动生涯。而我们三姐妹坐在场外，穿着亮黄色的胶布雨衣，吃着午餐饭盒，为妈妈加油。

有些爸妈是当老师的人，可能会厌恶逃避学校。我们很幸福，爸妈从来不逼我们做功课，也不让我们觉得在家里也像在考试。他们教我们独立学习，全靠自己完成作业。但如果我们不会做，他们就帮忙指导。

每年开学前一周我都会超级兴奋。我总想穿得尽可能帅气（哪怕只有第一天），穿最新款的工装与闪亮的新鞋（当然，其乐[1] 懂得鞋底的秘密）。我会求妈妈专程去史泰博[2] 走一趟，买新款铅笔盒和大量文具，我**说不定**用得着。说服她不难——妈妈真的喜欢文具（简直成癖）！现在，忘记 iPhone 吧，我心里只有这些橡皮、笔了。打开新的笔记本，我总是很开心，还会用心保证笔迹尽可能整洁。名字如何被缝在每件制服上，我觉得很重要。不过我的注意力，很快就被一支魔术笔转移了。对我心里那个容易喜形于色的女学生自我来说，这已经太多太多了。

早上，吃完从微型家乐氏大礼包（好多选择）里拿出来的麦片，我们姐妹三人排队等着妈妈给我们剪发。那是直发工具发明之前的事，我乱蓬蓬打卷的头发会被抓成一个马尾辫，最后用一个鲜艳可爱的发圈束上（很茂密）。妈妈教我怎么系鞋带领带，每当我成功地

1　其乐（Clarks）：英国老字号制鞋品牌，创立于 1825 年，是全球非运动鞋履前沿品牌。
2　史泰博（Staples）：世界最大的办公用品公司，世界 500 强之一。

系了一次鞋带，一种自豪之情油然而生（简单的快乐）。我喜欢把帆布包背在**双肩**上，拉着妈妈的手，蹦蹦跳跳去上学，脸上笑得跟花儿似的。我就是这么个傻丫头。

我还记得，当发现我的朋友们也正好在我班上时，我那开心劲儿就别提了，毕竟这对新学年的生活来说至关重要。如果最好的朋友分到了另一个班上，我会抽泣，但一转眼就好了——我会在课间碰到她们，一起在操场上玩跳房子（我知道，时间会改变一切）。对朋友来说，朝三暮四是可以接受的。

那时，学校组织的远足是世上最激动人心的事。啊，天呀！——我头天晚上几乎不能入睡。在大巴车上，你得想方设法才能坐在你着迷很久的男生旁边。当然，对他，你也就着迷了那么一星期。下星期人选就该换了。（记得吧，在那个年纪，朝三暮四是被允许的。）我将带上午餐盒，并且祈祷妈妈不要给我做鸡蛋三明治。求你了，不要！我是说，谁也不想成为一个带着鸡蛋三明治的小孩。

而幸福之冠，是当一学年临近尾声的时候，我知道这只意味着一件事——我们全家人要去度两周夏日假期了。每年我们去同一个地方。到那里不用出国——爸妈不想带我们三人去要搭飞机的地方，不管是哪里，都不行——在康沃尔[1]扎营露宿最好不过。

单单是去那里的路上都够刺激有趣。爸爸开车，因为我们有一辆拖车，而妈妈怕自己应付不来那狭窄蜿蜒的道路，何况小车后面

1　康沃尔（Cornwell）：位于英格兰西南部，是威尔士的一角，北面和西面濒大西洋，南邻英吉利海峡。后文的梅瓦吉西湾（Mevagissey）为当地一海港，波多贝儿（Portmellon）为一个相当于国家公园的沙滩。

还要拖着东西。我们会带上休伊·刘易斯和新闻乐队[1]的磁带，一路播放，我们就跟着一路唱。老实说，我在路上做的事算是够古怪的。比起玩游戏来，我更愿意盯着一辆辆与我们擦身而过的车，把它们的车牌号码记在小本上。我都说不上来我为什么要这么做。也许我心存侥幸，觉得万一我会目睹杀人现场，它们会成为线索。我想说，我知道自己多少有些与众不同，但是，讲正经的，我到底是干吗呀？**在乘车旅行时，做点儿有益的事吧——至少举止正常些。**最荒谬的是，那时我从未去过巴黎，但在我的想象里，沿路我清清楚楚看到了一些巴黎的地标。**孩子们的所思所想，总是世上最可爱的，是不？**当我们开车经过时，我会问："妈咪，这是埃菲尔铁塔吗？""不，小宝儿——那是个高压线铁塔。"到达宿营地后，我会试尽能想出来的一切办法，就是不肯去帮忙搭帐篷。我讨厌这件事——要耗太多时间了。帐篷一立好，我们就要分床位。我往往睡在莎拉旁边，这多少让我有些微担心——她睡着了好乱踢！尽管能听见门外有人在聊天，我还是喜欢在水壶的鸣叫声中醒来。我经常起床的身手太过快，一头撞在帐篷立柱上。**哎哟，疼。**

过了那么多年，我们在宿营地建立了朋友圈。这像一个小小的夏日村庄。遇到一些很投缘的家庭，很快亲热起来，到后来，我们会为他们每年在同样的时间过去。这些家庭渐渐变成我家一生的朋友，特别是斯派勃若一家和齐本德尔一家。（不，不——不是那个

---

1 休伊·刘易斯和新闻乐队（Huey Lewis and the News）：20 世纪 80 年代成立的美国摇滚乐队，经典曲目有 *The Power of Love* 等。

齐本德尔[1]！**否则就是传说了。**）饭后我们聚在一起的情景仍历历在目，爸爸和他的朋友皮特一直在说笑话逗我们开心（那笑话糟糕之极，但你忍不住就非得哈哈大笑）。妈妈会笑得眼泪直流。**呀，她又来了。**在你反应过来之前，她已经失声大笑得歇斯底里了！她的笑声极具感染力。我好想念她的笑。

每年我都盼着能和我最好的夏日伙伴盖瑞四处闲逛。我们组成一对狐朋狗友——骑上我们的自行车，到处闲荡，这小子每次和我打网球都一定会杀得我溃不成军，最后让我很不爽。（**我要求再打一盘。**）

我们长途跋涉到海滩上，去梅瓦吉西湾（这名字起的！）野游，在那里，我们会在那些俗气的海滨小店里花掉口袋里的每一分钱。"你想再买一枚贝壳吗？"多荒谬的问题——当然想！我们在波多贝儿的"朝阳"吃中饭，坐在店中，看海浪一下一下拍击着马路。

这些假期里，人人都心情舒畅，时间都花在阅读、泳池游泳和玩牌上。没有 iPhone，没有 Kindle，没有游戏机——只有和谐的、老式的天伦之乐。另外，如果我没有弄错的话，英格兰的夏天向来很热。我可以确定，每次回家后，我都比之前黑上一圈儿。那时代，身上有这种晒出来的黑白边际线是很时髦的。——"看看我的表带印有多白！"炫耀得真丢脸。每当回望这些假期，美好回忆都会纷至沓来。国际海景宿营地是妈妈最喜欢的地方，也将长长久久是我

---

1 齐本德尔（Chippendales）：有一种专门为女性观众做的表演，称为齐本德尔秀，表演者全为青壮年肌肉男，上身赤裸，只打黑领结白袖口穿黑皮裤。亦有译作"猛男秀"的。

最喜欢的地方之一。

没花多长时间，来自爸妈双方的运动基因就开始在我们身上显现。我已经老实招认了，在学校我算是小怪胎（而且并不是为了哗众取宠）。我喜欢上课，但我真心展望的是课外活动。是什么？谁在乎？总之，报名！我参加网球、壁球、曲棍球、圆场棒球[1]以及田径，妈妈就充当我的司机和首席啦啦队长。还有，你知道吗？我爸妈从不跟我们说哪些事情不能做。我们全试上一遍，他们才高兴呢。

因为爸爸是网球教练，我十几岁的时候，每年10月份的期中假，我们全家便会和一大群家庭一道参加在法国乐茶庄园[2]的网球及高尔夫球旅行活动。不坐飞机，我们选择了渡轮，喜剧自此上演。妈妈最恨渡轮。当我说"恨"，我就是这个意思。妈妈晕船晕得厉害，什么小药片，什么神奇腕带，对她都没效果。滑稽的是，她逆势上扬，用自己的方式应付这趟头晕脑涨的航程——风吹船摆也不可避免地帮倒忙。她调配自己的秘方良药，熬过了这段棘手的时光——它们叫作波特酒和白兰地。我记得有一次我尝了一小口。我的天呀！**难怪会有神效，这酒足以让任何人昏睡好几个小时。**

我们在法国的大部分时候都在上训练课，还有参加各种锦标赛和其他比赛。爸爸负责孩子们的大型活动，我妈妈则是女子网球赛的组织人。因为参加这种旅行的，一般都是较开放的家庭，于是妈

---

1 圆场棒球（rounders）：一种以立柱代垒的英国球戏，类似棒球。
2 乐茶庄园（Le Manoir de longeveau）：位于法国夏朗德省皮拉克小镇上，在米其林指南榜上有名，有别墅、高尔夫球场、网球场、餐厅、儿童活动区等，是法国最美丽的村庄之一，在该地骑自行车是赏心乐事。夏朗德省以酿酒闻名，尤以干邑为佳。皮拉克小镇居民约有200人。

妈决定自称为"开放女士",这令我们都窃笑不已。(**如果开放女士和猛男秀在同一个假日现身!**)到了晚上,我们就大吃大喝,或者野外烧烤,或者在别墅酒吧里结交新朋友。

一次运动假期中,关于妈妈,我和其他姑娘们都有一个特别难忘的共同回忆。那天我们外出打了乒乓球,喝了些啤酒和红葡萄酒,然后又邀请了些朋友到别墅里来继续玩乐。大概过了个把小时,众人都纷纷要回家了。送别最后一位朋友后,我们关上门,这时,浴室的门砰的一声开了。妈妈一直都待在里面,但出来太尴尬了,因为她只穿了睡衣!**可怜的妈妈**。

与网球有如许渊源,不出你所料,温布尔登网球公开赛[1]对我家来说是大事件。事实上,爸爸曾经打进温网的郡一级比赛,当时妈妈正在生莎拉。(幸运的是,他及时赶回了家。)**千钧一发!**

当温布尔登在电视上直播时,我家房子里的每一个房间都是它的声音。作为一家人,我们坐在一起,观看大亨曼[2]比赛或未能进入决赛。有一段时间,我疯狂迷恋皮特·桑普拉斯[3],自然地,看到他一次次大获全胜,我为他满心喜悦。

今年我又回到爸爸家,和全家人一道看决赛,真高兴我来了。身边没有妈妈,感觉很陌生,但我们是相当疯狂的一家人,不时弄

---

1 温布尔登网球公开赛(Wimbledon):网球运动中最古老和最具声望的赛事,通常在六七月份举办,是每年度网球大满贯的第三项赛事,一般历时两周,但会因雨延时。温布尔登是大满贯中唯一一使用草地球场的赛事。

2 大亨曼(big HenMan, 1974—):蒂姆·亨曼,英国网球选手,曾获 11 个单打冠军,但遗憾的是,从未进过温布尔登决赛。现已退役。

3 皮特·桑普拉斯(Pete Sampras, 1971—):美国网球选手,是第 14 届大满贯得主,有史以来最好的草地网球球员。

出些蠢事，让我们忘掉这感觉。我都数不出来，多少次爸爸喊出来：
"你必须在第一发球[1]时一击必中。"我想告诉这位教练安静下来，坐
回沙发上！汉娜建议使用下手发球[2]作为一种策略——真有趣。不想
错过一分钟阳光，莎拉决定在户外用 iPad 看。但 iPad 传送的速度
比电视慢一分钟，她就坐在门边上——她所不知道的是，我们每句
话都听得很清楚！这二重唱快把我逼疯了！很幸运，网络断了，她
只好回到屋里看电视。**干得好**。我们全认定穆雷[3]的女朋友金[4]完全
够格和欧莱雅签约——老实说，你可曾见过如此闪亮的相拥？我们
讨论着挡风帽——他们应该戴，还是不应该戴呢？**哦，现在他们双
双都戴了一个——我都认不出谁是谁了**。我们为坐在观众席上的布
莱德利·库珀[5]和杰拉德·巴特勒[6]欢呼。当然，只是出于体育精神，
而不是因为他们靓绝天下的美貌。最滑稽的就是汉娜站起来，说她
要去检查一下烧烤的准备工作。"汉娜，坐下来，闭嘴，现在是冠军

---

1 第一发球（first serves）：在一分开始时，发球方球员所拥有的两次发球机会中的第
一次发球机会。
2 下手发球（underarm serve）：下手发球就力量和威力而言，远不如正常的上手发球，
所以在高级别比赛中几乎见不到，故偶尔发出来，如果在对方完全没想到的情况下，很
易得分。因此，虽然规则不禁止，但有人认为下手发球是不道德的，是卑劣行径。所以
汉娜提出下手发球时，作者的评论是有趣。
3 安迪·穆雷（Murray，1987—）：英国职业男子网球选手。在 2012 年伦敦奥运会上，
他成为 104 年以来英国第一位奥运网球单打金牌得主。他亦是自 1936 年后，第一位温
网男单英国冠军。后文的朱迪·穆雷是他的母亲。
4 金·希尔斯（Kim，1988—）：英国女子网球队总教练奈杰尔·希尔斯的女儿，艺术
家兼商人，已于 2015 年 4 月 11 日与安迪·穆雷结婚。
5 布莱德利·库珀（Bradley Cooper，1975—）：美国影视明星，曾主演《欲望都市》《宿
醉》等，获得过奥斯卡奖提名。
6 杰拉德·巴特勒（Gerard Butler，1969—）：苏格兰影视明星，曾出演《男布朗夫人》
《斯巴达三百勇士》《奥林匹斯的陷落》等。

点 [1]。"她到底在干吗呀。然后一切就这样发生了。整间房间沸腾了，我们目睹了 77 年间温网男单首位英国冠军的诞生。那一天，我为安迪·穆雷骄傲。是的，这对英国运动来说是桩盛事。是的，这让全国上下同心。但首先，我希望妈妈在这里亲眼看到。局，盘，大满贯。[2]

有趣的是，爸妈经常跟我们说，有一次我们在宿营地度假的时候，遇到过朱迪·穆雷和她的儿子们。我肯定这百分百是个笑话。**朱迪，如果你读到这本书，到底有没有，麻烦给个准话——多谢了。**

每当想及网球，我心中总忍不住有绵绵深情，就是它把我的爸妈联为一体。对爸妈之间的关系，我心向往之。他们是最亲密的朋友，到中晚年，又结为高尔夫搭档，这一点我也很喜欢。他们什么事都齐心协力一起做。我从不曾听到他们大吵过，也许偶尔呕个气，零零碎碎有过几次冷战，但家庭大战从未发生过。他们的爱是无条件的，终此一生，他们都是两人同心，也是彼此的高参。我几乎能肯定，我妈妈认定我爸爸是世上最有趣的人。**总要有人是！**

历经 34 年的伉俪情深，尤其是在妈妈的最后时光，他们似乎比过去更加相爱了。妈妈会在客厅向我细语：她有多深爱爸爸，爸爸是多么出色的一个人，当年他是如何表现的，她才嫁给了他。才

1　冠军点（Championship point）：在一盘比赛中的某一局，有一方取得能够获得胜利的倒数第二分，就称为局点。比如 21 分赛制的比赛，谁先到 20 分，这第 20 分就是局点，假如 20：19，则获得 1 个局点，20：18 则 2 个局点，以此类推。冠军点亦即获得冠军的最后一局的局点。
2　局（game）、盘（set）、大满贯（Grand Slam）：均为网球术语。网球比赛中最小的单位是分，其次是局，然后是盘。一般来讲，先胜六局者为胜一盘。大满贯是指在温布尔登锦标赛、美国公开赛、法国公开赛、澳洲公开赛四大赛事中囊括冠军。

过了一会儿，爸爸在餐厅向我诉说：妈妈好得让人不敢相信自己的福气，她处理事物的方式让他佩服得五体投地。这真是同时甜蜜与心碎。我希望我也能遇到他们所遇到的人——标准设得太高了。

他们是完美搭档——天造地设的爱侣。读到丹和海伦的信，我思绪万千，想及爸妈，因此我希望丹和海伦也是同一类天长地久的伴侣。我真诚地觉得跟这两口子有缘，希望能与他们保持联系。他们都在推特上加了我，还说他们正在博客上追我的故事连载。不仅仅是这样，我发现，很快他们就在朋友间散布了这件事，于是，我收到了如下的博客评论，温暖了我的心：

在单位，海伦给我们分享了这个故事的链接，于是我开始阅读你的博客。读完最开始的一两篇之后，我便向自己保证：这些东西，我一定要利用工作休息时间，争分夺秒地全读一遍，一定要读到追无可追，只能等下一篇……自海伦给我博客链接起，正好是 24 小时，我已经通读完了，我的状态是斗志昂扬的（要做什么我还没想好……但确实是斗志昂扬），不过我现在极度渴望下一个故事……我不认识你或者你妈妈，但借由阅读，我沉浸在你的故事里，我知道你妈妈一定是那种热情洋溢的人。我们已经在单位决定了，这个故事应该变成一部电影！（你会有从谢菲尔德来的额外愿望盒！）（丹和海伦的朋友）

不只是聆听发现者的心声，也包括发现者朋友的心声了！一石激起千重浪，细小涟漪却提示着惊人效果。**它将传播多远**？我很高兴，这个我一手缔造出来的故事，似乎有越来越多的人关注。

就在收到丹和海伦的第一封电邮后几天，我收到了另一封信，而它把我推上了兴奋的巅峰。不过，这一次，它还是来自斯蒂芬妮，即那位住在纽约的舞者：

哈罗，瑞秋：

恭喜你开通了博客！我认为这是你纪念妈妈的最佳途径。

因此，今天是特别的一天，我把你的明信片在城里某一处散发了。还有哪里比苏豪区莎士比亚书店更好的地方呢？今天气温高升至70华氏度（约21摄氏度），是2013年一个阳光明媚的日子。我身边的同伴正好与我在巴黎发现明信片的时候，是同一个人。我把它放在一个摆有鲜艳夺目硬皮精装书的书架上，就在刘易斯·卡罗尔的《炸脖龙之诗》1与狄更斯的《远大前程》之间。经典。我将用iPhone再给你发一张带照片的邮件。

这周是我所在的芭蕾舞团在纽约林肯中心的表演季。这将是敝舞团9年来第一次在纽约表演！过了这周，我们将去其他地方，如佛罗里达、华盛顿特区、俄罗斯、特拉维夫等地巡演。

我们互加脸书吧。我马上给你发个请求。

保重（早日见面）。

斯蒂芬妮

1　《炸脖龙之诗》（*Jabberwocky*）：刘易斯·卡罗尔在《爱丽斯漫游奇境记》里创造了炸脖龙这一形象，后又在续集《爱丽斯镜中奇遇记》第一章里写了《炸脖龙之诗》。此处为该诗作的单行本。

斯蒂芬妮不仅发现了我的明信片，还不嫌劳烦抽时间回复我，而现在，她也成了 60 张明信片团队中的一员！一想到我的明信片现在正在世界的另一边，等待着被人拾起，我就喜不自禁。

是否现在应该进行另一次城市游了？

第十二章
意外之喜

意外之喜——一次欢喜偶遇或者一场惊喜

"哎呀，我的天呀，那你喜欢英国或者别的什么吗？""是的，亲爱的，确实是的。我能要一杯伯爵茶 [1] 吗？啊，天呀，真好喝！"

是的，在知道我有一张明信片漂洋过海到了世界的另一边之后，这是唯一一个我能得知它下落的地方。我必须跳上一架飞机，前往追踪。**真是戏剧化的发展！**

收到斯蒂芬妮第一封电邮三周后，我和好友卡洛琳一同降落在纽约。知道斯蒂芬妮把明信片放在大苹果的莎士比亚书店后，我便觉得这里像 60 张明信片计划的未完成章。还有 59 张，每张都是手写的短柬，亟待被散发在城里，与来自巴黎的那一张会合——这就是我将要做的事。这场追踪太美妙，不能错过。就像我在巴黎做的

1　伯爵茶（Earl Grey）：最经典的"英式下午茶"饮品，也是当前世界最流行的红茶调味茶。

一样，我在旅途快结束时才开始写明信片，内容一如既往：

> 请读一下！恭喜——只有60张明信片在纽约散发，而你已经发现
> 了一张。我把它们放在这里，是为了纪念我去年过世的母亲。你现在已
> 是60张明信片计划中的一员，这计划开端于巴黎，有60张明信片在当
> 地散发。很高兴你会成为其中一分子，这还有我创建的博客！请写电邮
> 给我，附上你的名字，一张照片，还有当你发现明信片时你在做什么，
> 以及任何你想告诉我的事。谢谢你。
>
> 瑞秋 吻

　　这是完全另一类型的新城，我可以把它从清单上画掉了——又一个我从很久前就心仪不已的城市。对卡洛琳和我来说，转换成纽约生活模式完全不费吹灰之力，它和伦敦的相似之处不是一点半点，我们立刻便觉得宾至如归。自然了，有过巴黎的成功经历，这一次我们还是用了爱彼迎——我打算订一间高得匪夷所思的高层公寓，位于街角，离时代广场[1]只有三个街区。《欲望都市》[2]令人心都融化了。**让我成为凯莉吧，哪怕一天也好。**

　　现在我理解为什么人们说伦敦与纽约别无二致了。流行款式完全一样：游客潮，艺术中心，辣妈区，必须抓紧你的包的地方，当然还有金融中心。唯一不同就是：我们能做的事，他们能做得更好。

1　时代广场（Times Square）：已有百余年历史，是纽约市曼哈顿的一块街区，又称为"世界的十字路口"，以跨年"降球"仪式而闻名。
2　《欲望都市》（*Sex and the City*）：1998年出品的电视剧，讲述纽约曼哈顿4个单身女人身上发生的故事。后有电影版本。凯莉为角色之一，是位专栏作家。

和时代广场比起来，皮卡迪利广场[1]就是个破落户。**我真没必要讲它的坏话。**

用"只有三个街区"这样的短语，只是为了找乐子。这样听起来比较酷。但是马路门牌号码完全把我弄晕了——"在西区 203 的 42 街与 43 街之间"。**这是我瞎编的。**数字真的不是我的菜。我想知道，是否我可以根本不管它；直到我看了地图，才发现这是一个坐标体系。**我怎么能领会得这么慢？**街道编号实在是一个神来之笔。**坚持下去——有朝一日我们能不能在伦敦也这样做？很可能工作量太大了。**

"请勿逗留。"如果逗留了会怎么样？会有一辆蓝白两色的警车闪着灯，拉着笛，出现在转角处吗？**我一定要记住：我不是在一部电影里。**红色人像换成红色手形，白色人像转成绿色——掌握了过马路的艺术之后，我们注意到，街上有很多奇怪形象。但来自伦敦的我们，已经做好准备了。当一个人蹒跚着经过我们身边，手里牵着一只猫，我们仅仅是耸耸肩，恼怒地叹口气。**司空见惯。**

我们花了好几天喝咖啡，投放明信片，吃好吃的，买东西（在不久前的巴黎情事中，我们时间不太够）。卡洛琳带我去瓦比·派克眼镜公司[2]买新出的太阳镜。**都没听说过这个牌子。明公正道地说，我算不得潮人一枚。**店家很酷，那里的每个人都是超级时尚分子，

1　皮卡迪利广场（Piccadilly Circus）：伦敦苏豪区的娱乐中枢，以爱神像为中心，是伦敦重要的聚会场所。

2　瓦比·派克眼镜公司（Warby Parker）：一家新兴的美国眼镜电商，由沃顿商学院 4 名在读学生创立，目前产品统一定价 95 美元，且开创了"在家试戴"的体验模式。

他们甚至用电邮把发票发送给我，以实现"无纸化"体验。离开店家时，我听见手机叮了一声。我想，我有了一个名叫"瓦比"的新朋友，直到我记起来它到底是什么——发票呀！**别让自己丢脸了**。

回头看看巴黎的明信片奇迹，好兴奋能开始下一趟历险。我对纽约抱有很高的期望值。不幸的是，我并不是处在百分百健康的状态——我得了百日咳。**是的，成年人也会得这病——很难相信吧**？这很难受，更不用说还很吵（我睡在沙发上，以避免卡洛琳要整夜忍受咳嗽声）。但我决定不让它毁了我的假日。我情绪高昂。直到我反复遇见每个商店橱窗里的"母亲""妈咪""妈妈"。有什么可奇怪的？你知道有什么东西就在你的脑海里，**时时刻刻都伴随着你**。终于想起来，周日就是母亲节。**别再跟着我了**。

它让我记起那些值得铭记的日子，以及为什么我会在第一个城市开始这项计划。我时常在大日子到来前焦虑不安，于是我选择了在妈妈生日那天献礼——在母亲节开通博客——而现在我必须正视这即将来临的节日。也许这就是命运的作用，使得我的行程暗合了这一天。我无从得知，美国的母亲节与英国竟然不是同一天。不管怎么样，明信片好好地放在我包里，这将是一个好玩极了的星期六晚上，于是我能够浏览着橱窗上铺天盖地的"妈妈"字样而安之若素。**这些东西再也不会打击到我了。我将不理会它们**。

星期六晚上，我们出发去看一场演出。旅行到了某地而不去看现场演出，对我来说是完全不可能的。唯一的问题是，作为游客，我们得花不少时间摸索路线，那地方离城里很有点儿距离——直奔新泽西。**我们能找到地方吗**？幸运的是，卡洛琳是读地图高手，所以我们出发了——对自己的行动计划自信满满。

我们搭地铁到了宾州车站[1]。我逼卡洛琳停了一会儿，街舞者正在月台上自由舞动着。这个我能看一晚上也不烦。到火车站后，时间还多的是，足够让我们排队买车票。队伍相当之长，我们主要是靠偷听周围人聊天的腔调打发了时间。**什么时候我能够有一口美腔美调**？售票员告诉我们来错站台了。突然，这"多的是"的时间转瞬即逝。空气中危机四伏，我们全速冲向另一侧站台。**控制呼吸，看在老天爷的份上，努力别咳嗽。**

差了一分钟，没赶上火车。别慌！幸运的是，卡洛琳一直在看随身带着的地图，作为超级运输专家，她建议我们赶下一班，只是需要转车，但也能在开演前抵达。得争分夺秒，但我们做得到。**我们必须做到！**还不错——我们上了下一辆车，迅速转了一道车之后，来到了新泽西州的兰德堡镇。毕竟，我们有的是时间。对自己得意不已，我们打算出站后便叫辆出租车。

出了车站后，我们才发现，兰德堡镇并不在我们以为的地方。**为什么我没有更认真地搜索这个地方的信息**？极目所见，没有出租车候车站——极目所见根本不见人烟。这是一座鬼城。我们唯一能看到的就是马路对面有一个汽油站（更正一下，是加油站）。不过康

1　宾州车站（Penn Station）：位于曼哈顿中城的地下铁路车站，是纽约乃至全美最繁忙的铁路枢纽。车站大楼占据两个街区，月台区全部位于地下，地面无法看见。

恩都乐甜甜圈店 [1] 里的人能帮忙吧，真的？去的路上，我提议由我来跟他们说话。（**我要说什么？**）"哦，你好！我们好像有一丁点小麻烦了。我们打算去卓尔根社区学院 [2] 看演出。""哦，我去过那家学校。沿着这条路走几里，左转，沿着路继续走就是。"柜台后的小伙子回答我，柜台上糖果琳琅满目。我解释说他指示的路径似乎太远，步行前往的话，很可能会迟到。"等下！你们没有车？"他满脸震惊！好像我们是外星人。（**欢呼！斯汀——我脑海里唱出《英国人在纽约》[3]。再来一遍**。）

加油小子（官称）帮了大忙，给了我们一个叫车号码，结果我转告给卡洛琳的时候又报错了号。**哎呀哎呀**。我终于给了她正确号码，电话那一头的接线员小子足足做了 5 分钟演讲，专谈英式口音多么令人心醉，才终于挂机。我们现在有一位名叫汉克的出租车司机在路上了。赶快，汉克！

汉克花的时间是他说的两倍。我们现在确确实实迟到了，而这场演出，在上路之前我就已经盼望良久了。我们在康恩都乐门外一蹶不振，情绪低落，感觉就像，是吧，像个甜甜圈似的陷下去。**在我身上加点儿焦糖酱吧，为什么你不这么做？**

最后（远远晚于预期时间），我们抵达了那几乎可望而不可即

1　康恩都乐甜甜圈店（Dunkin' Donuts）：一家专业生产甜甜圈并提供现磨咖啡和其他烘焙产品的快餐连锁品牌，总部位于美国，为美国十大快餐连锁品牌之一。
2　卓尔根社区学院（Bergen Community College）：位于新泽西州，成立于 1965 年，是一所两年制男女合校的公立院校有百余门专业。
3　《英国人在纽约》（*Englishman in New York*）：英格兰歌手斯汀（Sting, 1951—，曾组建警察乐队，该乐队在 20 世纪 70 年代风靡欧洲）所唱名曲。歌词中有这样的句子："我是个外星人，是个合法的外星人，我是个在纽约的英国人。

的安娜·玛丽亚·西科尼剧院。如此金碧辉煌，如此美国范儿。走向广阔入口时，我们已经做好准备，要低头拱背、偷偷摸摸溜向座位，越过已经坐好的观众，因迟到向一路上打扰到的每个人道歉。当我们听到主持人还在做演出前的开场白，可以想象我们是如何如释重负。**松了一口气，呼**。趁演讲赶紧溜进去，无声无息地滑进座位。说时迟那时快，才一坐定，大灯全黑，大幕徐徐拉开。**我们赶上了**。

音乐开始，舞者跨步上台——我们在观赏一场芭蕾舞。一眼看到她，我便掉下泪来；我抓住卡洛琳的胳膊，呜咽着："那个她！那个就是斯蒂芬妮！"这是我第一次亲眼看到我的明信片发现者，还有比在舞台上看到她表演更好的场合吗？我啜泣着，不敢置信地摇着头。这就是一张手写明信片的力量，为了纪念我的妈妈——只是一张被放在巴黎的明信片，却带我翻山越岭，来到世界的另一边，这一个偏僻的角落。**我希望妈妈能看到这一幕**！许多人把我的真实生活比成一部电影，而那一刻，我觉得我确实是在一部电影里。**这所有的一切是怎么发生的**？

斯蒂芬妮舞姿之美令人讶然惊叹，远超她年纪应有的能力，很显然，她天资卓著。整场演出精彩绝伦——我敬畏于全体演员毫不费力的优雅。我环顾观众席，一一看向那些微笑的脸，注意到有很多拖家带口的，再一次心有悲戚：我的妈妈，不能和我一起坐在这里。

演出之前我已经用电邮通知斯蒂芬妮我会来访，她请我等到表演后的酒会结束，她就能抽出时间来与我会面。舞者们到了酒会上，大批忠实的舞迷拥了上去——请求合影，索要他们的签名照。**哦不——如果我过去了，会看上去像个花痴粉，还是上年纪的那种！**卡洛琳和我去了免费酒水区，聊了聊演出，顺带放松我紧张的神经。**我希望斯蒂芬妮不会认为我来这一趟是痴心妄想之举。**

斯蒂芬妮是最后出现的几位舞者之一，穿着露脐短装和长裙，看去光芒四射。**我怎么能不自惭形秽？**斯蒂芬妮与我一四目相对，便立刻走了过来，我们紧紧相拥，有她在现场，我安心多了。我们谈了谈这场舞蹈、她现在工作的哈莱姆舞蹈剧院，我说因为一张明信片，我现在跑到这里来，真是既疯又蠢。**警告，有跟踪狂！**她还把我介绍给其他舞者，她是这么说的："这个姑娘来自伦敦，就是我和你说过的那个。"这真是太棒了。从痛失妈妈之后，这是我最开心的时刻，也是到现在为止，我的 60 张明信片历险记中最魔幻的刹那：不仅因为斯蒂芬妮成了明信片计划的一员，也因为我真切地感觉到我多了一位新朋友。

那晚早前的坏运气终于转向了。和斯蒂芬妮聊了一会儿之后，我有生以来遇到的两个最好的人开车捎我们回纽约——完完全全不认识的人呀。歌莉亚在剧院的售票处工作，她的同伴乔恩是那里的灯光工程师。他们不仅带我们回家，还给我们生动地描述了这个地区的历史，并且给我们明天的旅游行程提供了小贴士。美妙之夜的美妙大结局。

第二天早上，卡洛琳和我斗胆出了公寓去喝杯咖啡。在咖啡厅的时候，一封新收到的邮件把我完全震翻了。我喜极而泣，吓得卡洛琳带我到旁边座位坐下，担心我出了什么事。就在看芭蕾舞的那天早上，我们去了洛克菲勒大厦，我放了一张明信片在峭石之巅观景台[1]上。它对我纽约之旅的意义恰如埃菲尔铁塔，所以我戴了一顶帽子，上面写着"巴黎"二字，帽子正前方还印了埃菲尔铁塔的照片。很高兴我上到了峭石之巅，特别是由于我从未到过埃菲尔铁塔顶端。

> 嗨，女士：
>
> 　　我名叫艾米莉，是一个 20 岁的法国女生。我在峭石之巅发现了这张卡片，被你的故事深深打动了，这是我的照片。（晴朗的一天！）请问我能链接你的脸书吗？多谢。

　　什么？耶稣基督！（**原谅我的法文！**）成千上万的游客去峭石之巅——来自全世界五大洲四大洋——我的明信片却被来自巴黎的一位游客发现了。而她名叫艾米莉！**这不是个恶作剧吧**？自我在天使爱美丽咖啡厅放下第一张明信片，到最新的一张明信片在纽约被一位名叫艾米莉的巴黎客捡到，一切仿佛画了一个完美的圆。卡洛琳一声不吭地坐着，咖啡厅柜台后的女士用同情的眼神看着我。**好吧，不要再哭了，太幸福了！**这必定是宿命。要么如此，要么就是

1　峭石之巅观景台（Top of the Rock）：位于洛克菲勒大厦顶层，离地面 259 米，在 2008 年被选为"全纽约第一观景点"，亦被誉为纽约之旅的"必游之地"。游客站在峭石之巅上，视线可横扫整座城市，还可以近距离观看纽约帝国大厦。

妈妈发挥了她的魔法。**感谢老天，我追随了明信片和斯蒂芬妮的脚步来到了纽约。**

演出两天后，我与斯蒂芬妮碰面，她带我和卡洛琳到时代广场附近一个方便讲话的酒吧。她告诉我们，她要走了——她将开始世界巡演。太让人羡慕了！离开酒吧的时候，她还帮我们把一张明信片夹进一份菜单当中。我告诉她艾米莉来信的事——**她简直不能相信。她简直不能相信？我也是，下巴至今仍在地面上，嘴都惊得合不拢。**卡洛琳和我必须少喝几杯了，因为我们要赶回伦敦的班机。别让我回家。但我很有把握，这不会是我最后一次见斯蒂芬妮，我盼望着我们的人生之路再次相交。

我挺不愿意回伦敦的，直到我想起来有一桩特别的事值得我期待。丽萨是妈妈学校的一个老师，也见过爸爸，她在自己的英语课上用我的博客当作学习资料，结果就是，她有 18 封手写的信要交给我，全来自她正在教的八年级班上的孩子。不夸张地说，这让我热泪盈眶。**真是做梦一般的经历。**我迫不及待要读它们。60 张明信片计划的另一部分在家里等着我，我是带着轻盈的心情下的飞机。

当我终于读到它们，我不禁流下眼泪——好多好多眼泪。每一封信都真诚动人，但其中三封以一种别样的方式深深感动着我。

嗨，瑞秋：

　　我叫索雷尔，我们在英语课上读到你的博客。你可能第一感觉就是这事太巧合，因为我来自温伯恩艾伦堡中学。六年级时你妈妈教过我，她是一个心地善良的女士（连一只苍蝇都不会伤害），上她的课是

一种享受。现在我上八年级，我得说，她的去世一定让你感觉很艰难。你正在做的事，能让你的生活比较愉快，而且对你、对其他人也会有重大影响。我从来没想过要做类似的事，但如果有事发生，这样做想必很有用。我跟你的朋友斯图尔特也有关联，他是我的教父，也是我妈妈那边的亲戚。你鼓舞了每个人，我认为你做了好伟大的事，我等不及要继续读下去。照顾好自己，保持坚强。

你的索雷，吻吻吻。

另：跟斯图说一声，他的教女向他问好。

哈罗，瑞秋：

我叫乔丹，是艾伦堡中学的一名学生。我上六年级的时候，你的母亲查德威克太太教过我英语。你的丧母之痛我虽然不能感同身受，但失去如此一位开人心智的明师，我很难过，并且不知所措。现在离我去科夫山学校[1]只有一个学期了（天哪，再没有时间能够浪费）。基于三个不同的原因，查德威克太太将为你骄傲：第一，你追随了自己想成为作家的心愿；第二，你做的每一件事都积极听从了自己的心，并充满激情；第三，你从不曾忘记她永远爱着你。你的母亲是你的灵感。她曾经是那个总在帮助我的人，不管我遇到了什么挫折。但现在她不能再陪伴在我们身边，我们只能自己靠自己。可以说，查德威克太太将一直伴随你的梦想。谢谢你写的博客，瑞秋。它让我掉泪，领悟到我爱的是谁，我拥有些什么。这就是我现场所写。

乔丹

1　科夫山学校（Corfe Hills）：位于普尔与温伯恩之间，是一所职业技术学院，亦有小型预科中心。

哈罗，瑞秋：

　　我叫莫莉，13 岁，来自艾伦堡。我认识查德威克太太，她是我的英语老师，我会说她是一个好老师。我的六年级过得很不怎么样，但有她教英语，总能让我笑开怀。她是那种你可以对她敞开心怀的老师，就像在 2006 年，我生日三天后，我失去了我的妈妈。她帮助我挨过那段日子。我还记得，她告诉我，如果她去世了，她不希望她的女儿们哭。她说她会希望她们快乐。我爱你的明信片创意，好促人奋进。我们读了你的博客，真让人大开眼界。

　　你真是一位好作家。

来自莫莉

　　乔丹引用了我一句话，是那句"现场所写"，来自我一篇博客的标题，我很开心——多贴心的一次触动。不仅如此，索雷的信件，是另一次意外所得。在本地区所有的学校里，在每一所学校都有的英语课上，竟然有一位巴黎团队成员的教女在课堂上读到了我的博客，太不可思议了。

　　莫莉的信则是一记重拳打向我，让我感慨良多。帮助他人正是妈妈会做的事，我很高兴她帮助过莫莉。我知道妈妈说过她不希望女儿们为她哭泣。好了，我不能说我没哭过，但收到这封信真是大好事，就好像妈妈通过莫莉送了一封信给我。

　　这些信提示我从不同的角度看自己的博客。我从最开始就希望读者能与之息息相关。我太清楚一旦我开始漫无边际地谈论自己的生活和人生体验，这件事就完了。我不想让它成为我的全部。**我能**

说的只有这么多，而不是把自己的细琐枝节全盘供出。我想到妈妈，她在生时如何激励我，而关于她的记忆又如何支持我完成这桩难以想象的、改变人生的大计划。我想，这里也应该是一个平台，让其他人分享他们的故事。"激励计划"的念头慢慢成形了。我请求读者寄一张他们手持一张明信片的照片，然后跟我说曾经激励过他们的某人某事，或者一次新挑战，或者他们完成过的计划。关于"激励计划"的第一篇博客才发出去，几乎是转眼间，我便收到了几封耐人寻味的来信。我有大把时间阅读——有人曾经痛失亲人，有人向我说起他们的职业理想，有些人发来邮件是为了告诉我她即将成为妈妈。而最令我吃惊的一封，来自我爸爸：

> 几年前当我们去赫克瑟姆看奶奶和爷爷的时候，有一个时刻我始终难忘。你们几个丫头还躺在床上，你妈妈和我跟奶奶和爷爷在楼下，我俩在对酌。电视上在放一个访谈，是梅尔文·布莱格[1]和丹尼斯·波特（那位剧作家）[2]。当时波特已经身患癌症，将不久于人世。那是一次发人深省的访谈，我至今记得那个片段，尤其是有一天它对我的意味越来越深长了。

> 那个片段便是：丹尼斯·波特说，当他走到人生末端，生活中所有微小的快乐都有了分量。他特别谈到了花朵的美丽。

1　梅尔文·布莱格（Melvyn Bragg，1939—）：英格兰编剧、演员、制片、剪辑，也是成功的电视主持人。

2　丹尼斯·波特（Dennis Potter，1935—1994）：英国著名剧作家，被誉为鬼才编剧。作品包括《天降财神》《硫黄石与蜜糖》《高尔基公园》等。

他无法自制地盯着它看，享受它的美丽。以前他以为这是天经地义的事。

对我而言，它代表了这样一种概念：活在当下，享受当下，享受那些简单而美好的事物。

我以前从没听他说过这些，真的打动心弦。**快，给我递些纸巾。**

我一直在收集这些激励人心的故事，同时，不仅仅是等到明年2月，能观看重返本地表演季的黑芭蕾，而是更进一步——既然跟斯蒂芬妮亲口交谈过，我便决定当面接洽卡萨（黑芭蕾的创始人），把这故事传给她，让她知道我创办的博客。让我喜出望外的是，卡萨当天就回答我，问我是否愿意去托特纳姆[1]看《战火来信》的演出，她会为我留几张票，此外，她表示愿意在演出后与我会面。**报名！**我绝不可能错过这良机。

我请了巴黎团队成员卡莱尔和我一道实现我的芭蕾第二春，尤其是卡莱尔之前从未看过芭蕾——很高兴同她一道分享她的芭蕾初体验。表演在伯尼大型艺术中心举行，我们拿上票，直奔座位。真是不可思议的奇妙经历，在华服、灯光和新布景的陪伴下看演出，与彩排截然不同。经验、力量、姿态、灵性，以及舞者的热情都细腻完美。整支舞团有最具优势的编舞者，且他们不是单纯在跳舞，而是化身为舞蹈的一部分，无疑，他们绝非凡品。**多希望我能有这**

1　托特纳姆（Tottenham）：伦敦北部区域，为多种族混居区，失业率居高不下，低收入人群相对集中。

天赋。

中场休息时，以一种实打实的 60 张明信片模式，另一次奇遇的可能性蓦地闪现。上周我已经觉得万事万物都相当超现实，这种势力却有增无减：卡莱尔认出来，电影明星桑迪·纽顿[1] 就在房间的另一边。趁这机会跟她说说我的 60 张明信片计划，该有多好。她被人群淹没，有人求签名照，有人在自拍——但这机会太难得，不容错过。卡莱尔鼓励我上前跟她讲话，就在引座员通知我们返回观众席时，去抓紧时间吸引她的注意力。**只要给我两分钟时间就好——我只需要两分钟。**

我站在桑迪·纽顿面前（**怎么能有人生得如此美貌？**），我知道我只有片刻时间，随即一分钟警铃就会响起，提醒我们宝贵的两分钟已经过去一半。这是对我的概括总结能力的测试。这感觉像《挑战阿纳卡》[2]。我是说，阿纳卡要面对的挑战自然艰难得多，但那一刻，这种时间一点一滴飞逝的张力，也发生在我身上。

一分钟警铃响起的时候，我才开口。**好，好的——我们马上走。**我开始长篇大论，听起来多少像这样："嗨，桑迪，抱歉打扰你。妈妈，生日，60 张明信片，巴黎，斯蒂芬妮，一位纽约芭蕾舞者发现了它，黑芭蕾，我看了斯蒂芬妮演出，她曾经在黑芭蕾工作过。博客——我在这里是因为一个博客，是的，但不光是这个，但是，呃，

1　桑迪·纽顿（Thandie Newton，1972—）：出生于赞比亚的英国黑白混血女星，主要作品有《夜访吸血鬼》《碟中碟 2》等。
2　《挑战阿纳卡》（*Challenge Anneka*）：一家独立电视公司为 BBC 制作的一档真人秀节目，由阿纳卡·赖斯出演，模式为给出一个任务，要求在 2—3 天内完成，事先她并不知道是什么任务，往往是要求说服企业或人群对特定慈善事业的捐款等。

是的，我肯定，明信片。多谢你。"干得不错。我做了个深呼吸，从她的表情我看出来，很可能我来得太猛，她来不及理会我的意思。不过，她还是明白了我想要一张我俩手持明信片的合影放在博客上，表示绝对没有问题。合影里我笑得很开心，看起来我们像已经交往多年的老友——你永远不会知道，我刚刚发表了迄今为止最莽撞和最混乱的 60 张明信片的总结演说。

卡莱尔和我跑回座位，为刚刚的表现相对大笑起来——真不怎么样。就在我们大声讨论这事时，我们注意到一位女士正准备从我们身前侧身而过。我的天呀，那不就是她——桑迪和我们坐同一排。我笨手笨脚地起身让她通过。"还是我呀。"她挤过去的时候还开了句玩笑。我用手里的节目单打自己的头：我刚刚显得多不淡定呀，然后坐下来继续全神贯注地观赏下半场。

表演结束后，我们一直逗留到尾声结束，这样就能看到卡萨了，她说过她将在吧台区跟我们碰面。在饱含情意的电邮往来之后，我相当盼望能和她面对面聊上几句。

她走进屋子里，和我握了握手，然后说，她一分钟后回来。她在跟桑迪说话。**我刚刚应该等到演出结束再找桑迪的，真该死。**卡萨过来后，坐在我们身旁，随意聊了一会儿。我们谈及黑芭蕾和她的好友克里斯·马尼，很可惜他今晚不能来。我把我的奇遇说给她听，以及到近来为止收到的回音。我很喜欢她，她很接地气，又有一种恶搞式的幽默感。我自己思忖到，将来我们很有希望会再次见面。多么不可思议的夜晚，全要归功于斯蒂芬妮、贝西的妈妈，还有，当然了，卡萨和她的芭蕾舞团也功不可没。

现在，只因为一张明信片，伦敦、巴黎和纽约被奇妙地联系在了一起。而这张明信片也令我无比强烈地思念妈妈。这是我最想打电话给她，原原本本告诉她的事。就在此刻，我想到，妈妈将会多欣赏这项计划，而一旦她听说了类似的事，一定会马上跟我说，应该就在几分钟之内，把事情的来龙去脉全讲给我听。而我与斯蒂芬妮相遇且看过她表演的事——是呀，就像空中有魔法棒轻扬，我不希望这魔法失效。

第十三章
重 返

　　10月临近——白天开始变短，天气渐渐转凉，我的生活需要新一轮的冒险。我真是玩上了瘾。跟我的巴黎团队成员凯蒂以及她的几个朋友，我们一道去了趟米兰和科莫湖。（**听起来我像个挥金如土的空中飞人，老实说，我没那么糟！**）我的银行账单有少许超支了，但是，好吧，我还顾不上操心这事儿。在我失去妈妈之后，一个广大的世界在我面前铺展开来，我向自己保证过，我将对任何可能的机会说"是"（**只要在我的预算范围内——和预算差不多也行，别超太远**）。

　　而此刻，我正跃跃欲试——关于60张明信片，发生了这么多事，我在考虑下一步的动作。于是，2013年10月7日，我擦去《城市指南》上的灰尘，生日照相机整装待发，准备再次用面包和奶油填饱肚子。是返场时间了——我将重返巴黎。

　　60张明信片赋予了我一个全新的作家身份，而除了最开始时的那座城市，还有哪里更能给我灵感？我在最后一分钟订了接下来 10 天的住处，而且，这一次，我将单身前往。我一直睡不着，睡眼惺忪，像上次一样，沿着摄政运河一路走向欧洲之星车站。**然而，我着实想念那行李包破掉的声音！**

我穿过安检，顺利查验过护照，只花了几分钟时间，便进了车厢。**我喜欢搭乘欧洲之星。**这一次，我以一种更稳重的方式找到了座位。我甚至设法化了点淡妆，以令自己更风采照人。**噢，看我变成了什么样。**我对邻座年轻人笑了笑，打算把笔记本电脑拿出来，以避免在狭小空间里，只能和他大眼瞪小眼。**小心行事。**但是，我觉得在火车上写作太无遮无掩了——他能看见我打下的每一个字。还是不要了。我关上笔记本，身体向后倒，放松一下——听听音乐，读读凯特琳·莫兰[1]的《莫兰主义》，这让我一直爆笑出声。熟悉的"异域风情"转瞬在望——我已经准备好征服巴黎了。我买了一本新的常见法语短语书，以提高我的沟通水平。（但是，当我把它从包里拿出来准备做笔记的时候，我悲伤地发现：其实我买了一本非常复杂的语法书——而不是我当时看见的那本基础短语。）**天哟，它比我想象中的还要难得多。**

到了地方，带着一种"我可是过来人"的傲慢，我直接冲向出口的出租车等待点，认定我来得比其他人都早。嗯，你知道当人们说起"认定会……"一般会发生什么——排队人数在 40 以上，我领

---

1 凯特琳·莫兰（Caitlin Morah，1975—）：英国广播电视评论员及专栏作家，曾获 2010 年英国新闻奖"年度最佳专栏作家"等若干奖项。她的书《女人抬头做自己，男人才会高看你》已引进国内。

教了，领教得可真不慢：我肯定不是第一个过来人。**下次别认定了。**礼貌地拒绝了一个揽客摩托车的邀请（**我可不想死，谢谢**），我决定找个咖啡厅，等人龙变短。三杯卡布奇诺，看了更多页完全不得要领的法语语法书后（**这本书到底在说什么？**），我终于搭上出租车，直奔凯旋门。谷歌地图事先已经告诉我，我订的住处（还是利用爱彼迎订的）离这里"大约"步行 15 分钟。穿靴子的我，乐观地忽视了我行李箱的沉重。这**预示着将是一段行动迟缓、手臂酸痛的旅程。**

　　我到了位于巴黎十七区的公寓，通知房东赫维我已经准时抵达。**（是的，我刚说了"准时"二字——甚至把我自己都惊住了。）**他出现在公寓大楼门口，用法语互道"你好"以及吻颊礼后，我们开始沿着铺着红地毯的螺旋楼梯，往 4 楼爬。我试着调动全身力量，假装没有喘不过气来，心里一直在咒骂这看不到尽头的楼梯。我涨红的脸却全盘出卖了我。可怜的赫维好心地提议帮我拎包，我猜他一接过包就后悔了，里面可是装了 10 天的换洗衣物和生活用品呀。好吧，至少我知道我能把跑步装备扔一边去了；这次经验已经足够了，比足够还要多！**自我注意事项：出门时，千万别把东西落在身后，我可不想爬楼梯。**

　　赫维和我聊了下彼此的职业。我说我是一个作家（这么说仍然感觉陌生），他说他的职业是瑜伽导师，他很爱伦敦，虽然从来没去过。我立刻联想到，在第一次来巴黎之前，我就有的长达数年的巴黎之恋。他跟我说了一下大楼的安保情况（似乎是使用诺克斯堡[1]模式），便离开了，留我一个人开行李，收拾安顿。**没有巴黎团队与我一道开行李，真有点奇怪。**

这套公寓正是我心仪的那种：开放式客厅与厨房，配了双人床的小卧室，还有一间浴室。对好好写点儿东西和睡个好觉来说，都是一处理想所在。（过去几周我一直睡得不好——关于睡眠差这件事，我算是声名远闻。）两小时后，我觉得好像已经在这间公寓生活了几个月。我给家里发了个短信报平安，便开始拆包整理东西。**干得不坏。**我似乎想起了我打包目录上每件东西的名字和位置。啊，不，等等——忘带适配器了，咄！有一个苹果笔记本和一部手机要充电，更不用说我的一头乱发，只能在直发棒的威力下才能保持柔顺，蓬头垢面太失礼，急需立刻整治。我出门在附近勇敢搜寻。运气真好，我误打误撞进了附近的一间药店，虽然没有一位店员会说英语，我结结巴巴，磕磕绊绊，伴随着一塌糊涂的身体语言，最终还是成功买到了适配器。**干得漂亮。**我离开时，他们全都兴奋得歇斯底里，几乎是在喃喃自语："**英国人！英国人！**"参与进去和他们同声念诵，颇有诱惑力。但不会有人希望一个英国姑娘大喊"英国人"——还是用法语。

第一晚，我睡得很早。第二天早晨在法国居所里醒来的我，元气饱满。朋友们给我发了许多热情洋溢的短信，祝我"假期愉快"，

---

1 诺克斯堡（Fort Knox）：自 1936 年起，美国肯塔基州北部的诺克斯堡是美国联邦政府存放黄金的地点。用在这里，是极言其固若金汤。

但我完全没有观光旅游的意思——我来这里是为了工作，是为获取灵感动笔写作的。既然巴黎离我的家乡只有两个半小时的路程，我预感到，以后我会以游客身份多次逗留——用好几年时间，把这里了解个底朝天。这是我极度渴望的事情。**我希望这里是我的第二个家。**

从附近的超市我囤积了大批食物（还有一点儿酒），又从街对面的面包店买了些新鲜面包。我想给自己弄杯咖啡，在一番迅速而全面的搜索后，我得出结论：厨房里没有水壶。壁炉架子上有个小厨宝，很好用。（**我几乎自觉是个厨娘，除了我是用电的。略差一二，我知道。**）

我坐在笔记本电脑前，开始查邮件，从前我一个月才查一次，但自从开始这项计划后，就变成每日必查。我看到我有了一位新的订阅用户，她留下了如是评论：

> 我今天才发现你的博客，瑞秋，但现在我决定要从头读到尾，一路跟随你的行程。我女儿何其有幸，曾是你妈妈的学生。在几次学校组织的郊游中，她的组织力（以及幽默感！）我都很欣赏。她毫无疑问会为你自豪……我也是，可惜我与她再无晤面之缘！预祝你成就非凡。（博客读者）

目前，这样的讯息总令我对博客满怀喜悦。我发表第一篇博文是 7 个月前的事，但至今为止，一直在收到类似的、与妈妈有关的信件。**我想知道，这位读者是否真能跟读下去——有太多我漫无边际的扯闲篇要翻过去。**

现在正是好时间，要为我发自巴黎的第一篇博客拟初稿。但当我坐下来谋篇布局，准备动笔时，一封来自爸爸的信砰一声把我带回到了地面上。奶奶，我家唯一健在的祖父母辈老人，病情趋于恶化。我突然间觉得离家千里万里，仿佛被抛在遥远的无名之处，孤身一人——就像我妹妹打电话给我，告诉我妈妈病倒时，我的反应一样。我失魂落魄。我立刻打电话给爸爸。奶奶已经 94 岁，虽然神志始终清醒活跃，但她的身躯已经衰弱老迈。她住在诺森伯兰郡的赫克瑟姆，爸爸坚持让我继续待在巴黎，因为即使我回去也无力回天。我感觉无助。但我决定撑下去，就像爸爸建议的那样，我不想让他或者任何相关的人沮丧失望。

第二天，我打算逛到比较远的地方。一些沉重的思绪萦绕着我，满脑子都是奶奶、爸爸和妹妹们。我需要些新鲜空气和思考的时间。我走过凯旋门（对着它来张自拍），沿着香榭丽舍大道闲荡，避开高档品牌店的诱惑。**有一天我会有足够的钱买牌子货的。** 就在我穿过杜乐丽花园时，我无意撞见一位美国老先生，他名叫克里斯多弗。当时他拦住我，指着地图，用法语问我方向。发现我是英国人之后，我俩不仅一起为他的行程拼出了一条简单的地铁路线（**我记路本领强！**），还好好聊了个天。独在巴黎为异客，我俩都需要这个：可以尽情向对方倾诉自己的一切。他叙述了 20 多年前，为了追随一位深深迷恋的女子，他勇敢地移居巴黎，只为了爱。我听得入了神。当他们的关系破裂后，他决定不再回美国，自此以画家的身份游历欧洲。我仰慕他的自由精神、亲切的风度，最后，我们各走各路时，都祝愿对方将来一切顺利。当我走在路上时，一直忍不住在脸上带着一个大大的笑容。**这就是我为什么一个人来到这里的原因，这就是为什么我要进行这项大计划的原因。**这一路上，我还会遇到谁？

我一直往前走，穿过杜乐丽花园，经过罗浮宫，就在去年12月待过的同一家咖啡馆停脚休息，它的名字就简简单单叫作"这家咖啡馆"（我叫了一杯**欧蕾咖啡** [1]，或许跟这个时间点不太吻合）。拿出笔记本电脑，我开始做旅行笔记，上传照片，写写画画，完全沉浸在自己的世界里，就像我经常做的那样。当我从屏幕上抬起头，记起我身在何处时，窗外天已经黑了，但其实才过了一个半小时。侍者用法语问我：还需要些什么吗？但我收到了一条短信，得出发上路了。

我在家就认识的一位好朋友，恰与我同时到巴黎旅行。丹尼和他的同事来出差，他给我发了一条消息，邀请我晚上过去和他们一道喝一杯。他们在贝西村 [2]，那地方，从地图上看去，似乎离我在的地方相当远，不过好处是让我可以沿塞纳河好好散个步。当我沿着河畔走了很远之后，我才意识到，这条线路只怕对单身女孩不够安

1　欧蕾咖啡（caféau lait）：即牛奶咖啡，亦可称为法式拿铁，法国人一般在早餐时候喝。故作者说与时间点不吻合。
2　贝西村（Bercy Village）：巴黎东部塞纳河畔的林地，在19世纪时，曾是红酒存储集散地。红酒批发业没落后，大批酒仓被拆除，保留下来的红砖老酒仓则改建为商店、酒铺、饭馆和健身俱乐部等。现为风格独特的商业中心，主营家居饰品和时尚设计，均很有名。

全。**教训呀**。

我到了贝西村——它与我之前游历的巴黎浑然不同。青砖铺成的道路，上有拱门，引我走进一条有精品店、酒吧、餐馆的小街。我查了三次手机，只为了确认那间酒吧的名字，几经奋斗，才发现它就坐落在最繁华处。我走到了（**本不应该如此艰难**），遇到了朋友们，很高兴能跟几个英国家伙喝上几杯。我才来巴黎两天，但我真有满肚子话要溢出来，好想痛痛快快聊上一场。**我真的需要提升法语水平**。没多久，酒力开始发作，得赶紧叫辆出租车回家。我指了一条难找（而且昂贵）的路，结果到了另一条街，只是与我住处那条街名字相似而已。**真是活该，谁叫我喝得太多**。烦人的是，那恰巧在城市的另一个方向上。**下次我一定要报区号，你这个笨布偶人**。

第二天是星期四，头好疼（自找的苦头总是最苦的），我花了一整天休养，只离家一次去喝了咖啡，又从商店提了好多储备食物回来。连这些都太辛苦，我只能勉强应付！**哎哟**。我这一天写得很慢，向自己赌咒发誓说：明天将是新的一天。**为什么是今天做？明天你又能干什么**？星期五早上，我去了蒙马特，那里凝聚了上次 12 月之旅许多如梦如幻的回忆。我打算再去一次双磨坊咖啡馆，也就是"天使爱美丽咖啡馆"，也许会停下来叫杯咖啡。我估计我大概是走到了，街景看去好熟，但不知为什么我又拿不准了。我向一位超级和善的法国人——他自我介绍说他叫罗伯特——问路。他说他会带我去，作为回报，他正好可以跟我练练英语。**你可给自己做了笔**

好买卖。我们停在蒙马特公墓[1]处，它正好在必经之路上，罗伯特把两位法国著名瑰宝人物的墓碑指给我看：一位是埃尔米尔·左拉[2]，极具影响力的法国作家；另一位是通俗歌手姐丽达[3]，20 世纪 80 年代，她在 54 岁的年纪悲剧性地选择自杀身亡。如果没有这位私人导游，我永远不会知道这些。走到那条我想去的街上时，我们互道谢谢后，各自走开。他已经变成我故事中的又一个人物。

爱美丽咖啡馆人满为患，门里门外都无插针之地。反正咖啡馆也不会跑，我对自己说下次再来吧，便开始沿着山路向圣心大教堂走去——我现在走的路线，正是当时十一强团队所走的路线。我仅花了 10 分钟就爬到山顶，忍不住悄悄对自己笑了一下。上次花了好几个小时！当我经过曾经有街头艺人表演的街头，思绪不由飘向与他们共舞的时刻。美好时光。我在铺着鹅卵石的小街上游荡，从一家小小的纪念品店铺买了些明信片（**贵得骇人听闻！**），又吃了些美味的奶酪和火腿可丽饼。**贝唐会喜欢吃这些的**。小丘广场——艺术家广场，嗡嗡聚满了画家、本地人和游客。人们四散坐着，人手一杯咖啡或者一杯酒。**好嫉妒他们**。我觉得，如果能在这里度完残生，该有多心旷神怡。一位艺术家走近我，问我想不想画张肖像。我嘴

---

1 蒙马特公墓（Montmartre Cemetery）：位于巴黎十八区，与蒙帕纳斯公墓、拉雪兹公墓并列，为巴黎三大公墓之一。这里安息着左拉、小仲马、海涅、导演特吕弗、音乐家柏辽兹、印象派画家德加、空想社会主义者傅立叶、物理学家傅科等人。

2 爱弥尔·左拉（Émile Zola，1840—1902）：著名法国自然主义作家，《娜娜》《小酒店》《萌芽》均为他的名作。

3 姐丽达（Dalida，1933—1987）：意大利歌手及演员，1961 年因结婚获得法国国籍。她是全世界最流行的六位歌手之一，唱片销量达 1.7 亿张，共发行超过 60 张金唱片。她墓前有等身像，是蒙马特公墓中游客和祭拜者最多的。

里正嚼着可丽饼，刚爬过山，脸红脖子粗的——为什么我会想要一张这样肖像画？**我可不想永远记得自己这副模样。不管怎么样，多谢！**

我走向圣心大教堂前的石级，突然发现，表演足球的杂耍艺人已经不在灯柱那里了。**回来！**不知为什么，我神经兮兮地想确定，万事万物都和我 12 月离开时一样，却完全忘了，现在已经 10 个月过去，生活一直在继续。俯瞰城市，我拍了几张令人屏息的美照，努力想和我以前拍过的一模一样（**没可能了——我只拿了 iPhone**），吃完可丽饼，走回广场，像"逮不着"¹ 似的，在游客群中溜进溜出，只为了避开那些"艺术家"。**不——我还是不想画肖像，先生。**

我在一家酒吧门外找了个座位，给自己叫了一（大）杯红酒。我打开笔记本电脑，但突然反应过来，这个地方不适合干这事儿。这是一个生机勃勃、令人情绪高昂的地方——我觉得，纸质的笔记本和钢笔在这里会得宜得多。我感觉比之前更文思泉涌，文句流泻而出，仿佛我从周围朝气蓬勃的环境里吸取了养分。截至今日，这是我最爱的一天。我慢慢逛回公寓，停在路上喝一杯酒，侍者甚至一直没发觉我是英国人，直到我付账的时候。**不可能。**他认为我千真万确绝对是法国人！这光明的一天有一个更光明的结尾。而且，最妙的是，我对明天满是期待——有一个客人要来。

就在午夜之前，我收到了一则爸爸的短信："嗨，姑娘们，奶奶在睡梦中安详过世。爱你们每个人，爸爸。"爸爸和我讲电话，很

1　"逮不着"（Artful Dodger）：狄更斯小说《雾都孤儿》中一个善于躲藏的小扒手的绰号。

快我们俩都哭得稀里哗啦的。我为爸爸难过——我知道丧母是什么感觉，因为我也失去了我的妈妈。我愤怒，非常愤怒，这种事怎么会这么快再次发生在他身上？仅仅在一年零八个月之间，他先是失去了妻子，然后又失去了母亲，这不公平。**这永远都是不公平的，不管时间快慢或先后。**而令一切更艰难的是，他向我解释奶奶的生前身后事——她的遗体仍然停在家中，他们在等待殡仪馆的工作人员——他蓦地闭嘴，意识到这一套流程我太熟悉了。"这对我们来说太难受了，是不？"他说。绝对是。我知道奶奶会懂得我的感受，但那刻充斥我脑海的，全是妈妈逝世前后的回忆。爸爸坚持让我留在巴黎，等待他下一步的消息——这也是奶奶的心愿。我现在又有了一位灵感来源女士，我决定安抚心神，再接再厉，好好工作。

就在坏消息发生几小时后（这真是最佳时间点），我最好的朋友卡洛琳来到了公寓。今天是她的生日，她不远万里前来与我会合，一道待几个晚上以资庆祝。我在一楼接上她，先对她做了一番登山前的健康与安全概述，因为她要面对那些吓死人的台阶了。以正宗的赫维方式，我主动帮她提箱子。（哦，哇——重死人了。）我们走进客厅。"好极了！"卡洛琳一看到平台就喊出来。我买了一些精美的酥皮点心放在木制工作台上，旁边还搁着卡片和一份礼物。我甚至点燃了几支茶杯蜡烛，供她一一吹熄，以实现完美的生日宴会效果。

我们决定出外吃点儿东西，小聚一下。我告诉卡洛琳奶奶的不幸，不过保证会照原样庆祝她的生日。当然了，我们将为我的好奶奶举一次杯。我们坐下来吃午饭。哪怕只有几天我们彼此见不着，一碰面，总会开怀大笑，几小时几小时地聊天，把上次见面之后发生的一切，事无巨细全拿出来说。再没有比和她见面更开心的事了。食物吃完，酒水饮尽，要回公寓了。放些音乐，开瓶葡萄酒，穿上连衣裙和高跟鞋，出发迎接晚上的狂欢。

我们出门赶地铁（高跟鞋在包里，脚上仍然是平底鞋——变老的标志之一，不管怎样，舒适平灭细高跟），中间停下来喝上一杯，顺便聊聊天，最后话题沉重起来，我们说到了妈妈，以及与她永别的那段时光。卡洛琳是世上唯一一个让我感觉我真能与她一同回顾那创伤岁月的人。她让我感觉放松，从不让我有一秒自觉内疚；她从我破碎的肺腑中听懂我的肺腑之言。我们碰杯，祝道："**祝您健康！**"为那位不再陪伴我们身边的人，然后急忙忙冲到位于巴黎中央的圣米歇尔地铁站。生日女孩的心愿是：吃一顿牛排大餐——这非常应该。我们和侍者的对话像段子手那么可笑——卡洛琳和我都打定主意只说法语。（我们讲得很好，不知道侍者同意与否！）酒水没有论杯装的，很自然地，我们只好买了一整瓶。精美大餐下肚后，我们去了对街的一家爵士酒吧。在老家时，卡洛琳是"内部乐队"的歌手。我是她最忠实的拥趸和花痴粉。她总是说，她的梦想就是有朝一日在巴黎的爵士酒吧献唱。我们去的是小穹顶酒吧，这个地方不仅在巴黎指南上被提到过，也被一位朋友推荐过。那里比我们想象的还要有声有色。穹顶，意为拱廊，这就是酒吧名字所指。石砌地下室里充满着热火朝天的身体，伴随着爵士乐劲舞。小号乐队奏出灵魂之声，一架透明钢琴前是一位声音沙哑的歌手。卡洛琳与一位年纪三倍于她的老先生跳了一曲生日舞，这事儿我打算好好记着，以后当作逗闷的好题材。在回家的出租车上，我们滔滔不绝，一直在说：今夜多么精彩纷呈。

周日的宿醉，是上次的两倍，这一次我很高兴能有个朋友陪我一道"堕落"。一边细细品尝着火腿奶酪吐司，一边头昏脑涨着，我们兴高采烈追忆着昨晚魔术般神奇的经历。后来我们往罗浮宫走去，走的就是前几天走过的路线。我自鸣得意：我跟当地人一样。完全不考虑这是一条笔直的路——绝对不难记！快靠近罗浮宫的时候，我们打算拍张照。（之前我独自来逛过，现在却发现都没法证明我来过了！）我们请一位路过的游客帮我们照一张，结果她差点把我们吓得心脏病发作：我们把手机递给她，看着她一边走远一边把手机往包里放。我们准备好要追上去，随即反应过来，她只是在放围巾。**天哪，要是我们真追了，该有多尴尬。**

那天晚上，我为卡洛琳准备了一个惊喜，但我一直不肯向她透露细节。我们先去巴黎圣母院，在那里，我们有幸远远瞥到许多牧师身穿长袍，聚在教堂后面门外，等待着参加弥撒。沿河再走了一会儿，便是爱锁桥[1]（或曰艺术桥）了。上次来巴黎，不曾在这座桥上留下一把锁，是我当时唯一的遗憾。像上次一样毫无准备，我身上没带着锁，于是我们去附近的纪念品小店买了一套，又借了一支

1　爱锁桥（Love Lock Bridge）：原名艺术桥（Pont des Arts），连接着罗浮宫和法兰西学院。2008 年起，开始流行在上面挂爱情锁。但数十万个锁的重量已近百吨，影响桥梁的稳定性，甚至可能导致桥梁倒塌。2014 年 12 月，巴黎市政当局已开始着手拆除桥上的锁。

三福签字笔，在上面写道："薇芙，妈妈。我爱你，吻吻吻。"

如果不在旁边放一张明信片，好像不太对劲儿。我清楚地知道：这张明信片不单单是为我个人而放。它淹没在一片锁的海洋里，有被风吹雨淋的风险，会在一天之内就被毁了。然而，我还是留下了我的心声：

> 妈妈，这把锁是为你而安放的。我每天都在想念你，多希望能带你一起来巴黎。这把锁上凝聚的爱，比你想象的还要多。我要令你骄傲。我爱你！
>
> 瑞秋
>
> 吻吻吻吻吻吻
>
> 60postcards.com

我这是意气用事——锁是设计给爱人的，但我的爱是另一种，是一个女儿对母亲无条件的爱。我当下起意，要在锁的位置处做个记号。此外我发誓，以后每次来到巴黎，都要回到这里，确保我的锁作为一桩纪念还留着，而且要再拴一把锁，直到再下一次。**现在，只用确保不弄丢钥匙就好。**

对爱锁桥告别后，卡洛琳一路试图让我保持冷静，不知不觉，我们到了莎士比亚书店。这是我第一次来这里，好在我没有失望。我腿都软了，喋喋不休，反复告诉卡洛琳："这就是斯蒂芬妮来过的地方，她就在这里！"我废话真够多的。我们走进这文学峡谷，在密密的书架间迂回穿梭着。上到二楼，发现了钢琴室。我跌坐在沙发上，甚至没有注意到，卡洛琳坐到了钢琴前，开始为游客们演奏起来。我写了几张明信片，把它们一一搁在显眼的文件夹上、记事板处以及一些秘密地点。这一次我写道："你不会相信在这家书店发生过什么……"出来的路上，我何其幸运，遇到了一位书店职员，我把这件事原原本本说给他听。让我激动的是，他拿了一张附了我详细联系方式的明信片，答应会去看我博客的。**我还不能相信在这里在我身上发生了些什么！**

我已经事先拿到了路线图，知道卡洛琳的生日惊喜晚宴的位置。你看，这不是通常的餐馆。我们将在某人家里吃晚饭——一位陌生人的家。（写到这里，我意识到这样做听起来蛮危险的。）我们在阿莱西亚地铁站下车，沿着指示一步一步向前走（路线甚至包括了每一个楼梯的台阶数）。正如路线图所示，我们来到了巨大的绿门前，输入密码。因为害怕，我犹豫了一会儿。这要是个骗局怎么办？如果不像预想的那样怎么办？我重新检查了一下邮件，让自己冷静下来——我事先已经做过大量功课了。点击"进入"，没错，地址是正确的。

门旋即打开，卡洛琳和我对看一眼，什么也没说，只是彼此肯定地点点头。我们来到了吉姆·海恩斯的家，参加他的一次周日夜宴。

大约四年前，卡洛琳第一次向我提起这件事。之后我在网络上点击过一两篇相关的文章。甚至她是几时第一次提到"好想去"的，我都没有忘——我只是需要个机会。她的生日周末是理想良辰。过去三十几年里，78 岁的吉姆，在每个周日晚上向本地人和游客打开了自己的家门，无需费用，只需向艺术基金会做一次捐款即可。吉姆在美国路易斯安那州出生长大，20 世纪 70 年代来到伦敦和爱丁堡经营"游历戏剧社"。作为一个有想法的人，他热衷于认识新人和为新朋友彼此引见。社交聚会是好机会，让来自全世界的人能够聚在一起。我们如在天堂。

起初，可能是小型晚宴，但随着时日过去，发展成大型聚会，现在吉姆每次要接待 70 位来宾。为了应付数量日益增长的宾客，吉姆找了个厨师负责每周日做饭。我们走进挤满人的前室——开放式的，颇具艺术气息——得从陌生人身边挤过去，人太多，一直挤到阳台上。

认出吉姆并非难事——我已经读过关于他的描述了。他坐在厨房旁一张高脚凳上，系着一件围裙，上面清晰地签着他的名字。我们紧张地站着，等着做自我介绍。他欢迎了我们，把我们的名字从来宾名单上画掉，敦促我们吃好喝好。晚宴由炖汤开始，紧随其后的是一道可口鹿肉，配着相当美味的土豆泥和新鲜的青菜。酒和啤酒——陈列在边座上——不限量供应。（我偷偷呜咽了一声，我仍然还未完全从前夜的宿醉里缓过来。**放轻松**。）

我们遇到的第一个人，是位可爱的女士，名叫艾柯，她来自德国，在她身边的是位名叫斯托尔特 [1] 的纽约客。万事开头难，只要谈

1　斯托尔特: 瑞秋有两位好友均名为 Stewart，为与前文斯图尔特区别，此处译为斯托尔特。

起来就能放松，于是，没想太多，我们已经聊了起来，就像多年好友一样。斯托尔特是个律师，刚刚从纽约搬家到伦敦的达尔斯顿。听说这个我们很高兴，他说他在伦敦认识的人很少，我们向他保证：一回家就跟他碰面，带他出去看风景。

迪是第二个跟我聊天的人。迪早年间住在新西兰，现在与女儿和外孙女住在比利时的安特卫普，外孙女这次也和她一道来了，她们就住在上面的公寓里。迪爱说爱笑爱热闹，还有黑色幽默感——我们与她一拍即合。我问她有没有在安特卫普拍照，结果她的答案令我们大吃一惊：事实上，她是在意大利热那亚湖教摄影课的。哦，当然！她在巴黎只停留几天。她为我介绍了一个亲切的女士萨拉[1]——萨拉上过迪的课，从而与她相识。萨拉刚刚从俄亥俄州搬到蒙马特，打算放弃原来从事的画廊经营，开始人生的新冒险：打造自家的首饰品牌。她问起我的经历，问我为什么在这里，我跟她说了妈妈和我的明信片计划，她被深深吸引了。她母亲过世时，她便是我现在的年纪，她说我让她想起她自己的孩子。我不知道她目前多大，看去像 40 岁不到。当我问及她的美容秘诀时，气氛变得轻松起来。（**显然，去死皮是关键所在，记住**）

那一晚最美丽的时刻之一，便是卡洛琳与我分坐在长桌两侧，两人都在和一个 70 多岁的老爷爷聊着。艾里克，我身边的那位，是另一位纽约客，在多年政界生涯后，远赴南部的堪萨斯州安享退休生活。他每年都到巴黎旅游一个月。此外，因为喜欢音乐和唱歌，

---

1 萨拉：瑞秋有两位好友均名为 Sarah，为与前文莎拉区别，此处译为萨拉。

他经常在城市周边的爵士酒吧登台表演。与卡洛琳在聊的是米切尔，《香水圣经》的作者，那本书已经再版 30 余次。后来我们两人才反应过来，我们应该互换聊天对象的——可惜那晚时间不够了。

杰克非常博学风趣。一发现卡洛琳来自苏格兰的阿伯丁郡，他立刻便提起：当地拥有最高的降雨率和自杀率！一下子就吸引住了人！他毕业于伦敦金士顿大学，正是卡洛琳的校友，他们很快发现有共同的朋友。世界又一次显得太小了。

光彩照人的艾米丽来自多伦多，是杰克的亲密伴侣，她很擅长活跃周围气氛，一出现就一片欢声笑语。她是一位旅行家兼博客达人。在巴黎住了两年，她以前的室友介绍她参加吉姆的晚宴。她的表姐也在晚宴上，整晚一直在忙着录像，但那个东西我们向来很少去看……

艾米丽告诉我她是怎么遇到杰克的：

设想一下：一个加拿大兼美国兼伊朗人的姑娘，与一个英国威尔士人，在圣诞节前几天，在德国慕尼黑相遇了。一个住在伦敦，另一个住在巴黎，很快就要回北美。浪漫恋情就此开始，这一对异地恋人找到了他们在世上各自应在的位置。

4 年前，杰克和我在慕尼黑一次啤酒巡游上相遇。巡游的终点是著名的宫廷酿酒屋1，我们在那里待了半天，聊天，嬉笑，

1　宫廷酿酒屋（Hofbräuhaus）：慕尼黑最知名的啤酒馆，史上曾是巴伐利亚王国的皇家酿酒厂。

享受对方的陪伴。一年后，我们在徒步穿行撒哈拉以南非洲[1]时，不期而遇。四年后（现在订婚了！），我们继续周游世界，一次只做一件冒险的事。

来自巴黎的诺艾儿很可爱。这地方变得很嘈杂，每个人都在咯咯笑，都竖起耳朵想听清对方在说什么。这时，诺艾儿的声音响了起来。和她在一起，我觉得很安心。我这样信任她，以至于我抓住机会问她的意见：我是否要清洗一下我被红酒染红了的嘴。（我考虑过要去吉姆的浴室借个牙刷，但最后还是决定不这么做。这未免太过冒昧，即使是在他家做客。）

多么神奇美妙的夜晚。我有一种冲动想每个周日都来一趟巴黎，只为了能周周遇到更多的人。跟着新朋友杰克、艾米丽和斯托尔特一道回地铁站，真是称心满意。生活就当如此，我的计划就是为了这个。

周一我们去了蒙马特的那条街：60 张明信片的总起点。自从上次住在这里后，我跟安托瓦内特通过几次电邮。重返巴黎时我很愿意重返那处住宅，但只有我自己，那儿面积太大也太贵了。不过到访之前我还是跟她联系了一下，问她知不知道附近有什么适合我待的地方。让我吃惊的是，她接受了我的拜访，并且邀请我作为客人住在她的单间。我喜不自禁地接受了——我迫不及待要再次回到那

1　撒哈拉以南非洲（Sub-Saharan Africa）：包括南非、津巴布韦、刚果等。与之对应的概念是北非，通常被认为是阿拉伯国家的一部分。

条街。就在吉姆夜宴（再一次，该咒骂我俩喝太多了）后的次日早晨，我们收拾了行李，告别了赫维的公寓。最后一次走下那该死的**楼梯（哦，手臂还是很痛）**，我们搭上出租车直奔蒙马特的那条鹅卵石街道，那里是 60 张明信片的总起点。

这个星期一早上，卡洛琳与我和安托瓦内特碰头，看到她令人神清气爽。她的热情亲切一如往日，她问起我的明信片计划进展。我跟她说起现在的反响，还有我上次到巴黎后发生的事，她说她很欣慰。我告诉她，有人在她的公寓里发现了一张，她点头一笑，说道："好。"我继而说道：那已经是我们在这里投宿 4 个月之后的事了，这么久的时间过去才被人找到，我们都很奇怪。

安托瓦内特说其实她是我的同党，而我甚至不知道！她才是第一个在房间里发现明信片的人，她一边说一边落泪。她说她跟我妈妈差不多年纪，也有自己的小孩，当时第一时间，只觉百感交集，心潮澎湃，觉得作出任何反应似乎都不合时宜。这对她来说太难了。于是，作为房东，她想等等看，会有哪些类型的人入住，想知道有没有可能会和我联系的那种人。她说，丹和海伦搬进来时，他们好像很不错，她毫不怀疑他们会发现明信片。就在那一刻，我再次感受到陌生人的友善。它让你回归了对人性的信仰。如果安托瓦内特扔掉了那张明信片，或者她就一直收着它，我永远都不会知道。但她想帮我完成我的献礼——于是她成了 60 张明信片团队的一员，而我竟对此一无所知。

她问我周三晚上有没有时间跟她喝上一杯。她希望我见见她的朋友——一位住在这条街上的英国女士。听起来很令人向往，我在巴黎交的朋友还不算多呢。

卡洛琳和我打算当晚去马莱区吃一顿舒舒服服的冷餐，第二天她就要回家了。我们发现了一个可爱的露天庭院，幸而客人的座位是有地暖的。嗯，这真是有趣的一餐，尤其是尾声——地上冒出来一只老鼠。设想一下，我们一边吃东西，一边跺着脚赶老鼠的场面。**一只有血有肉的米老鼠围着你脚边打转，多少让人心神不定。**我们觉得那晚已经尽兴，便早早上床歇息了。

第二天我们回到双磨坊咖啡馆打算抢个座位。在这里我要与一个新朋友——艾米莉——碰面，就是她在纽约的"峭石之巅"捡到了我的明信片。这是原点，60 张明信片的历险旅程在我心中再次重来。就是在爱美丽咖啡厅，我放下了第一张明信片，而我现在将要在爱美丽咖啡厅与艾米莉会合，因为她在纽约发现了我的明信片。**我现在真的置身在一部电影里了——《楚门的世界》[1] 摄影团队藏身于何处？**

因为艾米莉是巴黎当地人，所以当我们都到齐后，我托她帮我个忙。你知道的，亚历山大就在这里捡到了我的第一张明信片，而我一直没能再和他联系上。好失望，他消失了。在邮件里，他说这是他经常来的小店，所以我想知道有没有人知道他的名字。侍者解释说：店里职员全都换过，只有一个在里面服务的人可能认识他。

1　《楚门的世界》（*The Truman Show*）：1998 年派拉蒙公司拍摄的一部电影。片中楚门是一档热门肥皂剧的主人公，他身边的所有事情都是虚假的，他的亲人和朋友全都是演员，但他本人对此一无所知。最终楚门不惜一切代价走出了这个虚拟的世界。

艾米莉帮我跟他翻译说明了这件事。他不知道亚历山大是谁，真让人难过，不过他同意在酒吧后台保存一张明信片，说不定亚历山大会现身。**我仍然什么消息也没打听到，但值得一试。万事都值得一试。**

卡莱尔出发去车站了，艾米莉回去上课。我也上路去迎接另一位好朋友，他刚刚从伦敦出差过来。罗纳德和我在巴黎春天百货[1]碰头，搭手动扶梯直达顶楼。啊——如此美妙的景观。什么都看得见——360 度大视角，远胜过在圣心大教堂的楼梯上。我们小喝了一杯，又换到另一家酒吧，我告诉他过去一周的经历，尤其是当天早些时候我与艾米莉见面的事。当我俩告别的时候，我意识到，在那一刻，我真的不急着回伦敦。我感到，巴黎能非常容易地变成我的第二个家。它给了我这么多美好回忆。我爱巴黎，超过我能想象的程度。

周三晚上，我如约见到了安托瓦内特和栾。安托瓦内特让我买点儿零食，她一定觉得我多少是疯了，因为我回她说："你说零食，确切是指什么？"我去了趟超市，拎回来一大包东西，包括奶酪、西班牙辣香肠，啊，一些薯片、鹰嘴豆泥，还有其他一些零七碎八的，分量十足。**我知道多半是超了——剩余总比不足强。**

我径直去了栾的住处，安托瓦内特随后就到。我在前门处大声敲门时，听见了疯狂的狗吠声。啊，她应该事先警告我内有恶犬的。

1　巴黎春天百货（Printemps shopping centre）：成立于 1865 年，是一家专营奢侈品牌的百货公司，其外部建筑被评为"历史古迹"，亦是巴黎地标之一。共 9 层，在第 9 层可俯瞰全城。

栾欢迎我进去，当我打开装满食物的玛丽·波平斯[1]包时，她大笑起来。**呀，我确确实实是带了太多东西了**。我拿杯啤酒，坐下来，栾把零食放好，狗狗们因为家里来了新人，兴奋地上下乱跳。**我不习惯和狗儿们相处，冷静些**。

栾是位令人倾倒的女士，很擅长搞笑。她目前已经耗费了一年时间在建构一个设计精巧的特别冒险游戏，当作送给新爸爸们的礼物。因为水中童车专利，她最近获得两项国家科技专利和设计奖，当下她正在筹集资金，说服投资人为她的发明投资，这样她就能赶紧发大财，早早退休，买个农场，拯救更多狗狗。

在从事发明创造之前，栾在一家巴黎公关代理公司和一家法国环保跨国公司担任通信专家，有15年之久。她是发言人、危机处理专家、品牌顾问，又在许多妙不可言的经历中出过糗。以上很多事都是在中国发生的——为了工作，她曾经多次到过中国。对我来说，最有意思的就是：她是一位儿童读物作家。这就是为什么安托瓦内特希望我们聚一下。她好心好意地想：作为作家，也许栾能够在出书和写作方面给我一些真知灼见。真是太慷慨。安托瓦内特到的时候，我兴奋地把我的一些作品展示给她看。

安托瓦内特告诉我这条街的历史。20世纪60年代，在被改建成住宅区之前，这是一条手工作坊和修理店汇集而成的低矮小街。

1　玛丽·波平斯（Mary Poppins）：英国女作家帕梅拉·林登·特拉弗斯（1899—1996）创作出来的童话人物，是一个仙女保姆，随身带着的手提袋里有取之不尽的宝藏，大致与哆啦A梦的口袋相似。与之相关的系列童书从《随风而来的玛丽·波平斯阿姨》开始，电影译名通常为《欢乐满人间》。

到了 80 年代，这里逐渐变成住宅、艺术学校和网络公司混杂的地方。但到了 90 年代，这里面临被拆迁的风险，于是当地居民和艺术家们联合请愿，阻止拆迁。感激不尽，他们赢了！

我告诉安托瓦内特，当我们去年 12 月待在她的房子里时，那里让我们想起一部电影。她说事实上，它确曾出现在电影里！是作为舞会场面的背景，出现在爱情喜剧《巴黎两日情》接近尾声处。那部电影由朱莉·德培和亚当·哥德伯格主演，安托瓦内特的房子在其中露了次脸。电视节目《创意生活》也在那里拍摄过。这是一个 BBC 的真人秀纪录片，你会看到 12 位年轻的设计师经过学徒训练后，参加比赛。获奖的那位女士来自英国，显然，安托瓦内特也带她和栾见过面。那晚我与她们二位相谈甚欢，很高兴现在我有两位新朋友了，就在这大计划启动的地方。

第二天早上我跟安托瓦内特道别后，搭出租车前往巴黎北站，我切实感受到：现在她更像是一位朋友，而不仅仅是房东。坐在返程的欧洲之星上，我拿出妈妈样式的笔记本，开始事无巨细一一记录：发生的事，我遇到的人，一切一切。要写的东西那么多，最后我像疯子一样疯狂地涂写着，字迹几乎不堪辨认。车到达英王十字街，下车后，终于到家了，我只觉得疲倦不堪。一想到，几天后就要参加奶奶的葬礼，更觉得体力不支。

葬礼前一天，我动身去往东北部，这段旅程变成了不折不扣的噩梦。我原以为顶多只需要 4 小时，结果却花了 7 个多小时，真厉害。英王十字街挤满了怒气冲冲的乘客，而他们得到了通知：所有通往纽卡斯尔的东部沿岸车次全部取消。我冲向尤斯顿车站[1]，决定搭乘西线——为了让愤怒指数不至于飙升得太高，我试着多做深呼吸。

我发现，我可以搭乘格拉斯哥[2]火车去往卡莱尔市[3]——事态在好转。看上去是在好转，直到我到达站台上。很明显，包括我在内的全世界都在这么干。我登上一节车厢，失望地环顾左右。它装得满满当当而我提着一大件行李——我别无选择。要么站着要么坐在地板上。一对父子跳上同一节车厢，说他们与我处境相同。那位爸爸建议说不如试试头等车，除非被赶下去。我也决意一试："如果你这么干，那我也可以。"于是我们下了车，冲下站台，当时还有两分钟就要开车了。我们溜进了豪华车厢，座椅舒适，空间宽广，足够伸腿，真爽。感觉有点儿像小淘气才会干的事——但是，说实话，我们别无选择。那位爸爸转向我，问我下一步打算怎么办。他们来自澳大利亚，并且拿这事儿开玩笑：来自世界的另一边，于是有了"装聋作哑"的资格！我说我没什么打算但反正不打算挪窝了。我只是向售票员出示了一下我的票，他看了一眼，就继续向前走了。那两位也如法炮制。（到这时，我已经知道小男孩名叫查理，但那位爸

1　尤斯顿车站（Euston station）：位于伦敦市中心，从这里出发的火车，大部分开往西米德兰、西北英格兰、北威尔士和苏格兰部分地区，即"西线"，其中，格拉斯哥是西线的北部终点。
2　格拉斯哥（Glasgow）：英国第三大城市，苏格兰第一大城市，是英国第三大制造业城市，但曾因重工业衰落而导致城市经济崩溃，20 世纪 80 年代后渐渐好转。
3　卡莱尔市（Carlisle）：英格兰坎布里亚郡首府。位于北部，与苏格兰毗邻。

爸的名字还是"爸爸"。为路上的事很烦心，没顾上问。）等售票员一走出我们的视线，查理便看着我，向空中挥拳，用嘴型说："太棒了！"快乐的一天。坐头等车真棒。（我始料未及的是，这班列车上路 130 米之后就坏了。严格来说，只走了 27 分钟。真典型的遭遇。）

我在卡莱尔市转车，**最终**到达威兰姆 [1]（我几乎是一头冲进叔叔婶婶的家），在那里和爸爸会合。那晚我和爸爸说话，他说了他跟奶奶在电话里的最后对话。当家人知觉奶奶去日无多时，他的两个姐姐，玛丽和安妮，便来到赫克瑟姆和她待在一起。当她弥留，她们打电话给爸爸，让他能和奶奶最后讲几句话。奶奶当时已经不能说话了，不过希望她还能听出儿子的声音吧。他告诉她最近的事，包括我的博客以及 60 张明信片的最新动向。很高兴他有机会和奶奶道别。而现在，我更是下定决心把计划进行到底，只为了我的家人。

那天早上大家都起得非常早，在教堂里我遇见所有的家人，包括莎拉和汉娜，她们待在莎拉在纽卡斯尔的一位朋友家中。很高兴能看到她们，希望我们能并肩跟随棺木步入大教堂。我们都知道这一天将会特别艰难，因为这是妈妈去世后的第一场葬礼。灵柩、仪式和赞美歌（其中有两首和妈妈葬礼上选的一样）让过去的一切卷土重来。我觉得这让一切都显得更加真实——这一次不需要把自己硬撑在一起了，这也证明了在过去一年里，我承受了何等打击并受到了锻炼。这是一场对奶奶盛大的送别仪式，她是一位坚强、乐于

---

[1] 威兰姆（Wylam）：纽卡斯尔以西的一个小村庄，离泰恩河谷约 16 千米。"铁路之父"乔治·斯蒂芬森（1781—1848）出生在那里。

助人、心地慈爱和总是情绪饱满的女士。对我们的妈妈来说，她也像一位妈妈。爸爸告诉我，他多希望妈妈能在场，亲自送别奶奶呀。我们挨过了这一天，又在家人的陪伴下挨过了晚上。很高兴能多陪陪爸爸——汉娜和莎拉这时已经回家了——还能够开他的车送他回家，这样他可以休息一下。他已经精疲力竭。再一次失去，这对他来说太难以承受了。

　　在家待了一周后，我重回伦敦，打算和卡洛琳以及两位新朋友共度一个愉快晚上。很不容易相信吧？在巴黎的吉姆晚宴上与斯托尔特和杰克相遇后，现在，我们又在伦敦重逢了。整个晚上，我们笑得头都快掉下来了，特别是当我们故意教斯托尔特一些英国文化的错误观念，用来逗闷子。我们告诉他：哑剧，观众可以粉墨登场——不过仅限男士——所以他们不得不男扮女装。我们告诉他，圣诞节时候我们会带他去。**我都等不及了**。

　　这是坐过山车般的一周，情绪一会儿天上一会儿地下，但我对未来的一个月满怀信心 。我做这件事，为了妈妈也为了奶奶。现在没有什么能阻止我。

第十四章
演出还要继续

此刻，我坐在英王十字街万丽大酒店的大堂酒吧里。从我第一次走进这里，就发现这是我最喜欢的移动办公室。我很享受在工作间隙抬起头来，隔窗看到欧洲之星到站：西装笔挺、衣冠楚楚的白领，刚刚从商业会晤中返回；游客们拖着纪念包；朋友们聊着一路上的风光；带小孩的家庭在站台上细心呵护着孩子以及我最爱的场面——恋人重逢，如胶似漆地相拥着。窗外的欧洲之星，引我忆起我在巴黎的两次美好经历——那座城市，在我心里，现在、以后，都永远属于我妈妈。

很幸运住在城市的这一区域——影像瞬息万变，同时也很家常。我自觉像是这里土生土长的人，特别是整天都忙着写作的时候。整个车站里我最爱的地方，是一架位于欧洲之星入站口附近的钢琴。钢琴静静立着，等待着人们经过它，弹奏它——乘客、退休的老人、孩子和我，甚至有人在那里练琴。这些人中，我最喜欢的一位，被我称为"当代小丑"。他会一边弹一边用口技伴奏，或者一边唱歌。每次一听到他弹唱，我就得给妈妈发短信。人们观赏聆听音乐的场面，是她最喜爱的事。我从不曾带她到这里来过。**我真希望我曾带她来过。**

当我决定休假在家，专注写作时，我很快发现，这将是我的职场生涯中，第一次单枪匹马作业。我习惯于作为小组一员，处处都是可供学习借鉴的榜样——与他们探讨想法并成长——于是，很自然地，我担心这会是很孤单的事，只有我，我自己和我的苹果笔记本。

最开始阶段，我真心怀念周围满是人的生活。但随着时间过去，我渐渐感知，像我重返巴黎时发现的那样，独自一人，勇敢应对各种状况，才会有机会让你遇到不同的人，而那些人，如果你混在大部队，是不会遇到的。我同那么多友爱的侍者、店铺老板、酒吧职员和顾客们聊过天，现在与人保持互动已经是我日常生活的一部分。此外，60 张明信片计划在影响越来越多的人，而不仅仅是影响我自己。我希望他们都成为 **60 张明信片团队**的一员。有这么多人订阅、支持我的故事，朋友们和家人都随时随地催我赶快更新。结果我发现，我甚至比从前更少有单独一人的感觉！特别是，博客评论给了我好多慰藉，他们中既有像我一样痛失亲友的人，也有明信片所在地的人。

早上好，瑞秋（在格拉斯哥现在真的非常早），从 4 月起我开始订阅你的博客。我找到了许多与你共同的点，能与你共鸣。你做了一件了不起的好事——6 年前我也失去了妈妈，但当我还是学生时，我曾与她在巴黎度过了一段特别的时光。我现在是一名老师，长途旅行时，我经常寄明信片给她。（我至今还保存着这些明信片，上面的内容多半是欢天喜地的。）我最爱用的一个词是"意外之喜"！虽然我的一个学生建议我今年夏天去纽约，但我从来没打算过。是呀，你不能打点全部家当就为了去纽约——下次一定去。我将每年去一趟巴黎（圣诞节）和伦敦（12 月），其他季节去纽约。如果能发现一张你的明信片，我会很高兴。（博客读者）

当我开始休假用心写作后，几天里情势就明朗起来：我不知道几时是写作的最佳时机。这多半取决于我的心境，特别是我对母亲思念的程度。有些日子我早上 6 点就起来了，另外许多夜晚，我全神伏案，直写到凌晨四点，不知天色既白。自然了，能够追忆起那些奇迹般的瞬间真是上天赐福。但是，和书写辉煌时刻一样，我也被迫释放不幸的回忆，那是比我想象中更难以下咽的酸涩。写到最后的日子，我目睹母亲的垂危，胸中全是凶暴的痛，近期我不打算再回顾了。

不像小说作家面对的挑战，我不需要发掘自己的想象力——这是一个真实的故事。**虽然，我的明信片故事甚至对我自己来说，都更像个小说。**我所描述的每种私人感受，都是我自己的真情实感，而这件事的细枝末节，都存放在我脑海中，不曾丢失。这是一桩转换，把思绪转换到纸上——不如说是电脑屏幕上。我故事中一定有些片段，我重读时，没有一次不会掉泪。我想知道将来我能否不哭。**也许有朝一日可以。**

我倾注全力于写作。而这不是一次职业化写作——这意味着，白天黑夜，而且日复一日，不断思念着、说着我的妈妈。开始一桩我饱含深情的工作，结果是我每天都精神百倍，工作得鞋脱袜甩。最终能做深爱的某事，真让人安慰愉悦。我从未对任何事如此热情饱满过，一如对 60 张明信片一样。

有时我觉得失去妈妈，好像就在昨天；另外的时候，又觉得离我上次看到她微笑，听到她放声大笑，或者有机会面对面告诉她我多爱她，已经是一生过去。一切都太快了。回顾过去，那 16 天如巨浪滔天。到底发生了什么事，是什么时候发生的，我发现要精确理出是非常困难的。就好像有人说话速度太快一样，你领会了他的主要意思，但其他部分都搞混了，你只有让他再重复一遍。而在我的处境下，不可能这样做——我无力感知所有细节，在那些创伤历历的日子里。

有人说：对我而言，写作一定是某种意义上的疗伤良方——这完全正确。但不管怎样，没有任何东西能带走我曾感受以及正在感受的巨痛。妈妈是这样一个美好的人——我不明白为什么她会英年早逝。我已经做好准备接受"完全不接受这件事"的自己。**我甚至不打算一试。**

当时的她，对自身处境知道得很清楚，这事儿至今仍让我难过——她不得不立刻开始应付情绪与身体上的巨大痛苦。但即使在垂危的日子里，她仍然是乐观主义者。不管遭受了多么巨大的痛苦，她始终在努力给出建议，保护我们，爱我们，直到最后一刻。**她受了那么多罪，我却对此全然无能为力**。她经常跟我们说，嫁给爸爸，养大我们三个，她这一生算是相当圆满的。她还会告诉我们，外头有很多小孩子罹患癌症，而她能充实幸福、欢欢喜喜活到这个岁数，已经很有福气。面对自己马上要死这个事实，她表现得既优雅又高贵。**谁能直面生死？**她展现了内在的坚强，这种坚强我从不敢设想我也会拥有。她如此无私无畏，有令人不可思议的勇气。如果我能有她一半的品质，都会是一个有福之人。我永远不会忘记，她说的那些抚慰人心的话，关于那些比她更不幸的人，当然她是对的——总有人处境比你更险恶艰辛。失去孩子的父母，和比我小很多就失去父母的孩子，他们的苦痛我目前还理解不了，也无法比较——但至少现在，我想起他们的次数会比以前多了。

没有学校能教你如何为痛失所爱做好准备工作。我也没发现有书本或者网站，对于你的遭遇，能给出让人信服的说法。悲伤这种东西，我不相信有人能完全定义、解释或者理解，不论你有没有经历过。这星球上的每个人都用与他人迥异的方式处理它：其内涵对我们所有人来说也都独一无二。我知道，因为我自己的直系亲属里，就是各人以自己的方式悲痛，而且在完全不一样的时间点——有时候，我们因为太担心把其他人也带到这悲伤深渊里而绝口不提。基于此，人人都必须竭尽全力独自应对。随着时间过去，我渐渐变得比较强壮——悲伤不再像从前那么让我恐惧。而我利用黑暗时刻思考，清空纷乱的思绪，且不至于增加身边人的负担。

一人一风格的悲痛体系，结果就是绝对的孤单——不管你的支持网络多么庞大，也不管你身边从来不缺人。孤单总是一件我们无法全盘预知的事——亲密家人，一大票朋友，也无济于事。

妈妈提醒过我，关于那些我将经历的五味杂陈。你要知道，她在跟我差不多大的时候，也同样面临丧母之痛——当时，她的妈妈也只有 59 岁。她告诉我不要跟自己较劲——告诉我，不要强迫自己振作，或者强自压抑，想哭就哭，不必把眼泪藏起来。我始终没法相信妈妈竟如此不考虑自己——在她的最后时刻还记得要帮助我们。妈妈几乎没说过她妈妈的事——这些对她来说太难于出口。我有一种感觉，她希望我不要陷入同样的闭口不言，这是隐藏在 60 张明信片背后那日益强烈的动机之一。

你很难在事先知道，悲痛将把你打垮到什么程度。你也无法知道它到底能有多凶猛。我们只能无力承受。我从无数人那里听到类似的说法，他们早在我之前很多年就痛失亲人，但伤口始终不曾愈合。不幸的是，时间的推移在治愈方面，似乎不起作用。也许感情上的冲击会渐渐不那么频繁，但它最终会在你心上占据一个小小的角落——某个突如其来的时刻——再一次击中你。

就在几个月前，在单位的一次培训课程上，有人因为家有丧事而缺席，我霎时被强烈触动。妈妈去世已经一年半，所以我以为自已没事儿了。**我能应付得了**。但我的躯体似乎不同意。我颤抖不已，就像全身的血液都冲出了躯壳，泪水在眼眶中聚集，胃里一阵阵不舒服。陈年旧伤的痛像一记老拳，把我打飞到荒郊野岭，再让我狠狠掉到最低谷，好几天时间我才缓过劲来。失爱之痛永远不会痊愈，但我们能学会尽力克服。即使这些不期而至的悲伤风暴把你打得魂飞魄散，随着时间过去，从这些经验里我也学会，虽然它们可能在任何时刻出现，但你总能找到一个方式，让风暴止息，而乌云每次消散都比上次更快一些。**会变得更轻松些——已经在变了**。

作为人类，我们早知道死亡是不可避免的。这一生中唯一能确定的就是：我们都会死的。**原谅我这么说得直白**。我的意思是，为什么它仍然是一个禁忌话题？为什么人们宁愿跑得远远的，也不肯谈起这件事？**生死事大**。我们全都喜欢聊起（在推特／脸书／博客）吃的晚饭，对最新电影票房的猜测，却陷入这样一个怪圈里：谈论逝去的亲友是不可接受的事。作为其中一员，我很希望有机会能敞开心扉谈论那位带我到这世上的女士，我懂的一切都是她教的，她是我的一部分，我也是她的。逝者唯一的存活之道便是在我们的记忆里，以及当我们说起他们时；正是为此，我在巴黎开始了我的明信片计划。确实很艰难，就像它本来应该有的那么艰难。我想对全世界呐喊，用我最大的音量：我留下了一个印记，用来回忆妈妈，而且尽我可能地扩散了它。

我非常吃惊，也感觉震撼，通过博客写作，我遇到了多少人呀，他们也和我们一样因失去亲人而悲痛不已。从博客读者到工作同事，经常会有新消息说起某人的不幸遭遇。这些人中，有些我素未谋面，另外一些我也只有一两面之雅；但是同样借由探讨我本人的经历，打开了篱笆，令他们也能开口说出。最开始这并不寻常，也就是，你将向陌生人坦露心声。所以我很高兴，我的故事，曾经是，也将一直是一个平台。最困难的部分，莫过于要聆听那么多悲伤的故事，但它们永远不会让我情绪低落，因为我喜欢人们的信任，他们觉得能告诉我将帮助他们分担痛苦。**我希望我能一直听大家诉说。**

一位朋友乔，说过一个美丽的比喻，我一直记得：像我们这种丧亲一族，自动堕入了一个秘密组织。最开始我们被迫接受，终究脱不了身。这是真的——一旦知道还有某人身处相似景况，我立时觉得与他感同身受。这显示出来，无论自觉多么孤单，我们并不是完全与世隔绝。我们应该团结一心，用自身经历彼此帮助。悲痛不必独自肩负——也不意味必须和你身边最亲密的人共同负担。每个人最终都得加入这个秘密组织，不管我们有多不想。**这是全世界最大的秘密组织。**

自妈妈永别人世间，我时常在一些美好的发现中获得解脱——有这么多东西是她留给我的：我的外貌，我的行为模式，我的特质。她在的时候，我很少想到这些——我根本就是视而不见。但是现在它们随处可见。我的吃相常被人嘲笑。给我一个三明治或者汉堡包，我会用刀叉。**不可思议，我知道。**我全程都要保持餐盘整洁，所以吃一顿饭要花上不少时间。**绝对是不可思议——我还是知道。**每种食物都得切得好好的，而且有些食物我一定要按顺序吃。**是的，是**

的，无可否认，这听起来太异乎寻常了。但，嘿，我就是这么干的！而现在，当人们对此品头论足时我很高兴——他们可以按自己的标准来取笑我，但这些习惯都来自妈妈。因此，我一点儿都不想改变。

从前，当我看镜中的自己时，觉得既不像妈妈也不像爸爸。现在，借助一些旧照片的"推波助澜"，我真切地看出了我与妈妈的相似之处。我永远不会忘记妈妈去世后我第一次染发。就像妈妈一样，我才二十几岁头发就开始变灰了（**最近听了一个说法，称之为"强光挑染"，我喜欢这说法**）。好在，我们女人有个福利，便是用其他颜色遮盖它，以保持青春。**小女子年方二十一。（得多加几岁了。）**用毛巾把头发包起来后，当我看向镜子时，我吓了一跳。眼泪洪水般涌下。我能看见妈妈正注视着我。但没过多久，在我自己的影像中看到妈妈，便成了我真心喜欢的事。

有时，当我哼歌时，我能听见妈妈的声音；或者，当我在写一个一百万条项目的清单时，会想到她。妹妹们明明万事 OK，我却看着她们无端紧张兮兮，妈妈生前就经常这样。最令人惊讶的是，甚至当我一路奔三（是呀，奔得够近的），我仍未消化这件事：那个带我到这世上的人已然去世，只留下了许多她的特质。如果没有她，根本就不会有我。有些话我习惯顺口就来："呀，我的天，我都变成我妈了。"现在，我骄傲地宣称："感谢上帝，我正在变成我的妈妈。"

"人从不珍惜所有，直到它随风而逝。"这是显而易见的陈词滥调，却是字字真言。（好吧，是的——这的的确确是句陈词滥调。）为了曾是特别亲密的母女档，我当时就心存感激；而在她从我身边烟消云散后，更加感激不尽。但是，我能骄傲地说，母女一场，我并无憾事。我经常告诉她我有多爱她，她也知道我有多欣赏她。现在我唯一期盼的事，就是我能不断地想起她——我希望我能告诉她，她永远带给人新鲜感觉。她向来都不装腔作势，对自己有多优秀后知后觉。她从不空口许白话，单这个，就值得为她写一整本书。无论她身在何方，我都希望她能读到。

当我想到我的悲伤心旅，以及没有妈妈的生活，我便想起那桩相伴而生的好事——这一切都源于我给她的献礼。我开始实施明信片计划时，没想过它会如此大地改变我的生命。

60 张明信片的积极意义将永无止境，并且月复一月，越来越多样化。我从中收获的第一件东西，就是让我最终从一年多的深深绝望中解脱了。我擅长做创意白日梦，许多计划和主意，却做不到把它们付诸现实。我一直没有真实的驱动力或者动机。直到我从悲痛里吸取了能力，引导它，将它转化成完全不同的事物。朝思暮想，反复改变，最后创造了一个工程，而它将成为我余生的财富。

我在做的事，是我深抱热情的。可以肯定地说：年纪越大，面对风险越多恐惧。你已经安居乐业，万事无忧，你开始怀疑自己还能否做一些大胆的事，一些全新的事，一些可能把你逼到深海尽头的事。我倾向于反其道而行之。只要不损害健康，我就尽可能把自己逼到深海尽头。最坏的事可能发生，我只好踩水求生或者游到海岸上；最好的事也可能发生，我将会游向更好的人生。我不想往后看并且想"如果……会……"；我宁愿往前想，为我做了一次漂亮的尝试而欣喜。**现在我可以说了：这事儿我做成了！**

我的明信片经历，在提供给我一个焦点，让我可以分散心神方面，厥功甚伟。就像爸爸在妈妈的葬礼后，让我们回去工作，让自己忙起来一样——这项计划在这方面成效卓著，但除此之外，还有很多额外的好处。它让我如此之忙，有时必须全心应付，甚至没有机会想到伤痛。

随着时移事往，我越来越懂得，悲剧时刻作为朋友有多为难。那种情况下，我时常也不知道自己需要什么，那么朋友如何能猜得到？有些日子我希望人们对我嘘寒问暖——有些日子我不希望。有些时候我近乎绝望地想谈起妈妈，每分每秒；有些时候我不想。有时我只想跑开。很幸运，我拥有这样一些朋友，对我的变幻无常很耐心。他们所给我的，比我想要的多得多。

通过这项工作，我不单聆听朋友们，聆听当下，同时也联系上了过去交往的朋友。我有一位大学时代最好的朋友，因为我弄丢了电话，丢掉了她的联系方式，而且她后来也不再上脸书，我们自此失联。我经常想到她，想知道还会不会重逢。就在 7 月，在我写完博文《意外之得》之后，发生了令人惊喜的事……

> 　　真是意外之得！纯属偶然，我溜达到了你的博客"瑞秋·查德威克"——快乐的意外！（你的博客——太让人惊喜了。）我都不记得为什么或者到底是怎么了，我知道的就是，当时我还在火车上，泪如泉涌，大滴大滴的眼泪往下滴。我知道，虽然我们好久没见面了（好久了），你始终是我生命的一部分，这意味着，我有权利说：我为你有难以言传的骄傲，为你所做的一切。
>
> 　　今晚我将为伟大的查德威克妈咪举杯纪念！
>
> 　　爱你天长地久。
>
> 维克特 吻吻吻

　　哇！她无意中发现了我的博客，我们又联系上了。我很感激有这机会，让好多人回到了我的生活中。

　　家人在各方面都对我鼎力支持，尤其是最近，关于我做的 60 张明信片计划。有几次我很担心这样会挖开他们的旧伤口——我清楚地想到：当我讲述自己的故事时，就也同样在讲述他们的部分生活。但我想起爸爸说过的话——如果这些由他或者我的妹妹们的视角来讲，会很有趣。对同一件事，你会有 4 种截然不同的图像——4 种观点、4 种视线、4 种渐渐而来的悲伤，更不用说在那悲惨的两周零两天里 4 种完全不同的角度。但他们都很踊跃参与，也很喜欢我的 60 张明信片计划——与朋友和家人分享博客，帮助我回忆过去的大事。这计划让我与他们更紧密了，因为它给了我们很多机会谈论妈妈和其他事。整个计划中我最喜欢的部分，就是听到妈妈的故事，那些故事我以前甚至都不知道。她或许已经逝去，但我仍在一点点了解她，我打算有生之年，每一年都懂得她多一些。

我仍然不能相信，所有这些明信片发现者捡起我手写的明信片，便来与我接触。每一次反馈都让我感受到欣喜的狂潮，令人喜难自禁，如魔术一般刷地振奋人的精神。尤其是我跌入黑暗底部的那一年，我以为我将永远陷没不能自拔。我对人们冒了次险，他们也对我冒了次险。这是人性最美好的部分。

很高兴手写字句的真诚能到达那么远的地方。源于巴黎，最后却抵达全球，当发现者回到各自家中后，他们的声音来自四面八方，从谢菲尔德到纽约，从堪萨斯州到西班牙。我感到就像在交新朋友，而且，我打算以后把旅行当作重心，在我的探险之路上，有许多熟悉的新面孔要去拜访，而且数量还在不断增加。我等不及要一一拜会我的明信片发现者，真心希望我能和他们一直保持联系，参与他们的生活，将来，60 张明信片还会不断有新消息出现。旅程中我遇到越多惊喜，就越激励我前行。我从不认为这是一次社会实践，但我想，它在某种意义上已经变成社会实践了——终将证明这将是多么了不起的一次实践（**她会这样说，当她抛出更多点子时**）。

妈妈只是简简单单地享受作为母亲的乐趣。对我们而言，她不仅仅是妈妈——她由一化身为万，就像许多家庭朋友告诉我的那样（最近还有人在说），他们总是把我妈妈当作良师益友。特别是，对于教育事业以及教师生涯，她有难以言喻的热情。这就是为什么当我与她曾经任教的学校通过信件接触时，感到一阵阵的刺痛——从如此年幼的孩子那里，得到如此成熟的支持，真令人感动。如果孩子们受到鼓励，能自由地谈论丧亲，也许能看到未来的晨光，对于谈论死亡的禁忌会烟消云淡。**我一定要助以援手，哪怕力有不逮也要尽全力。**这些信件是一份礼物，我会永远保管它们，我妈妈也会为这些孩子而骄傲，因为他们写下那么些优美的字句。

夏季，艾伦堡中学邀请爸参加一个新花园的开幕式，这个花园是为了纪念妈妈而兴建的。现场一些孩子站在人群前面念出了自己的信。其中一个孩子跟我有联系，她告诉我这件事，并且说：她一直没有机会跟我妈妈说一声再见，所以她希望在那一天，穿得整整齐齐的，大声念出这些话。多惹人怜爱的念头。花园中有一把长椅，上面有一行字，写着："活得充实。"——绝对文如其人。这句话是妈妈用来鼓励我们好好生活的。而我们用最艰难的方式终于学会了，人生真是苦短。

又一次，我听说校方的消息，是他们在做一个叫作"辅助团队"的自建工程，是对60张明信片任务的模仿，把关于妈妈的事情在英国各地散发。听说他们也收到了回音，我满心狂喜，我希望这不是唯一一次我的计划有其他人接棒。**我好想来一场明信片革命！**

不久后，我又一次经历了有孩子参与的活动：巴黎团队成员之一卡莱尔邀请我到她的学校做一次座谈。卡莱尔找了一天时间鼓励孩子们思索他们的人生，在更广阔的世界里，专注于工作或生活，一方面维持平衡，另一方面做自己真心想做的事。我有幸身历其事，很高兴我是这次活动的一部分。这将是我第一次在公共场合，站在一大群人面前，说出如下词句："我妈妈去年去世了。"对我来说，这实在是跨了勇敢的一大步。（幸运的是，直到我到了现场，我才想到这一点。）我真的很乐于告诉他们我的明信片故事，而且我带去了一些明信片给学生们（很自然），让他们写下自己的明信片，关于一次成功、一次鼓励或者对未来的目标。当我在屋子里走来走去时，他们问问题、聊着各自的想法，我瞬间洞悉妈妈深爱教育事业的根由。

在分享故事方面，我最喜欢的是，我的声音能被人听到。曾经有人告诉我，写东西其实与说话很相似。如果你读到这些，特别是当你开始了解我——很高兴认识你！三生有幸——真的（疯狂地，深深地）有幸——通过词语的能量，我能诠释失去的能量。而更甚于此的是，我有机会告诉你：如果你换个角度与悲痛搏斗，沿着这条路，它会带来最难以言说的经历、故事和新朋友。

过去一年半里，我的性格显然发生了质变。他们说："那不能杀死你的必会让你强壮。"我完全赞同。我现在更有决断性，即使我还不知道终点在哪里，一旦找到了正确路径，我就不惧改变方向。现在的我，比起从前的胆小怕事来说，毋宁说是无惧无畏。我什么都不怕了，甚至是死亡。我已经学会了，以可能是最痛楚的方式：永远不要相信你是不可战胜的。我是如此天真，从没想过坏事会发生在我头上。但目睹妈妈去世后，我知道，再不会有什么更糟的了。我将应付任何事，我将用这新发现的力量应对人生冒险。

就在不久前，一位明信片发现者发来了最新反馈。那一天是2013 年 10 月 19 日，我刚刚从巴黎回家两天，正在朋友阿伦和克里的婚礼上：

> 嗨！
>
> 　　星期一，我在巴黎爱锁桥上发现了这张美丽的明信片。我主要是为了让女儿消遣一下才念出了它的文字，然后我毫不夸张地被感动哭了。这真是给妈妈的了不起的致敬。希望你在巴黎以及一生中，都能拥有更多爱更多欢笑。
>
> 苏珊娜　吻

　　我几乎是立刻就回了信：

> 早安，苏珊娜：
>
> 　　谢谢你亲切的信，当我读的时候，忍不住迸出了眼泪。能跟你联系上真好。:)
>
> 　　我不确定你是否有机会看看我的博客，它看去多少有些犯傻。我散发了一些明信片，得到了一些回应，开始写一个博客。能为妈妈做如此献礼，我觉得受宠若惊，同时与有荣焉。
>
> 　　请问，你可否跟我说一点点你自己的事情呢？还有，你在巴黎做些什么呢？
>
> 　　当然了，如果不方便，我完全理解。你的回信已经足够了。它真的会让我一个星期心情都很好。
>
> 　　更多爱（对令爱说一句"嗨"，她一定认为你早就扔掉了明信片）！
>
> 瑞秋　吻吻

嗨，瑞秋：

　　让我说，作为两个（有时）好女儿的母亲，我想不出对于你妈妈来说更好的致敬方式了。我希望能慢慢向我的女儿灌输张开羽翼，张得越阔，飞得越远越惊悚越带劲的重要性。不管遇到好的、坏的或者彻头彻尾丑陋的事，我都会在这里把她们拉回正道上。我想我说这些是对的，因为这应该就是你长大的方式。我想，能做出这番成就来真需要难以言表的勇气。昨晚我读了一点你的博客，非常欣赏。希望我有时间坐下来，手里捧一杯茶，好整以暇地把它读上一遍。

　　前几个月我一直在格拉斯哥和巴黎之间往返，想为我 19 岁的女儿找一间公寓，她将在楠泰尔[1]学习到明年一月。上周六直到本周三，我都在巴黎探望她，随行的还有我的丈夫，以及 14 岁的小女儿米亚。米亚觉得我是一个哭哭啼啼的傻妈妈！我的大女儿哈莉会和我一道为你的明信片而掉泪的！爱锁桥让我在巴黎浪漫再现。:）

　　祝好运，我会在附近的书店找你的书！

　　许多的爱。

苏珊娜　吻

　　苏珊娜的函件里，有好多我喜爱的东西。比如，让我意外的是，我的明信片到底被某人读到了，我真心以为它早已随风而逝。而它被一个有女儿的母亲发现，则对我更加意义重大。我打心眼里知道，苏珊娜对女儿们说的一切，我妈妈同样也会说。这种感觉就像妈妈

1　楠泰尔（Nanterre）：巴黎市西郊工业区，巴黎大学分校等大学设于此，被称为大学城。

在通过这封信跟我说话。

当我写这本书时，我的 30 岁生日悄然临近，回想这过去的一年半，我知道自己改变了多少。生日是许多人都恐惧的——30 岁的新篇章似乎让人望而却步，这是一种"从此我就三十而立"的姿态。虽然妈妈不能为我庆祝生日，但是，我知道我已经有了一个女儿所能期盼的最好礼物——我留下了一份关于我美丽母亲的长长回忆。

我等不及要见到我的家人及朋友，与他们共同为那位不能到场的女士举杯。大部分巴黎团队成员都与我在一起。他们各有各忙，有些是工作，有些是玩耍，有些是自身的旅游探险——凯蒂从巴西飞了过来，她外调去那里两年。唯一缺席的是贝唐，但这是情有可原的，因为她快生宝宝了——我们第一个即将成为妈妈的巴黎团队成员。她的预产期在母亲节后三天，我无比雀跃要看到小家伙。

这项计划的旅行、博客以及我正在写的新书，真的深入我心要害，也就是，我们的所作所为如何令整个家庭为之骄傲。我做的每件事都是为了他们。然而，最宝贵的东西，莫过于一个母亲的骄傲。当然，人们总认为你在艰难时刻需要妈妈，但我觉得成就和辉煌时刻也同样需要妈妈。想来令人黯然神伤——她本应在这里，与我分享喜与乐。

她去世后这 20 个月，我一直在思考：没有了她，我如何应对未来？毕竟，没有什么能帮我了。爸经常这样说："薇芙会怎么做？"过去的岁月里，妈妈同我们分享了那么明智且鼓舞人心的话，我便开始试想：她会怎么回答我？也许，当我们向妈妈们求建议时，很可能早就知道她们会说什么——我们问只是再次确认我们是被爱被照顾的——于是再次确定，我们正在做正确的事。

我的思绪回到了童年——你还记得，当你要在学校演出或者音乐会上表演时，你的激动劲儿吗？你坐在侧幕处，等着开始，你急不可耐地一遍遍扫视观众席，只为了看到你的妈妈。你想看到她微笑的脸，举起的大拇指，一点头或者一眨眼——向你保证你能行，她就在那儿，注视你，支持你。我感觉，当前景蒸蒸日上，或者当我希望她看到什么时，我会探头到观众席上找寻她的身影。而我现在只能想象她的存在。我对自己说，我只是没能从拥挤的房间里找到她而已。演出还要继续。

啊，演出绝对还要继续！60 张明信片中最美丽的一环，乃是它永远成为我生活的一部分，无法预测它会引我走向何处，这让我十分兴奋——我对此尚不知晓，但这几乎是一种天赐，包含了许多神奇的、类似历险的意外，还附送了更多新朋友，有远有近。妈妈始终是我宇宙的中心，我感觉，60 张明信片，已化为我生命中最闪亮的那颗星，让我与她越发紧密，即使她已不在我身边。

当我写下妈妈去世前那一段悲惨日子时，我提到了心照不宣的家庭规则——尽力不在妈妈面前崩溃，尽量不说起未来。虽然我在那苦不堪言的 16 天里竭尽了全力，但我没能完全做到，我打破了规则——有些事，我不得不觉得惭愧。

妈妈过身前的那几个晚上，全家人都会坐在客厅里——绝大多数时间我们努力装着在看电视而不是在盯着她，为她的每口呼吸而担心，因为那都可能是她的最后一口气。有一晚，妈妈太累了没法再待下去，于是我主动请缨送她回床上。我扶着她爬楼梯，花了好久好久时间才爬完。她的身体这么虚弱，当她举起腿爬向上一级台阶时，明显要使出每一分能量。甚至在那种时刻，我还在用全部意志作战，保证自己不在她面前倒下。就是这一架楼梯，有好几年时间她每天都在上面奔上奔下，甚至就在数周前还是如此。我眼睁睁看着可怜的妈妈，虚弱得那么快，快得我追不上了。而我什么都不能做，没有一件事是我能做的。

她上床后，我决定在她床边留一会儿。我想陪着她。我躺在床上，握着她的手，那一瞬间，我意识到这可能是我唯一的机会。我阻止不了自己——我非得说些什么。挣扎着，吐出我要说的话，泪水顺着脸颊倾泻——在我感觉到之前，我已经在失控地抽泣。我对妈妈大声喊出来：我不想这样活下去——这一辈子，没有她可怎么活？

我问她能不能给我写一封信。一封关于她自己的信，这样我便可以向其他人谈起她——万一我将来有了孩子呢。她永远没有机会见到我的孩子们，或者成为最了不起的外婆——她生来就是好外婆，而且会乐在其中。她和我一道号啕大哭起来，两人都知道，这是第一次也是最后一次，我们即将永远失去彼此。她摇摇头，告诉我无论是体力还是意志，都不足以支撑她写这封信。当她以微弱的声音说"我很抱歉"时，悲痛淹没了我——**我做了什么？为什么我要让妈妈经历这些**？我没打算让她难受，真希望我没说这些话。我告诉她，我理解她为什么做不了。只是在心底里，我拼命希望她能改变主意。她没有，她做不到。

之后发生的事我将永远铭记于心。妈妈看着我，用力捏一下我的手，说她完全相信我会用自己的方式写信——这样我就可以给她一份礼物，而且我可以以此向世人谈起她。

我从不认为，她曾期盼着它会变成一本书。

人们在灵柩上撒下灰，我撒下文字。

薇薇安·查德威克（娘家姓"爱"）——这是送给你的礼物，为你的献礼，你对世人的遗赠。

我爱你。

现在，拿起被你当作书签的明信片吧，在上面写下点什么。写写那些鼓励过你的人，无论他们是否还陪伴在我们身边。

留着它，与人分享它，或者也许把它放在什么地方，以备有人会发现它。

欢迎加入 60 张明信片团队。

致　谢

在写作本书中，有一百万零一位人士值得我大谢特谢，感谢你们的指引和支持。当然，我不可能一一列举，于是，我谨对特别的几位致谢……

我的家人

爸爸，你是我的英雄，你始终在我身边，也将永远在我身边。莎拉和汉娜，我的好妹妹们，你们是我的最佳损友，我也将永远是你们的左膀右臂。我知道这是一个感伤的故事——书中的篇章曾是我们生命中的篇章，我只希望我对妈妈的献礼能一直为我们创造神奇的回忆，并且延续很多年——我们将同在一起。在书中我写下成千上万个词句，却找不到只字片语来表达我对你们的爱。

乔，感谢你不负众望，成为汉娜的好丈夫。你能在这里，加入这个大家庭，在我们需要的年年月月、分分秒秒出现，我对此永远心存谢意。

妈妈的家人

对"爱之家"——杰夫舅舅、斯蒂文舅舅和格雷厄姆舅舅以及他们的家人和尼古拉、安柏还有露西——我知道每一天大家都很想念她，我希望这本书对你们来说会是个重磅礼物，足以纪念她的一生，正如对我而言。

我的经纪人

乔，谢谢你给我指出了这条路，打从第一次见到你，我就知道我们会变成好朋友，很高兴，我们现在确实是了。

出版商

对西蒙与舒斯特出版公司的全体同人（包括麦克、里克、安娜卡和海伦）致以隆重感谢，感谢你们帮助我分享本故事，并且理解它对我的特殊含义。

特别向以下诸位致意：

毕欧尼，你给了我一个机会，让我相信我能够完成它，我将永志不忘。

乔·W，为了你所做的一切，我得谢谢你。你在工作中的表现十分出类拔萃，我真挚地欣赏并感谢你的指引，让我挨过了"处女作焦虑症"！

斯沃尼奇·乔，不仅仅针对你在编辑本书时无拘无束的神奇手段，也因为当我的情感急需宣泄时，你总在那里——而当我在低谷你让我振作，这对我意味着全世界。

60 张明信片团队

你们不仅仅帮助我纪念母亲的 60 岁寿诞，同时也启动了一项计划，这改变了我整个生活。永志不忘（这仍然是一语双关，既对事也对人）。

我的明信片发现者们

如果你们不曾捡起那张手写的明信片并与我联系，这个故事肯定永远写不出来。你们能成为 60 张明信片团队的一员，我深感荣幸，盼望着有朝一日能与你们会面。

博客读者

你们的留言、邮件和推特的支持，始终是安慰、鼓励和一种绝对受之有愧的福利。你们每周都访问我博客的忠诚，给了我继续下去的理由。

贼先生

这位先生，你在我初稿截止日前几天偷走了我的掌上电脑——谢谢你以这种方式提醒我，这种鸡毛蒜皮的小事在生活里完全不值得介怀。（多谢妈妈，你教会我要对文件做备份。）

路克，是你把掌上电脑借给我，使我能完成全书，你救了我的命，多谢。

我的死党们

卡洛琳，一路上，每一步都有你陪伴。希望我们 70 岁以后，还能在波西米亚咖啡店喝上一杯——全世界我们都置之不理。

马库斯，谢谢你不分日夜随时应召，当我脑子不清楚时，陪我散了那么多次步，以让我清晰思路。

贝西，从陪我在厨房里跳舞，到当我像疯子一样疯狂打字时，喊出为我加油的话，你始终是我能期待的最佳朋友。

我要对我所有的朋友和家人说，不管在书中是否提到你们，无论艰难时刻还是美好时光，你们的支持都强大备至。我也将永远支持你们——请记住这一点。

最后，我将感谢我的灵感来源——我的母亲——薇薇安·查德威克（娘家姓"爱"）。你将永远在我头脑中、我心中、我声音中以及现在这本书中。在让你为我自豪的路途中，我将永不止步。

演出还将继续——为了你。

告诉特别的某人关于 60 张明信片的故事

　　这个故事还会延续，只要你通过 Ps. Print Studio app 下载一张免费明信片，寄往世界任何角落就可以。

　　你只需这样做：

　　一、下载 Ps. Print Studio iPhone app；

　　二、浏览 www.psilov.eu/60postcards，获取专属密码；

　　三、在 app 上，从我们的 60 张明信片主题设计里选择你喜欢的免费明信片；

　　四、写下你想说的话，把它发给某个特别的人；

　　五、输入你的密码，点击发送，然后故事会继续……

译后记

如果你读这书会落泪

大约在译至"16天"一章的时候，我再也抗拒不了内心的巨大难过，合上书本，关上电脑文件夹，半个月之久，不肯再看一眼未完工的译稿。

因为和瑞秋一样，我的父亲也是癌症去世，从发病到最后病逝，中间只有4个月。而这其实只是拜医疗制度之赐，让每位病人能在第一时间得到诊治——也就在第一时间知道：已经药石无效了。

瑞秋最痛苦的部分，是在母亲生命的最后阶段还要强颜欢笑；我最绝望的时候，是父亲去世后，要立刻为丧事奔走，买墓地、骨灰盒，迎接吊丧的亲友，为他们安排食宿——每一次我想放声大哭，都会有人制止我："想想你妈妈。你不能哭，你要坚强。"

那段日子是如何一分一秒挨过来的？负罪感挥之不去。我好久没写字——我爸死了，我还能没事人一样风花雪月吗？每一次书写都像是没心没肺；但反过来，每一个闲着发呆的时候我都在自责——爸死了，我还好意思游手好闲？我还不应该以百倍的精神为他而活？这双向的自我折磨像一反一正的石碾，细细地、耐心地碾磨我，人已粉身碎骨了，它还没有停。

我有没有向朋友倾诉过？有，很少。当时我的大部分朋友都没有类似经验，他们只会说两个字"节哀"，就不知道该再说什么。死亡是那么盛大那么庄严的事，我们都太年轻，只懂嘻嘻哈哈，还没有学会如何应对。

而年长一辈，他们都久历人生的苦难，自带庞大的悲剧库。三十丧父，在这世界上不算什么——你要承受，你要成长。疼痛是自怜，无法自拔是矫情，都是值得警惕不应沉溺的造作。

其实，坦白来说，最初我读《给妈妈的 60 张明信片》，觉得瑞秋在巴黎散发明信片的行为是一种造作：你个人的小小哀伤，值得这么大张旗鼓吗？基本上来说，丧亲是一件很常见的事，几乎人人都要经历。又一转念：失恋是更普遍的事，但为失恋所写的书，加起来，总有五六个月亮那么大小吧。为什么我们能读着别人的爱情故事泣不成声，那更炽烈的丧亲之痛，我们却觉得夸张呢？

终于，我再次打开文件夹，开始和她一道，开始新加坡、巴黎、纽约……一趟一趟的排遣悲情之旅。她一遍遍近乎失控地诉说对母亲的思念之情，而我，克制地、谨慎地代她用中文表达——但其实，我表达的，是每一位有过类似经历的丧亲者的共同呐喊。

《给妈妈的 60 张明信片》，如果以文学的标准来衡量，文字远称不上华丽，情节也是平铺直叙，但它最打动人之处，在于真诚。瑞秋直面自己的创伤，也向全世界，袒露自己血肉模糊的心，而借由明信片和写作本身，她慢慢地疗愈了自己。

如果你读这本书会落泪，也许只说明书里有你的悲伤。而擦干眼泪之后，你是否也能像瑞秋一样，找到你自己的疗伤之路？